प्रायश्चित

रानू

डायमंड बुक्स

www.diamondbook.in

© प्रकाशकाधीन

प्रकाशक : डायमंड पॉकेट बुक्स (प्रा.) लि.

X-30 ओखला इंडस्ट्रियल एरिया, फेज-II

नई दिल्ली : 110020

फोन : 011-40712200

ई-मेल : ebooks@dpb.in

वेबसाइट : www.diamondbook.in

मुद्रक :

Prayashchit

By : Ranu

प्रायश्चित

रात बीतने को आई। दूर-दूर तक सन्नाटा छाया हुआ था। यह सन्नाटा उसी समय भंग होता, जब चौकी पर पहरेदार सिपाही अपनी परेड करते हुए बूट की खट-खट द्वारा अपनी सतर्कता की अहसास कैदियों को दिला देता। हवालात में कैदी बन्द थे। शायद सभी कैदी उस सोए हुए थे, परन्तु एक कैदी हवालात की दीवार से पीठ टेके अब तक जाग रहा था। ऐसे वातावरण में उसकी यह पहली रात थी, इसलिए उसे नींद आती भी कैसे? घर की चिंता खाए जा रही थी। बूढ़ी मां तथा विधवा बहन का वह एकमात्र सहारा था। छः मास भी तो नहीं हुए थे उसकी छोटी बहन का विवाह हुए कि उसका पति एक दुर्घटना का शिकार हो गया था। फिर उसके ससुराल वालों ने अपने बेटे की मृत्यु का कारण उसके दुर्भाग्य को बताते हुए उसे इतना सताया था कि वह ससुराल छोड़कर अपनी मां तथा भाई की शरण में वापस चली आई थी। ससुराल से आए उसे एक मास भी तो नहीं हुआ था।

कैदी का नाम विकास था। दुबला-पतला खिलाड़ियों जैसा शरीर, घने काले बाल, रंग सांवला, परन्तु घनी काली आंखों में ऐसा आकर्षण था कि देखने वाले को पहली ही दृष्टि में उससे सहानुभूति हो जाती थी। आयु चौबीस वर्ष थी, परन्तु विवाह इसलिए नहीं किया, क्योंकि घर की जिम्मेदारी से पूर्णतया मुक्त नहीं हो पाया था। हां, बहन के विवाह के बाद उसने अवश्य सोच रहा था कि वह मां की संगति के लिए एक बहू ला देगा, ताकि उसका सूनापन दूर हो सके। विवाह तय भी हो चुका था, केवल तिथि निश्चित करनी श्रेष्ठ थी। शायद तिथि निश्चित हो जाती, शायद अब तक उसका विवाह भी हो गया होता, यदि उसकी बहन अचानक विधवा न हो गई होती। लड़की इसी शहर की थी-गौरी-विख्यात संगीतकार सितारवादक दुर्गाप्रसाद की एकमात्र सुपुत्री।

विकास एक क्लर्क की नौकरी करता था, परन्तु उसे संगीत की भी बहुत शौक था। साजों में उसे वायलिन बहुत प्रिय था। संगीत का शौक उसके रक्त में अपने पिता से मिला था, परन्तु उनका बहुत पहले ही निधन हो चुका था, इसलिए उसने उनके मित्र दुर्गाप्रसाद का चेला बनना स्वीकार कर लिया था। दुर्गाप्रसाद के सितार के साथ विकास शास्त्रीय संगीत का अभ्यास करता था, कुछ इस प्रकार कि कभी-कभी दुर्गाप्रसाद अपना सितार छोड़कर उसके वायलिन की धुन सुनने पर विवश हो जाते थे। सितार तथा वायलिन की धुन सुनने पर गौरी भी नृत्य का अभ्यास करती थी। उसके थिरकते पैरों तथा पैरों में बंधे घुंघरूओं में भी एक विचित्र ही जादू था, परन्तु विकास को अपना संगीत, अपने वायलिन की धुन इतनी प्यारी थी कि गौरी की जादू उसके दिल पर कोई प्रभाव नहीं डाल सका था। इसी वास्तविकता को देखकर जब

दुर्गाप्रसाद ने विकास से गुरू-दक्षिणा मांगी तथा गुरू-दक्षिणा में अपनी बेटी के लिए उसे मांगा तो विकास इन्कार न कर सका। बहन का सुहाग लुटने के कारण विकास का विवाह जो टला, सो टल ही गया था, परन्तु अब उसके हवालात जाने के बाद उसका विवाह होने की आशा कम ही दिखाई पड़ रही थी, क्योंकि पुलिस ने आज उसे एक हत्या के अभियोग में हवालात में बन्द किया था, ताकि कानूनी कार्यवाही करके उसे उचित दण्ड दिया जा सके। हत्या और वह भी एक लड़की की! भला उसके वे हाथ एक लड़की की हत्या कैसे कर सकते थे जिनकी अंगुलियां वायलिन के तारों द्वारा दिल में उतर जाने वाले सुर उत्पन्न करती थीं? कितनी मिठास थी उसके बजाये सुरों में, यह तो सुनने वाला ही बता सकता था। उसके वायलिन की धुन सुनकर जाने कितनों को संगीत से प्रेम हो गया था। इन्हीं संगीत-प्रेमियों में से था शरद, बारह तेरह वर्ष का एक बालक, जिसके स्कूल में विकास ने वायलिन का एक प्रोग्राम दिया तो शरद उसे प्रोग्राम के बाद अपने पिता सेठ सदानन्द से मिलाने ले गया था, जो उस प्रोग्राम के प्रमुख अतिथि थे। शरद को बचपन ही से वायलिन बजाने का शौक था, इसलिए जब सदानन्द ने विकास को उनके बंगले पर आकर शरद को संगीत की शिक्षा देने को कहा तो विकास ने इन्कार नही किया। ट्यूशन द्वारा वह कुछ रुपए कमा सकता था। शरद को उसने एक दिन छोड़कर शाम के समय ट्यूशन देना आरम्भ कर दिया था। अभी तीन ही मास हुए थे शरद को उससे संगीत सीखते कि विकास ने उसे हल्के-फुल्के ढंग से एक गत सिखा दी थी; जो स्वयं प्यारी थी।

शाम ढलते ही आज अपने निश्चित समय पर जब विकास शरद को संगीत सिखाने के लिए सेठ सदानन्द के बंगले पर पहुंचा तो शरद पड़ोस के बंगले में गया हुआ था। विकास को नौकर ने बंगले के अन्दर संगीत-कक्ष में बिठाया और फिर शरद को बुलाने चला गया। विकास को ज्ञात था कि शरद की दो बड़ी बहनें और हैं। उसने उन्हें देखा भी था। बगल के कमरे से उनका मद्धिम स्वर भी सुना था, परन्तु आज उसे यह बंगला कुछ असाधारण तौर पर सूना-सूना सा लगा; परन्तु इस बात पर ध्यान न देते हुए संगीत कक्ष में बैठकर वह अपने वायलिन के तार सुर में मिलाने लगा। अचानक उसके कानों ने बगल के कमरे में किसी भारी वस्तु के धम्म से गिरने का स्वर सुना। उसने जब उस स्वर पर ध्यान देने के लिए अपने वायलिन के बजते सुरों का रोका तो उसके कानों में किसी के दर्द भरी आह टपक गई। विकास चौंककर उठ खड़ा हुआ। उसने दरवाजे के बाहर देखा! सुना-सुना सा वातावरण उसे कुछ भेद भरा-सा लगा। 'आह' उसके कानों में फिर पड़ी। आह में तड़प थी। विकास कुछ समझा नहीं। वह संगीत कक्ष से बाहर निकला। बगल के कमरे का द्वार थोड़ा सा खुला था। विकास ने अन्दर झांका तो आंखों पर विश्वास नहीं हुआ। कमरे में एक लड़की दूसरी ओर करवट लिए बेसुध पड़ी थी। शरद ही की बहन हो सकती थी वह। घायद फिसलकर गिरने के कारण गहरी चोट आ गई है।

शायद बेहोश हो गई है बेचारी। यही सब सोचकर विकास पुकार उठा-'अरे कोई है? जल्दी आइए, शरद की दीदी गिर पड़ी है।'

परन्तु बंगले में कोई था ही नहीं। नौकर-चाकर भी जाने कहां चले गए थे। विकास ने समय गंवाना उचित नहीं समझा। द्वार खोलता हुआ वह तुरन्त कमरे के अन्दर प्रविष्ट हो गया। वह शरद की दीदी के पास पहुंचा, पैरों की ओर से चलकर सामने आया। वह शरद की बड़ी बहन थी। उसकी आंखें खुली थीं। वह उसी को देख रही थी, बहुत बेबस दृष्टि से। कुछ कहना चाहती थी वह उससे। होंठ हल्के से कांप रहे थे। परन्तु शब्द नहीं निकल रहे थे। कुछ न समझते हुए विकास ने उसे उठने के लिए सहारा देना चाहा कि अचानक उसकी छाती के पास वस्त्र में तथा फर्श पर कुछ रक्त फैला देखकर विकास बुरी तरह चौंक गया। शरद की दीदी की छाती में छुरी धंसी हुई थी। छुरी साड़ी से ढककर कुछ छिपी हुई थी। विकास के पैरों तले से धरती खिसक गई। उसने शरद की दीदी के चेहरे की ओर देखा। अपने होंठ को खोले वह अब भी कुछ कहने का प्रयत्न कर रही थी। विकास ने उसके प्राण बचाने के लिए तुरन्त उसका शरीर सीधा किया। उसकी छाती से छुरी खींचकर बाहर निकाली ताकि उसके शरीर को और अधिक कष्ट न हो। तभी शरद वहां पहुंच गया। उसने विकास के हाथ में छुरी देखी तो पागलों की तरह चिल्लाने लगा, 'मेरी दीदी को मार डाला, मेरी दीदी को मार डाला!' और कांपकर पीछे हटा। वह फिर चीखा, 'दीदी!' और फिर डरकर वह बहुत तेजी के साथ भागता हुआ बंगले से बाहर चला गया।

विकास को अचानक वास्तविकता का आभास हुआ। वहां खड़े नौकर की ओर देखने के बाद उसने अपने हाथ की छुरी देखी। कांपकर उसने छुरी तुरन्त फेंक दी। उसने अपने समीप पड़ा शरीर देखा। शरद की बड़ी दीदी दम तोड़ चुकी थी। विकास की भी मानो जान ही निकल गई। लाश के पास से उठते हुए विकास ने पुनः नौकर की और देखा। नौकर भी उसे हत्यारा समझकर घूर रहा था। विकास ने घबराते हुए कहा-'नहीं-नहीं यह हत्या मैंने नहीं की। मैं इस विषय में कुछ नहीं जानता। नहीं।' विकास ने तुरन्त भाग जाना चाहा, परन्तु तब तक नौकर आगे बढ़ चुका था। उसने वहीं मेज पर रखा पीतल का गुलदान उठाकर विकास के सिर पर भरपूर वार किया। विकास को चक्कर आ गया। आंखों के सामने अंधेरा छाने लगा। वह वहीं लड़खड़ाकर गिर पड़ा और बेहोश हो गया।

जब उसकी आंख खुली तो वह एक अस्पताल में था। वह लगभग घण्टे भर तक बेहोश रहा था। उसके समीप डॉक्टर के अतिरिक्त एक पुलिस इन्स्पेक्टर तथा कुछ कांस्टेबल भी थे। विकास को स्थिति समझते देर नहीं लगी। उठकर बैठते हुए उसने अपने सिर पर हाथ फेरा, जहां चोट लगी थी। थोड़ा सा रक्त निकलकर पपड़ी जम गई थी। उसके बैठते ही कांस्टेबल तथा इन्स्पेक्टर सतर्क हो गए। विकास ने उन्हें वास्तविकता से परिचित करा देना चाहा, परन्तु उसके होंठ खुलने से पहले ही डॉक्टर इन्स्पेक्टर से कह रहा था, 'अब वह बिल्कुल स्वस्थ है।

आप अपराधी को ले जा सकते हैं। अस्पताल में रोगियों के लिए पलंगों की यों भी कमी है, इसलिए स्वस्थ व्यक्तियों को हम पलंग नहीं दे सकते।'

इन्स्पेक्टर ने तुरन्त विकास की ओर झुकते हुए उसे हथकड़ी पहना देनी चाही।

'लेकिन इन्स्पेक्टर साहब।' विकास ने कहना चाहा।

'जो कुछ कहना हो थाने में कहना।' इन्स्पेक्टर ने लापरवाही से कहते हुए विकास के एक हाथ में हथकड़ी डाल दी। फिर सावधानी बरतकर उसने दूसरी हथकड़ी एक सिपाही के हाथ में थमा दी। चाभी अपने पास रखते हुए उसने विकास को अपनी हिरासत में ले लिया।

थाने में पहुंचकर विकास ने पुलिस को अपना वही बयान दिया जो उसने देखा था तथा उसके साथ बीता था। पुलिस ने उस पर सख्ती की। उसे मारा भी। पुलिस के डंडे खाकर पीड़ा से उसका शरीर टूटने लगा। आंखें छलक आईं। फिर भी उसने सत्य ही कहा-वह निर्दोष है; उसने किसी की हत्या नहीं की; उसने शरद की दीदी का जीवन बचाने के लिए उसके शरीर से छुरी निकाली थी। इन्स्पेक्टर ने विवश होकर उसका दिया बयान लिखा और फिर उसे हवालात में बन्द कर दिया। विकास की चिन्ता बढ़ी। घर पर उसकी मां तथा उसकी बहन प्रतीक्षा कर रही होंगी। रात भी वह अपने घर नहीं पहुंचा तो दोनों चिंतित हो उठेंगी। हवालात में बन्द होने के बाद विकास को समझ नहीं आया कि अपने घर पर वह आज की दुर्घटना की सूचना कैसे भेजे; परन्तु उसे अधिक देर इसके लिए चिंतित नहीं रहना पड़ा। पुलिस ने उसके घर आज ही सूचना भेजना अपना कर्तव्य समझ लिया था। उसके विषय में सुनकर उसकी मां पर क्या बीतेगी? क्या बीतेगी उसकी बहन पर? वे दोनों तो पहले ही दुःखी हैं। मां को बेटी के विधवापन का गम है, बहन को अपने सुहाग के मिटने का। दोनों उसकी क्या सहायता कर सकती है। उन दोनों का जीवन तो उसी पर निर्भर था। क्या इतना भयानक दोष लगने के बाद उसके होने वाले ससुर उसकी सहायता करना पसन्द कर सकते हैं? क्या उसके वायलिन की धुन पर नृत्य करने वाली गौरी अपने होने वाले सुहाग को हत्या के इस दोष मुक्ति दिलाने की कोशिश कर सकती है? विकास पर जिस लड़की की हत्या का दोष था, वह छोटे-मोटे खानदान की लड़की नहीं थी। सदानन्द शहर के जाने-माने धनाढ्य तथा प्रतिष्ठित व्यक्तियों में से थे। वह कैसे विश्वास करेंगे कि जिसे उनके बेटे-बेटी तथा एक नौकर ने हाथ में रक्त से रंगी छुरी थामे उनकी बेटी की लाश के पास बैठे देखा है, उसने हत्या नहीं की? फिर भी विकास को विश्वास था कि उसका कुछ नहीं बिगड़ेगा। वह निर्दोष है।

सहसा कहीं दूर घड़ियाल ने बारह बजे के घण्टे बजाए। विकास अपने विचारों से जागा। उसे अपनी स्थिति पर दया आई। अपनी मां तथा विधवा बहन की विवशता का अनुमान लगाकर उसे रोना आया। पुलिस ने शायद उसके घर पर उसके विषय में सूचना दे दी होगी। घर में कोहराम मच गया होगा। इस समय उन्हें कौन तसल्ली देने वाला होगा? दुर्गाप्रसाद? गौरी? अपने बेटे के विषय में सूचना पाते ही मां अपने होने वाले समधी के पास सहायता के लिए

अवश्य ही गई होगी। क्या उत्तर दिया होगा उन्होंने मां को? विकास के लिए इस समय हर बात असमंजस में थी। उससे मिलने थाने में अब तक कोई नहीं आया था तो अब क्या आएगा। विकास ने मां से सुबह मिलने की आशा कर ली।

* * *

रात के बारह बजने के बाद भी सदानन्द के बंगले के बाहर भीड़ लगी हुई थी। सदानन्द को कौन नहीं जानता था! वे अत्यन्त धार्मिक व्यक्ति थे तथा दान पुण्य में विश्वास करते थे। दूसरों की सहायता करने में उन्हें एक आत्मिक संतोष मिलता था। यदि स्वभाव के नर्म थे तो बहुत सख्त भी थे। यदि अपने बंगले या फैक्ट्री के किसी नौकर को उसकी छोटी-सी भूल पर नौकरी से निकाल बाहर करना जानते थे। सभी को बड़ा आश्चर्य था कि इतने भले व्यक्ति की लड़की की हत्या क्यों की गई? शरद से बड़ी उनकी दो बेटियाँ थीं। बड़ी का नाम अर्चना था और छोटी का वन्दना। अर्चना की हत्या की सूचना ने शहर भर में सनसनी फैला दी थी। गम का पहाड़ टूट पड़ा था सदानन्द के परिवार पर। यदि इस समय किसी ने उन्हें संभालने में सबसे अधिक सहायता की, तो वह था जगदीश-अर्चना का मंगेतर। अर्चना से वह प्रतिदिन ही मिलने आता था। हर शाम उसकी अर्चना के साथ ही बीतती थी। क्या मालूम था कि आज कि शाम इतना भयानक रूप लेकर उसका स्वागत करेगी। वह स्वयं अर्चना के लिए आंसू बहा रहा था, परन्तु अर्चना के घरवालों के लिए तसल्ली का सहारा बना हुआ था। सदानन्द का दिल बैठा जा रहा था। उनकी पत्नी गश खाकर बार-बार ठंडी पड़ जाती थी। डॉक्टर उनकी सहायता के लिए उपस्थित था, परन्तु कोई लाभ नहीं हो रहा था। वन्दना भी इस समय अपनी सखियों के मध्य फर्श पर एक कोने में बेहाल-सी बैठी थी। रोते-रोते वह भी मूच्छिर्त-सी हो रही थी। वहीं समीप ही शरद भी बैठा हुआ था। उस पर अब भी भय छाया हुआ था। वह-रहकर सिसकियों से उसका पूरा शरीर कांप जाता था। आंखों के सामने से हत्या का दृश्य हटता ही नहीं था। अर्चना का शव पुलिस ले जा चुकी थी। पोस्टमार्टम के बाद उसका शव अगले दिन मिलना था। अर्चना क्या गई, इस परिवार की सारी प्रसन्नता, सारा सुख और शांति चली गई थी।

पिछले दिन शहर में एक मेला था, इसलिए सेठ सदानन्द के नौकर दोपहर में ही छुट्टी पर चले गये थे, परन्तु एक नौकर नहीं गया था। आखिर किसी को तो बंगले की देखभाल के लिए बंगले में उपस्थित रहना था। शाम होते ही सदानन्द अपने पत्नी के साथ क्लब की एक सभा में चले गए थे। क्लब के सदस्य उनके पड़ोसी मित्र भी थे, इसलिए उन्हें भी अपनी पत्नी के साथ सभा में जाना पड़ गया था। पड़ोसी के यहां भी एक जवान लड़की थी। वन्दना की वह सहेली थी। शाम के समय वन्दना उसे के लॉन में टहलती हुई उससे बातें कर रही थी। सहेली का भी एक छोटा भाई था जो शरद का मित्र था। शाम के समय शरद मित्र के साथ उसके बंगले में बैठा कैरम खेल रहा था, परन्तु उसे अपने म्यूजिक-मास्टर आने की प्रतीक्षा थी। वह जानता था

7

कि जब उसके मास्टर आ जाएंगें तो नौकर उन्हें संगीत कक्ष में बिठाकर उसे बुलाने आ जाएगा। प्रायः ऐसा ही होता था। पिछली शाम खेल के मध्य अचानक नौकर ने उसे सूचना दी कि उसके मास्टर साहब आये हैं तो शरद की कैरम बोर्ड पर केवल दो गोटियां रह गई थीं। उसने खेल समाप्त करके ही उठना पसन्द किया, परन्तु, वन्दना अपनी सहेली से बातें समाप्त करके अपने बंगले को लौट पड़ी थी। उसे ज्ञात था कि शरद के म्यूजिक-मास्टर का नाम विकास है। प्रायः जब शरद पड़ोस के बंगले में अपना खेल समाप्त करता होता तो विकास संगीत-कक्ष में बैठकर अपनी मीठी-धुन बजाने लगता था। तब वन्दना अपने कमरे में बैठी चुपचाप विकास के वायलिन की धुन सुनने लगती थी। वह सोचती थी कि यह नवयुवक कितना अच्छा वायलिन वादक है! वन्दना विज्ञान की छात्रा थी। कॉलेज में यह उसका तीसरा वर्ष था। उसे संगीत में नाम-मात्र भी रुचि नहीं थी! यह केवल विकास ही था, जिसकी मीठी धुन सुनकर उसके अन्दर वायलिन के स्वर के प्रति अज्ञात रूप से रुचि बढ़ने लगी थी, परन्तु वह इस बात का एहसास कभी नहीं कर सकी थी कि विकास को कला के साथ विकास के प्रति भी उसके दिल में रुचि की बहुत मद्धिम-सी चिंगारी जल चुकी है। अहसास कर लेती तो शायद विकास से वह बातें करना भी आरम्भ कर देती। यही कारण था कि जब विकास उसकी दृष्टि के सामने कुछेक बार पड़ा तो वह अपने बड़प्पन में लापरवाह बनी रही थी। विकास को देखकर, उसके व्यक्तित्व से अप्रभावित होने के बावजूद उससे वह अज्ञात रूप से प्रभावित थी। अपनी पड़ोसी सहेली के यहां से चलने के बाद वह अपने बंगले में प्रविष्ट हुई। उसका कमरा अर्चना के कमरे के बाद पड़ता था। अर्चना के कमरे के सामने से जाते हुए उसकी दृष्टि द्वार के अंदर पड़ गई थी। उस समय विकास का हाथ उस छुरी पर था, जो अर्चना की छाती में धंसी हुई थी। वह छुरी निकाल रहा था। वन्दना कांप उठी थी। क्षण-भर के लिए भय के कारण वन्दना की आवाज गुम हो गई थी। फिर जैसे ही विकास ने रक्त में डूबी छुरी अर्चना की छाती से खींचकर बाहर निकाली थी, वन्दना बहुत जोर से चीख पड़ी थी, और फिर बेहोश होकर गिर पड़ी थी। उसके बाद ही शरद भी दौड़ता हुआ वहां आ पहुंचा था तथा बंगले का नौकर भी आ गया था। शरद अपनी दीदी की हत्या देखकर पागल-सा हो गया था। वह वहां से भाग-कर अपने पड़ोसी मित्र के वहां चला गया था। पागलों की तरह बड़बड़ाते हुए उसने सबको जब अपनी दीदी की हत्या की सूचना दी तो सब वहां दौड़े चले आए थे, परंतु शरद डरकर अपने बंगले में वापस नहीं आया था। वन्दना की सहेली जब घटना-स्थल पर पहुंची तो वन्दना का नौकर विकास पर काबू पा चुका था। घात द्वारा बेहोश करने के बाद उसने विकास के हाथ-पैर एक चादर द्वारा भली-भांति बांध दिए थे, ताकि होश में आने के बाद वह भाग न सके। फिर वह छाती पीट-पीटकर रो पड़ा था। वन्दना की सहेली ने वन्दना को द्वार पर बेहोश देखा तथा कमरे के अंदर अर्चना की लाश देखी तो सहमकर वह स्वयं भी बुरी तरह चीख पड़ी थी। फिर उसी ने स्वयं पर काबू पाते हुए इस भयानक घटना की सूचना फोन द्वारा क्लब में

सदानन्द को देने के बजाय अपने पिताजी को दे दी थी। उसके पिताजी सदानन्द तथा उनकी धर्मपत्नी को सभा के मध्य से अर्चना के अचानक बीमार पड़ने के बहाने बंगले ले आए थे।

अब सदानन्द तथा उनकी धर्मपत्नी अपने पड़ोसी पति-पत्नी के साथ अपने बंगले पर पहुंचा तो वहां लोगों की भीड़ देखकर एक अज्ञात भय से उनका दिल कांप गया था। तभी वहां सायरन बजाती हुई जीपगाड़ियां भी वहां आ गई थीं। वन्दना की सहेली ने ही पुलिस को भी फोन कर दिया था। अपनी गाड़ियों से उतरकर सब लोग लगभग एकसाथ ही भीड़ में बंगले के बरामदे पर चढ़े और लपककर सामने के द्वार में प्रविष्ट हो गये। तब तक वन्दना की उसकी पड़ोसी सहेली पास-पड़ोस से आई स्त्रियों की सहायता से अलग कमरे में पलंग पर लिटा चुकी थी। वन्दना के मुंह पर पानी के छींटे मारकर उसकी सहेली उसे होश में लाने का प्रयत्न कर रही थी। वन्दना को होश आया तो उसके कानों में मां की तड़पती चीख पड़ी। सदानन्द की पत्नी अर्चना के कमरे में पहुंचकर अपनी बेटी की रक्त से लथपथ लाश देखते ही चीख पड़ी थी। सदानन्द को ऐसा लगा था, मानो उनके दिल की गति बन्द हो जाएगी। दोनों दौड़कर बेटी के शव से लिपट जाना चाहते थे, परन्तु तभी उन्हें मना करते हुए पुलिस इंस्पेक्टर ने उनका रास्ता रोक लिया था।

इंस्पेक्टर ने लाश अपनी सुरक्षा में ले ली थी। लाश की हर कोण से तस्वीरें ली गईं। छुरी पर हल्के से कपड़ा डालकर उसने उसे एक पुलिस कांस्टेबल की सुरक्षा में दे दिया था, ताकि छुरी पर से हत्यारे की उंगुलियों के निशान लिए जा सकें। अन्य वस्तुएं भी, जो इधर-उधर गिरी-पड़ी मिलीं, उसने उन्हें भी अपनी सुरक्षा में ले लिया था। फिर उसने अपना ध्यान विकास की ओर समेटा था। उसने अपने आसपास खड़े लोगों से पूछा था, 'इस युवक को किसने इस प्रकार बांधा है?'

'मैंने बांधा है साहब।' बूढ़े नौकर ने अंगोछे से अपने आंसू पोंछते हुए सामने आकर कहा था, 'यह हत्यारा बिटिया रानी की हत्या करके भाग रहा था कि मैंने इसके सिर पर गुलदान पटक दिया।'

'हूं।' इंस्पेक्टर ने कहा था और फिर तुरन्त विकास के बांधे हाथ-पैर खुलवा दिए थे। उसने विकास को तुरंत अस्पताल भेजना आवश्यक समझा था। ऐसा न हो कि हत्यारे के सिर पर गुलदान का घाव गहरा लगा हो जिसके कारण वह हत्या-कांड पर कोई प्रकाश डाले बिना ही मर जाए। उसने विकास को एक सब इंस्पेक्टर के सुपुर्द करके कुछ सिपाहियों के साथ अस्पताल ले जाने की आज्ञा दे दी थी। साथ में उसने अर्चना की लाश भी भेज दी थी, ताकि समय पर उसका पोस्टमार्टम किया जा सके। फिर उसने विकास पर वार करने वाले नौकर का बयान लिया था। नौकर ने वही कहा, जो उसने देखा था तथा उसके साथ बीता था। उसके विवरण में वन्दना तथा शरद का नाम भी आया था और वन्दना की सहेली का भी। उसने अपना विवरण समाप्त ही किया था कि वहां जगदीश चला आया था अर्चना का होने वाला

पति। उसे बंगले के बरामदे पर चढ़ते ही बंगले में मचे हाहाकार का कारण मालूम हो चुका था। वह आते ही सदानन्द से लिपटकर बच्चों की तरह फूट-फूटकर रो पड़ा था। उसके आने से एक बार फिर विलाप में उबाल आ गया था। अर्चना के साथ जीवन बिताने के लिए जगदीश ने क्या-क्या सपने नहीं देखे थे।

इंस्पेक्टर ने वन्दना से भी उसका बयान लिया था। वन्दना ने रोते-सिसकते बता दिया कि उसने विकास को उसकी बहन की हत्या करके छुरी निकालते हुए देखा तो वह भय से चीखकर बेहोश हो गई थी। इन्स्पेक्टर ने शरद से भी मिलना चाहा तो वन्दना की सहेली ने बताया कि शरद उसके बंगले में है। सदानन्द ने जगदीश को शरद को लाने के लिए भेज दिया और इन्स्पेक्टर वन्दना की सहेली का बयान लेने लगा। उसने वही कहा, जो उसने देखा था। जब शरद बंगले में वापस आया तो वह बहुत सहमा हुआ था। जगदीश के समझाने-बुझाने के बावजूद उसे पर हत्यारे का भय छाया हुआ था। उसने भी डरते-कांपते वही कहा, जो उसने देखा था। सबका बयान लेने के बाद इन्स्पेक्टर अस्पताल के लिए रवाना हो गया था।

तब से अब तक रोना और सिसकना चल रहा था। इस बीच जगदीश ने स्वयं को संभालकर पूरे परिवार को संतोष का बहुत बड़ा सहारा दिया था। उसी ने सदानन्द की ओर से उनके सभी रिश्तेदारों को ट्रंककॉल द्वारा इस भयानक घटना की सूचना दे दी थी। वन्दना रोते-बिलखते हुए भी सोच रही थी, ऐसे अवसर पर यदि जगदीश नहीं होता तो कौन इस घर की सहायता करता! आखिर उस हत्यारे ने क्यों उसकी बहन की हत्या की? क्या बिगाड़ा था उसकी बहन ने उस मास्टर के बच्चे का? क्या इसीलिए उसे इस बंगले में शरद को संगीत सिखाने के लिए ट्यूटर रखा था कि वह इस कुल की एक ज्योति बुझा दे? वन्दना मन ही मन विकास को कोस रही थी नीच, पापी, हत्यारा। वह इस हत्यारे को फांसी चढ़वाकर ही चैन की सांस लेगी। भगवान करे, फांसी के बाद उसकी आत्मा को भी शांति न मिले। वन्दना के मन में विकास के प्रति जो मद्धिम-सी चिंगारी उत्पन्न हुई थी, अब वह उसके विरुद्ध नफरत की आग बनकर भड़क उठी थी।

* * *

रात के बारह बज चुके थे। विकास की मां तथा बहन पूनम विकास के लिए चिंतित थीं। विकास अब तक घर क्यों नहीं लौटा? बिना बताए कहां चला गया? ऐसा तो उसने कभी नहीं किया था। फिर भी एक आशा या सन्तोष का एक कारण था। सम्भवतः विकास को दुर्गाप्रसाद के साथ अचानक ही किसी संगीत-प्रोग्राम में जाना पड़ गया हो। संगीत-प्रोग्राम में देर हो ही जाती थी, परन्तु इतनी देर आज पहली बार हुई थी, इसलिए मां-बेटी का विकास के लिए चिंतित होना स्वभाविक ही था। फिर भी मां का दिल एक अज्ञात भय के कारण शाम से ही धड़क रहा था। यही कारण था कि उसने बहुत उचाट मन से खाना खाया था और वह भी बेटी

के जिद के कारण। फिर बहुत देर होने के बाद वह पलंग पर लेट गई थी, परन्तु नींद आंखों से कोसों दूर थी। पूनम भी पलंग लेट चुकी थी, परन्तु जाने क्यों, नींद उसे भी नहीं आ रही थी। उसका दिल भी धड़क रहा था।

सहसा किसी ने द्वार खटखटाया। मां बेटी ने चैन की सांस ली। विकास आ गया। पूनम ने उठकर द्वार खोला, परन्तु तभी वह बुरी तरह चौंक गई। यह क्या? द्वार पर तो एक पुलिस का आदमी खड़ा था। पूनम कांपकर पीछे हट गई। दिल की धड़कनें तेज हो गई।

'विकास का मकान यही है?' पुलिस वाले ने बीड़ी का एक कश लेने के बाद पूछा।

'....' पूनम कुछ नहीं कह सकी। केवल हां के संकेत पर सिर हिला दिया।

'मैं केवल यह बताने आया हूं कि इस समय विकास हवालात में है।' पुलिस वाले ने कहा,' 'आप लोग कल सुबह जाकर उससे मिल लेना'।

'क्या?' पूनम को विश्वास ही नहीं हुआ। दिल की धड़कने और तेज हो गई।

'हां।' पुलिस वाले से कहा, वह सेठ सदानन्द की लड़की की हत्या के आरोप में गिरफ्तार है।

सेठ सदानन्द? पूनम ही नहीं, मां भी जानती थी कि विकास सेठ सदानन्द के बेटे को संगीत सिखाता था। पूनम ने सूना तो ऊपर से नीचे तक कांप गई। ऐसा कैसे हो सकता था कि विकास सेठ सदानन्द की बेटी की हत्या करे? उसने मानो स्वयं से कांपते स्वर में कहा, 'नहीं-नहीं, ऐसा नहीं हो सकता। ऐसा कभी नहीं हो सकता।' फिर उसने मां को चीखकर पुकारा 'मां'।

अन्दर के कमरे में मां पहले ही एक अजनबी का स्वर सुनकर पलंग पर बैठी थी। बेटी ने पुकारा तो दिल उछलकर मानो कंठ में आ गया। लपककर वह बेटी से पास पंहुची। द्वार पर एक पुलिस वाले को खड़ा देखा तो चौंक गई। उसके पूछने पर पुलिस वाले ने उसे भी वही बताया, जो पूनम को बताया था। मां को उसकी बात का विश्वास नहीं हुआ। उसने कांपते स्वर में कहा, 'ऐसा कभी नहीं हो सकता। मेरा बेटा एक चींटी को तो मार नहीं सकता, भला एक लड़की की हत्या क्या करेगा!'

'यह सब आप जानें और अदालत।' पुलिस वाले ने बात समाप्त करते हुए कहा, 'आपको सूचित करना मेरा कर्त्तव्य था, जो मैंने कर दिया।'

मां-बेटी के पैरों से धरती निकल गई। दोनों एक-दूसरे से लिपटकर रो पड़ीं पूनम के विधवापन की एक मुसीबत क्या कम थी, जो दूसरी आन पड़ी। विकास ही तो उनका एक मात्र सहारा था। अब मां क्या करे और किसके पास सहायता के लिए जाए? इस समय दुर्गाप्रसाद ही ऐसे व्यक्ति थे, जो उसकी सहायता कर सकते थे। अब तक रोने, आंसू बहाने के बाद रात का एक बज चला था। घोर अन्धकार था, फिर भी अकेली स्त्री ने रिक्शा किया ओर दुर्गाप्रसाद के घर पहुंची। दुर्गाप्रसाद को सेठ सदानन्द की बेटी की सनसनीपूर्ण हत्या की सूचना पहले ही

मिल चुकी थी। उन्हें पूरा विश्वास था कि हत्याकांड की सूचना मिलते ही विकास की मां उनके पास सहायता के लिए दौड़ी चली आएगी, परन्तु ऐसे घोर अपराध के बाद वह विकास की सहायता किस प्रकार कर सकते थे? सेठ सदानन्द साधारण व्यक्ति नहीं थे। हत्यारे की सहायता करना उनसे बुराई मोल लेना था। विकास का चरित्र उन पर खुल गया था, क्या यही उनके लिए कम था? गौरी को उन्होंने विकास का अब नाम तक लेने से मना कर दिया था, गौरी स्वयं भी भगवान को धन्य कह रही थी जिसकी कृपा से वह एक हत्यारे की पत्नी बनने से बच गई थी। दुर्गाप्रसाद के परिवार में सभी के होठों पर विकास की घोर निन्दा थी। काफी देर बाद भी जब विकास की मां नहीं आई थी तो सब सो गए थे, इस विचार से कि अब विकास की मां सुबह ही आएंगी।

आधी रात के बाद जब विकास की मां ने दरवाजा पीटना आरम्भ किया तो दुर्गाप्रसाद बड़बड़ाते हुए उठ खड़े हुए और जाकर द्वार खोला। विकास की मां ने पूरे अधिकार के साथ घर में प्रवेश करना चाहा तो दुर्गाप्रसाद ने उनका रास्ता रोक लिया। कड़े शब्दों में उन्होंने पूछा, 'अब यहां क्या लेने आई हो विकास की मां?'

'क्या?' विकास की मां ने दुर्गाप्रसाद को बहुत आश्चर्य से देखा, 'क्या आपको मालूम हो चुका है।...'

'मुझे क्या, सारे शहर में यह बात आग की तरह फैल चुकी है कि तुम्हारा बेटा विकास हत्या करता रंगे हाथों पकड़ा गया है। और फिर मैं तो अभी-अभी स्वयं सेठ सदानन्द के बंगले से होकर आ रहा हूं। मैं तो उस घड़ी को धन्य कहता हूं, जब तुम्हारी बेटी विधवा हो गई थी। यदि उसके विधवा होने से गौरी का विवाह नहीं टलता तो आज मेरी बच्ची किसी को मुंह दिखाने के बजाय आत्महत्या कर लेती। और अब तुम भी जाकर कहीं डूब मरो।'

विकास की मां को ऐसा लगा, मानो दुर्गाप्रसाद ने उसकी छाती पर एक भरपूर घूंसा मार दिया हो। यह व्यक्ति, जो कल तक अपनी बेटी का सम्बन्ध उसके बेटे से जोड़ते हुए स्वयं को धन्य समझ रहा था, आज उस घड़ी को धन्य कह रहा है, जब पूनम विधवा हुई थी। विकास की मां से इतनी बड़ी सहन नहीं हो सकी। तड़पकर वह चीख पड़ी, 'दुर्गाप्रसाद!'

'चीखो मत।' दुर्गाप्रसाद ने विकास की मां को झिड़क-दिया, 'यह शरीफों का मोहल्ला है। यहां गुन्डे और हत्यारे नहीं रहते।'

'अहसानफरामोश, दगाबाज, नीच....। विकास मां ने क्रोध में दांत पीसे। वह कभी स्वप्न में भी नहीं सोच सकती कि दुर्गाप्रसाद उसके साथ ऐसा व्यवहार करेंगे।

'विकास की मां।' दुर्गाप्रसाद से भी विकास की मां की बातें सहन नहीं हो सकीं तो वह चीख पड़े, 'यदि तुमने अब मेरे विरुद्ध एक शब्द भी मुंह अभी पुलिस को सूचित कर दूंगा कि तुम्हारा बेटा तो वहां हत्या कर चुका, अब तुम भी यहां कुछ करने पर तुली बैठी हो!'

मां अब दुर्गाप्रसाद की और बातें सहन करने को तैयार नहीं थी। उसको मन हुआ कि दुर्गाप्रसाद के मुंह पर थूक दे परन्तु फिर वह क्रोध और घृणा से सिर भटककर वहां से चल दी।

विकास की मां थाने पहुंची तो गम तथा क्रोध में उसका शरीर तप रहा था। गम बेटे का था तथा क्रोध दुर्गाप्रसाद पर था। इतनी रात बीत चुकी थी इसलिए उसके रो-रोकर विनती करने पर भी हवलदार ने उसे विकास से नहीं मिलने दिया। उसे समझा दिया कि वह सुबह आकर विकास से मिल सकती है। विवश होकर मां अपने घर लौट आई थी। पूनम को सब कुछ बताया तो पूनम फूट-फूट कर रोते हुए दुर्गाप्रसाद को कोसने लगी। वह यह सोचने पर विवश हो गई कि दुर्गाप्रसाद तो दूर हैं, क्या गौरी भी इतनी जल्दी बदल गई? गौरी तो उससे जब भी मिलती थी, अपार प्यार प्रकट करती थी। वह भी तो अभी से ही उसे 'भाभी' पुकारने लगी थी।

उस रात मां-बेटी को एक क्षण के लिए भी नींद नहीं आ सकी।

सुबह मां-बेटी कुछ भी नहीं खा-पी सकी। दिल विकास में अटका हुआ था, इसलिए अन्न का दाना मुंह में जाता भी कैसे? घर से निकलते समय उन्होंने पास-पड़ोस को भी कुछ नहीं बताया, परन्तु ऐसी घटनाएं कभी छिप सकती हैं? पत्रकारों ने हत्याकांड की एक चटपटी कहानी गढ़कर समाचार पत्रों में विकास की गिरफ्तारी का विवरण दे दिया था। घर से निकलते समय मां बेटी को जिसने भी देखा, घृणा की दृष्टि से देखा, तिरस्कृत दृष्टि से देखा। पास-पड़ोस वालों ने उन दोनों से ऐसी दूरी बरती, मानो बात करने से ही वे स्वयं उस हत्याकांड में उलझकर बदनाम हो जाएंगे। मां बेटी ने भी किसी की परवाह नहीं की। उन्हें तो विकास से मिलना था। वास्तविकता क्या है, यह केवल विकास से ही मालूम हो सकता था।

पुलिस चौकी पर इंस्पेक्टर से आज्ञा लेने के बाद मां-बेटी जब विकास से मिली तो उसे देखते ही फूट-फूटकर रो पड़ीं। मां जंगले में दोनों हाथ डालकर विकास की छाती से लगा लिया। बहन ने भाई की कलाई पकड़ी और आंसुओं से धोने लगी। उस कलाई पर तो वह राखी बांधा करती थी। यदि उसके भैया को कुछ हो गया तो कौन उसका रक्षा करेगा? 'रोते-रोते मां-बेटी दोनों की ही आंखें सूज गई थीं। विकास तसल्ली का स्वयं भूखा था, परन्तु उसने मां तथा बहल को तसल्ली दी। उन्हें समझाया कि वे घबराएं नहीं, वह निर्दोष है। उसका कुछ नहीं बिगड़ेगा। मां ने जब दुर्गाप्रसाद के व्यवहार के विषय में बताया तो विकास खून के घूंट पीकर रह गया। यह संसार कितनी जल्दी बदल जाता है। गौरी को उसने अपने साज की धुन नहीं बनाया था, वह स्वयं उसके साज की धुन बनी थी। उसने गौरी को अपनी धुन पर नृत्य किया करती थी। क्या ऐसी स्थिति में भी वह उसके पास नहीं आएगी? वह बहुत पछताने लगा। क्यों उसने सेठ सदानन्द की लड़की की जान बचाने का प्रयत्न किया? क्यों उसकी भलाई अपनी भलाई सोचकर की जाती है? विकास ने मां को समझाया कि वह तुरन्त एक अच्छे वकील द्वारा उसकी जमानत कराने का प्रबन्ध करें उसके बाद उसे अपनी निर्दोषता सिद्ध करते देर नहीं लगेगी। जो वास्तविकता है, उसे संसार को स्वीकार करना ही पड़ेगा।

मां ने विकास के लिए एक अच्छे वकील का प्रबंध कर दिया। फिर भी विकास की जमानत होने में एक सप्ताह लग गया। पूनम को घर पर छोड़कर मां प्रतिदिन ही अदालत जाती थी। मां के जाते ही पूनम घर का द्वार अन्दर से बन्द कर लेती थी। फिर भी मोहल्ले के लफंगों ने उसके घर की बन्द खिड़की के पास आकर तेज स्वर में उस पर आवाजें कसना नहीं छोड़ा था। पूनम सुनती तो अपने दुर्भाग्य पर आंसू बहाकर चुप रह जाती थी। विकास की देर में जमानत होने का भी एक कारण था। सदानन्द को सरकारी वकील मिला था, फिर भी उन्होंने विकास को सख्त से सख्त सजा दिलाने के लिए एक निजी वकील रख लिया था। निजी वकील ने विकास की जमानत रुकवाने के लिए भय प्रकट किया था कि विकास जमानत के बाद फरार हो सकता है, परन्तु उसके भय की चिंता न करते हुए अदालत ने विकास को जमानत पर रिहा कर दिया।

जमानत के बाद विकास मां के साथ अपने घर गया तो आस-पड़ोस की दृष्टि में वह एक हत्यारा था। बच्चे उसे देखते ही सहमकर अपने घरों को भाग खड़े हुए। स्त्रियों ने अपने घर के द्वार बन्द कर लिए। हत्यारे ने जाने किस नीयत से एक जवान लड़की की हत्या की थी। विकास को इसका दुःख हुआ। जो लोग उसके वायलिन की धुन सुनने के लिए उसके द्वार की ओर खिंचे चले आते थे, आज उन्होंने उससे कितनी बेरूखी से मुंह मोड़ लिया है।

उस दिन विकास की इच्छा हुई कि वह जाकर गौरी से मिले, परन्तु उससे मिलने का कोई प्रश्न ही उत्पन्न नहीं होता था। गौरी ने इतने दिन उसकी खोज-खबर नहीं ली, मां और बहन से मिलकर दो शब्द भी तसल्ली के नहीं कहे, फिर वह क्यों गौरी से मिलता? उसने गौरी का विचार सदा के लिए छोड़ दिया। फिर उसने सोचा, इतना बड़ा कांड होने के बावजूद यदि सेठ सदानन्द से मिले तो कैसा रहेगा? वह अवश्य जानना चाहेंगे कि इस हत्या के पीछे क्या रहस्य है। रहस्य बताने के बहाने उससे मिलकर वह उन पर अपनी निर्दोषता प्रकट करते हुए उन्हें इस रहस्य का पता लगाने पर विवश कर सकता है, जिसके कारण उनकी बेटी की हत्या हुई थी। उसकी बातें सुनकर वह किसी ओर पर भी तो हत्यारा होने का सन्देह कर सकते हैं। उसने तीन मास तक शरद को संगीत सिखाया था, परन्तु इस बीच एक बार भी उसकी बात दोनों लड़कियों में से किसी से नहीं हुई थी। वह तो उनकी लड़कियों के नाम तक नहीं जानता था। नाम से वह तब परिचित हुआ था, जब उसने थाने में इन्स्पेक्टर को अपना बयान दिया था। ऐसी स्थिति में सदानन्द कैसे उसे अपनी बेटी का हत्यारा समझ सकते थे? यही सब सोचकर विकास, मां तथा बहन के कुछ कहे बिना ही शाम के समय सदानन्द के बंगले पर पहुंच गया, परन्तु मुख्य द्वार पर दरबान ने उसे देखते ही उसके सिर पर डण्डा तान लिया। गरजकर उसने कहा-'अब यहां क्या किसी और की हत्या करने आया है?'

विकास ने बहुत आश्चर्य के साथ चौकीदार को देखा। क्या वास्तविकता जाने बिना ही सब उससे घृणा करने लग हैं?

'यदि कभी भूलकर भी इस ओर आने का प्रयत्न किया तो, इतने डंडे मारूंगा कि तुम्हारी हड्डी-पसली एक हो जाएगी।' चौकीदार ने उसे सावधान किया। वह चीखा, 'भाग यहां से।'

घृणा और वह भी एक बंगले के चौकीदार की घृणा? विकास ने बंगले की ओर देखा।

तभी बंगले की बगल से लॉन की ओर आते शरद पर उसकी दृष्टि पड़ी। उसका शिष्य! शायद वह अपने गुरू की बात को समझने का प्रयत्न करे। उसने आगे बढ़कर उसे आवाज देनी चाही कि उसकी समय शरद की दृष्टि भी उस पर पड़ गई। उसे देखते ही शरद कांप उठा। वह बहुत जोर से चीखा-'मां, हत्यारा....हत्यारा। शरद बहुत तेज गति के साथ दौड़ता हुआ अपने बंगले के अंदर प्रविष्ट हो गया।

शरद की सहमी चीख सुनकर तुरन्त अंदर से सब लोग बाहर बरामदे में आ गए, बहुत सारे लोग थे, सदानन्द के मेहमान। उनके सभी रिश्तेदार उनके परिवार के गम में सम्मिलित होने बाहर से आ गए थे। अर्चना की हत्या हुए भी अभी दिन ही कितने हुए थे। अर्चना का शव सदानन्द को हत्या के अगले दिन पोस्टमार्टम के बाद मिल गया था तो उन्होंने उसका अन्तिम संस्कार उसी शाम कर दिया था। इस समय बरामदे में खड़े लोगों में सदानन्द तथा उसकी पत्नी भी थी। वन्दना भी विकास को घूर रही थी। शरद सहमकर वन्दना के पास खड़ा था।

विकास ने सदानन्द को देखा तो आवश्यक समझा कि जाकर उनकी गलतफहमी दूर कर दे। यहां आकर ऐसे ही चला जाना उसने अपने हित में नहीं समझा। वह तुरन्त मुख्य द्वार में प्रविष्ट हो गया। उसका साहस देखकर सब चकित थे। वन्दना ने अपने लम्बे नाखूनों को तैयार कर लिया कि वह विकास के बरामदे में पहुंचते ही उसका मुंह नोंच डालेगी। ऐसी घृणा वहां खड़े सभी दिलों में विकास के प्रति समाई हुई थी। सभी विकास पर टूट पड़ने को तैयार हो चुके थे। सहसा उन सबके बीच जगदीश प्रकट हुआ। उसके हाथ में एक कोड़ा था। शरद की बात सुनने के बाद उसने तुरन्त सदानन्द का वह कोड़ा उठा लिया था, जो सदानन्द के बापदादों की निशानी के रूप में दीवार में सदा टंगा रहता था। जगदीश तुरन्त लपककर बरामदे से नीचे उतरा और क्रोध में अकड़ता हुआ विकास की ओर बढ़ने लगा। वन्दना ने जगदीश के हाथ में कोड़ा देखा तो उसे संतोष मिला, बल्कि प्रसन्नता हुई। सभी को प्रसन्नता हुई। सबके मन की गहराई से इच्छा की कि जगदीश विकास पर इतने कोड़े बरसाए कि उसका दर्प टूट जाए। विकास ने जगदीश के हाथ में कोड़ा देखा तो उसका दिल कांप गया। यहां तो उसकी धारणा के विपरीत नक्शा ही बदला हुआ था, परन्तु वह कदम बढ़ा चुका था। वापस लौटना बुद्धिमानी नहीं थी। वापस लौटना और जगदीश से बचकर भाग निकलना अपने ऊपर अपराधी होने की मुहर लगाना होता। वह बढ़ता ही रहा।

विकास पोर्टिको तक भी नहीं पहुंचा था कि जगदीश ने उसका रास्ता रोकते हुए उस पर कोड़े का भरपूर वार किया। विकास की गर्दन से लेकर पीठ तक कोड़ा पड़ा तो ऐसा लगा, मानो उसके शरीर की चमड़ी उखड़ गई हो। एक ही वार में उसकी शरीर पर सांठ पड़ गई, जैसे

रक्त निकल आया। बढ़ते पग रुक गए। अपनी सफाई देने के लिए उसने बंगले के बरामदे की ओर बढ़ जाना चाहा।

'कमीने, नीच, खूनी...। जगदीश ने घृणा से दांत पीसते हुए गरजकर कहा और फिर एक भरपूर कोड़ा विकास के शरीर पर बरसाया। विकास की कनपटी पर कोड़ा लगकर उसकी गर्दन में सर्प के समान लिपट गया। विकास की कनपटी की चमड़ी फट गई। वहां रक्त निकल आया। उसे चक्कर-सा आ गया। आगे बढ़ते कदम रुक गया। जगदीश ने विकास की गर्दन में लिपटे कोड़े द्वारा एक झटके से उसके शरीर को अपनी ओर खींचते हुए कहा, 'मैं तुम्हें जिंदा नहीं छोड़ूंगा।'

विकास का निर्बल शरीर लड़खड़ाया, फिर वहीं गिर पड़ा। जगदीश ने विकास के शरीर पर अंधाधुंध कोड़े बरसाना आरम्भ कर दिया। वह कोड़े बरसाता ही गया-बरसाता ही गया-एक के बाद एक बहुत निर्दयता के साथ।

विकास का मुख बरामदे की ओर था। उसने दृष्टि उठाकर देखा, सबके सब झुंड में बरामदे की सीढ़ियां उतरकर उसकी ओर बढ़ रहे थे। विकास ने सदानन्द को देखा, इस प्रकार मानो उससे कुछ कहने की भिक्षा मांग रहा हो। उसने वन्दना को देखा, इस प्रकार, मानो उससे दया की भीख मांग रहा हो। उसने शरद को देखा, इस प्रकार, मानो उसे अपने तथा उसके मध्य गुरु-चेले का संबध याद दिला रहा हो; परन्तु वहां सबकी आंखों में उसके प्रति घृणा के शोले बरस रहे थे। विकास का बल जवाब देने लगा। ऐसा लगा, जैसे उसकी सांस टूट जाएगी। कोड़े की मार से शरीर छलनी हुआ जा रहा था। ऐसा लग रहा था, मानो किसी ने ब्लेड से उसके शरीर की चमड़ी जगह जगह से काट दी है। अंग-अंग से रक्त की धार फूट पड़ी थी। उसक पर बेहोशी छाने लगी। उसके कानों को टूटती शक्ति ने सूना, वन्दना घृणा से तड़पकर तथा रोकर कह रही थी, 'और मारो इसे...और मारो। दीदी के हत्यारे को जान से मार दो! मार डालो इसे...।'

उफ! इतनी घृणा! विकास की बन्द पलकों में आंसू आ गए। जिन लोगों की आंखों तथा बुद्धि पर पर्दा पड़ा है, उनसे वह क्या आशा रख सकता है! वह पछताया कि यहां व्यर्थ ही आया। कोड़ा उसके शरीर पर बरस रहा था। शरीर का अंग-अंग का पीड़ा से टूट रहा था, कानों में धिक्कारों का स्वर पड़ रहा था। उसने स्वयं को कोड़े के सुपुर्द करते हुए शरीर ढीला छोड़ दिया। शायद वह अपनी निर्दोषता सिद्ध किए बिना ही इस संसार से चल बसेगा।

सहसा वहां सभी उपस्थित व्यक्तियों के कानों में पुलिस के आगे का सायरन सुनाई पड़ा। बंगले के द्वार पर दर्शकों की एक भीड़ सी लग गई थी, परन्तु किसी ने भी विकास पर होते अत्याचार के विरुद्ध कुछ कहने का साहस नहीं किया, बल्कि दर्शकों को एक प्रकार का संतोष मिला। सभी जानते थे कि सदानन्द जैसे भले मानुष की पुत्री की हत्या बहुत निर्दयता के साथ की गई थी। आखिर इन दर्शकों की भी तो मां, बहन बहू-बेटियां थी। फिर भी किसी ने पुलिस को विकास पर हो रहे अत्याचार की सूचना दे दी थी। कानून को हाथ में लेकर सजा

देने का अधिकार किसी को नहीं है, चाहे वह कितने ही धनी व्यक्ति क्यों न हों। पुलिस का नाम सुनकर जगदीश ने स्वयं को संभाला। उसने कौड़ा एक नौकर को थमाते हुए उसे तुरन्त बंगले के अंदर ले जाने की आज्ञा दी। फिर खड़े-खड़े हांफने लगा। विकास पर कौड़े बरसाते-बरसाते वह थक गया था।

पुलिस की गाड़ी बंगले के लॉन में प्रविष्ट हुई तो मुख्य द्वार पर खड़े दर्शकों में खलबली मच गई, परंतु सदानन्द या उनके घरवालों ने पुलिस की जरा भी चिन्ता नहीं की। हत्यारा जमानत पर रिहा था। हत्यारा उनके बंगले की चारदिवारी के अन्दर था। वह उन गवाहों की हत्या करने भी यहां आ सकता था, जिन्होंने हत्या होते अपनी आंखों से देखी थी, और यह दोष जब उन्होंने विकास पर लगाया तो एक बार फिर विकास को पुलिस ने अपनी हिरासत में ले लिया। रक्त से विकास का शरीर लाल था। वह अधमरा था। पुलिस ने अपनी सुरक्षा में उसे अस्पताल भेज दिया। पुलिस तथा कानून की दृष्टि में अब वह एक भयानक अपराधी था। उसे स्वतंत्र छोड़ना खतरे से खाली नहीं था।

अस्पताल में विकास की आंखें खुलीं तो रात के नौ बज रहे थे। उसके शरीर पर पट्टियां बंधी हुई थीं। जोड़-जोड़ टूट रहा था। छाले मानो फूट रहे थे। अंग-अंग में जलन हो रही थी। उसके समीप डाक्टर तथा नर्सें थीं। पुलिस के व्यक्ति भी थे। होश में आने के बाद उसने चाहा कि किसी के द्वारा वह अपने घर अपनी स्थिति की सूचना भेज दे परन्तु फिर उसने खामोशी धारण कर ली। अपनी मां तथा बहन को वह क्या मुंह दिखाएगा! बूढ़ी मां उसकी जमानत कराने में कितनी दौड़-धूप नहीं की होगी। आज ही वह छूटा था और आज ही उसने फिर एक नई मुसीबत मोल ले ली! कितना बड़ा मूर्ख था वह, जो अपनी सफाई देने के लिए सदानन्द से मिलने चला गया। उसकी सफाई देने से होती भी क्या? केस तो पुलिस के हाथों में जा चुका है। वह स्वयं को निर्दोष सिद्ध करना चाहता है तो अदालत के सामने सिद्ध करे।

अगली सुबह उसकी मां तथा बहन अस्पताल आईं। दोनों उसके लिए बहुत परेशान थीं। मां की स्थिति देखकर उसकी आंखें छलक आईं। मां भी उसकी स्थिति देखकर रो पड़ी। बहन की आंखें भी छलक आईं, मां ने बेटे के सिर पर हाथ फेरा, फिर बोलो, क्यों चला गया था उस घर में, जहां सारे के सारे तेरे शत्रु बने बैठे हैं? तुझे वे लोग जान से मार दें तो मेरा क्या होता, तेरी बहन का क्या होता; यह भी तूने न सोचा?'

विकास ने कुछ नहीं कहा। चुपचाप पड़े-पड़े वह अपने होंठ चबाने लगा। आंखों में आंसू बढ़े तो पलकों का बांध तोड़कर कनपटी पर बहने लगे।

'कल काफी रात बीत जाने के बाद भी जब तू घर नहीं लौटा तो मुझे थाने जाकर तेरे विषय में पता लगाना पड़ा।' मां ने फिर कहा 'वहां पता चला कि तू सदानन्द के यहां गया था इन्स्पेक्टर कह रहा था कि तू उन गवाहों की हत्या करने गया था, जिन्होंने तुझे हत्या करते देखा है; परन्तु मुझे इस बात पर जरा भी विश्वास नहीं है। स्वयं इन्स्पेक्टर को विश्वास नहीं है तो मुझे

क्या होगा! मैं कल ही रात यहां तुझसे मिलने आई थी, परन्तु मुझे मिलने की आज्ञा नहीं मिली। बता, क्यों गया था सदानन्द के बंगले पर?'

और विकास ने भर्राए स्वर में मां को सारी वास्तविकता बता दी। मां मन मारकर चुप रह गई। विकास की ऐसी दर्दनाक स्थिति में उसे कैसे समझाती कि घटना बहुत गम्भीर हो चुकी है, यों बातों से काम नहीं चलेगा।'

जब तक विकास अस्पताल में रहा, उसकी मां तथा बहन उससे मिलने बराबर आती रहीं। फिर जब वह स्वस्थ हो गया तो पुनः जेल की चारदीवारी में भेज दिया। वह जमानत पर रिहा था, इसलिए जब दुबारा उसे पकड़ा गया तो उसका अपराध और भी आसानी से सिद्ध करके उसे सजा दिलाने का अवसर सदानन्द को मिल गया।

फिर मुकद्मा चला। तारीखें पड़नी आरम्भ हुई तो विकास को अदालत में अपनी मां तथा पूनम से कुछेक गिनी-चुनी बातें करने का अवसर भी मिलने लगा। मुकद्मे की पैरवी की प्रतीक्षा सदानन्द के परिवार को बहुत बैचेनी के साथ थी। उन्हें अपने निजी वकील तथा सरकारों वकील पर पूरा विश्वास था। चश्मादीद गवाह उनके पास एक नहीं तीन थे-वन्दना, शरद तथा घर का एक नौकर। इसलिए सदानन्द का पूरा परिवार विकास को मृत्युदण्ड दिलाने पर तुला बैठा था। विकास ने अदालत में न्यायाधीश के सामने वही कहा, जो बिलकुल सत्य था तथा जो वह पुलिस इन्स्पेक्टर को भी अपने बयान में लिखा चुका था-वह निर्दोष है; उसने कोई हत्या नहीं की; उसने मकतूल की जान बचाने के लिए ही उसकी छाती से छुरी खींचकर बाहर निकाली थी; जमानत के बाद भी वह केवल इसलिए सदानन्द के बंगले पर गया था, ताकि उन्हें समझा सके कि उसने कोई हत्या नहीं की, वे असली हत्यारे का पता लगाएं। असली हत्यारा? सदानन्द के निजी वकील ने विकास के होंठों द्वारा यह बात सुनी तो व्यंग्यात्मक ढंग से मुस्करा दिया, इस प्रकार, मानो विकास ने एक अच्छी खासी कहानी गढ़ ली हो।

सरकारी वकील तथा सदानन्द के निजी वकील के लिए जब विकास से प्रश्न करने का अवसर आया तो उन्होंने पहेलियों से भरे ऐसे प्रश्न किए कि प्रायः विकास उलझ-उलझ गया। वकीलों ने हत्या का कारण बताते हुए विकास पर आरोप लगाया कि उसने मकतूल को बंगले में अकेला पाकर उसकी लाज लूटने का प्रयत्न किया होगा, परन्तु जब वह सफल नहीं हो सका तो उसने इसलिए उसकी हत्या कर दी ताकि दुराचारी का भेद खोलकर वह उसे सजा न दिला दे। विकास ने अपने ऊपर ऐसा गन्दा आरोप लगा देखा तो वह तड़पकर चीख पड़ा, 'यह सब झूठ है। मैंने किसी की लाज लूटने का कभी भी प्रयत्न नहीं किया है। मैंने किसी की हत्या नहीं की है। मैंने जो कुछ भी अपने बयान में कहा है, वह बिल्कुल सत्य है।'

'अपने बचाव में हर अपराधी यही कहता है, योर ऑनर!' सरकारी वकील ने न्यायाधीश को अपराधियों की दलीलें याद दिलाई।

मुकद्मे की पैरवी में सदानन्द तथा जगदीश अवश्य आते थे। उन्हें भी विकास की बातें बनी बनाई लगीं। हत्या का जो कारण सरकारी वकील ने बताया था, उसका अन्दाजा सदानन्द के पक्ष दल में सभी को था। वन्दना जब इस विषय पर सोचती थी तो ऊपर से नीचे तक कांप जाती थी। अपनी लाज बचाने के लिए उसकी दीदी ने संघर्ष करते हुए अपनी जान की बाजी लगा दी। यदि उनके स्थान पर वह बंगले में अकेली होती, तब क्या होता? वन्दना सोचती तो रोम-रोम से विकास से घृणा करने लगती। वह विकास पर क्रोध में दांत पीसती हुई स्वयं से कहती, 'कमबख्त, देखने में कितना सीधा लगता था, लेकिन निकला पूरा बदमाश, लुटेरा, हत्यारा! ' वन्दना का वश चलता तो वह विकास को जीवित जलवा देती। किस प्रकार तड़प-तड़पकर उसकी भोली-भाली दीदी ने अपनी जान दी होगी। किसी को अपने दिल को तड़प तक दिखाने का उस बेचारी को अवसर नहीं मिला।

फिर एक दिल गवाही के लिए वन्दना को भी अदालत में विटनेस-बॉक्स के अन्दर खड़ा होना पड़ा उस समय विकास कटहरे में बन्द था। वन्दना को देखकर उसका दिल धक-धक करने लगा। वन्दना के बयान पर उसके मुकद्मे का निर्णय निर्भर करता था परन्तु वन्दना ने उसे देखते ही घृणा से आंखें फेर ली। विकास के दिल की धड़कनें तेज हो गई। वन्दना ने अदालत के सामने सत्य और सत्य के अतिरिक्त कुछ भी न कहने की शपथ ली। फिर सरकारी वकील ने पूछा, 'वन्दनाजी, आप जब अपनी बहन अर्चनाजी की हत्या के समय घटनास्थल पर पहुंची तो आपने क्या देखा?'

'जब मैं वहां पहुंची तो मैंने देखा कि वह अपराधी....।' वन्दना ने घृणा से विकास की और इशारा करते हुए कहना, चाहा। वकील का स्वर सुनकर वह रूक गई।

'आई ऑबजेक्ट योर ऑनर।' विकास का वकील एक झटके में खड़े होकर न्यायाधीश से कह रहा था, 'जब तक मेरे मुवक्किल पर अपराध सिद्ध नहीं हो जाता, उसे अपराधी कहने का किसी को अधिकार नहीं है।'

'ऑबजेक्शन सस्टैण्ड!' न्यायाधीश ने वकीले-सफाई का एतराज उचित समझा।

वन्दना मन ही मन बल खाकर रह गई। सरकारी वकील ने उसे समझाया कि विकास को वह अभियुक्त कहे, परंतु वन्दना इसके लिए जरा भी तैयार नहीं थी। उसकी दृष्टि में विकास अपराधी ही नहीं, एक भयानक अपराधी था। सरकारी वकील के कहने पर उसकी अपनी बातें दूसरे ढंग में दोहराई। उसने कहा, 'जब घटनास्थल पर पहुंची तो मैंने देखा कि वह व्यक्ति....।'

वन्दना ने और भी अधिक घृणा से विकास की ओर इशारा करते हुए कहा, 'मेरी दीदी को मारने के बाद उसकी छाती से छुरी निकाल रहा था। जब मुझसे वह भयानक दृश्य देखा नहीं गया तो मैं चीखकर बेहोश हो गई।'

सरकारी वकील ने विकास के वकील की भी वन्दना से उसकी इच्छानुसार प्रश्न पूछने का अवसर दिया। वकीले-सफाई विटनेस-बॉक्स के समीप आया। उसने कहा, 'वन्दनाजी! अभी-

अभी आपने अपने बयान में कहा है कि जब आप अपनी दीदी को मारने के बाद उसकी छाती से छुरी निकाल रहा था।'

'जी हां। वन्दना ने बेरूखी से कहा।

'योर ऑनर।' वकीले-सफाई न्यायाधीश की ओर पलटा, 'गवाह का यह बयान नोट किया जाए। क्या इस बात से यह सिद्ध नहीं होता कि गवाह ने अभियुक्त को मकतूल की छाती में छुरी मारते नहीं देखा, बल्कि गवाह ने अभियुक्त को मकतूल की छाती से केवल छुरी निकालते हुए देखा है?'

'नहीं!' वन्दना ने बात बिगड़ते देखी तो तुरन्त तड़पकर कहा। वन्दना किसी भी स्थिति में नहीं चाहती थी कि उसका बयान कमजोर पड़े, जिससे विकास के दण्डादेश में नम्रता बरती जाए। उसे पूरा विश्वास था कि उसकी दीदी की हत्या केवल विकास ने ही की है। उसने जिस स्थिति में विकास को अपनी दीदी के शव के समीप देखा था, वह उसे विश्वास दिलाने के लिए बहुत था। वकीले-सफाई की बात सुनकर वह क्रोध से उत्तेजित हो उठी तो उसले अपने बयान में मजबूती लाने के लिए कहा, 'मैंने वही कहा है, जो अपनी आंखों से देखा था। म्यूजिक-मास्टर मेरी दीदी को मारने के बाद उसकी छाती से छुरी निकाल रहा था। इसका यह अर्थ हर्गिज नहीं है कि मैंने उसे अपनी दीदी की छाती से केवल छुरी निकालते हुए ही देखा है। मैंने उसे अपनी दीदी की छाती में छुरी मारकर निकालते हुए देखा है।'

'नहीं!' कटहरे में बन्द विकास चीख पड़ा, 'यह झूठ है, यह बिलकुल झूठ है। मैंने हत्या नहीं की! मैंने कोई हत्या नहीं की!'

'ऑर्डर-ऑर्डर!' न्यायाधीश ने मेज पर हथौड़ा मारते हुए विकास को खामोश रहने की आज्ञा दी। विकास बन्द पिंजरे के पक्षी की तरह तड़पकर रह गया। उसे वन्दना से सख्त घृणा हो गई। कितनी झूठी लड़की है यह! मक्कार, बेईमान! वन्दना को वह मन ही मन धिक्कारने लगा।

वन्दना विकास की मां तथा बहन के दिल में भी घृणा का पात्र बन गई। उन दोनों से अधिक विकास के विषय में कौन जान सकता था। विकास की बातों पर उन्हें विश्वास था। वन्दना के ठोस बयान के बावजूद उन्होंने वन्दना की बात पर विश्वास नहीं किया।

वन्दना के बयान के बाद अदालत में शरद का बयान लिया गया तथा उसके बाद उस नौकर का भी, जिसने विकास के सिर पर गुलदान से चोट पहुंचाकर उसे बेहोश किया था। दोनों ने ही वह बयान दिया, जो उन्होंने देखा था तथा उन पर बीता था। वन्दना की पड़ोसी सहेली का बयान जब लिया गया तो उसने भी वही कहा, जो उसने देखा था तथा जो उसके साथ बीता था- उसके बंगले में जब शरद कैरम खेलने के बाद दोबारा वापस आया था तो उसके सुख पर कैसी हवाइयां उड़ रही थीं, उसने क्या कहा था, घटनास्थल पर जब वह पहुंची

तो उसने क्या देखा, किसकी हत्या की पहले सूचना दी-आदि-आदि। वंदना की सहेली ने एक-एक बात सत्य बता दी।

विकास का वकील निराश हो गया। आरम्भ से ही उसके लिए यह मुकद्दमा कमजोर था। हर बात उसके मुवक्किल के विरुद्ध सिद्ध हो रही थी, फिर भी उसे विकास को तसल्ली दी, उसकी मां तथा बहन को तसल्ली दी। वकीले-सफाई एक बात अवश्य जानता था कि न्यायाधीश अभियुक्त को बचाने का ध्यान रखते हुए ही अपना निर्णय लिखते है। अभियुक्त को एक अपराधी बनाकर सजा दिलाना उनके लिए इतना महत्त्व नहीं रखना, जितना अभियुक्त को निर्दोष के रूप में जांचकर उसे बचाना उनके लिए महत्त्व रखता है। यही कारण है कि जब अभियुक्त के बचने का एक भी सहारा नहीं रहना, तभी न्यायाधीश अभियुक्त को अपराधी ठहराने पर विवश हो जाते हैं।

मुकद्दमे की उस दिन की कार्यवाही समाप्त हुई तो वन्दना उठकर जाने लगी। जगदीश तथा सदानन्द अपने निजी वकील बातें कर रहे थे। अचानक अदालत के उस कमरे के अन्दर ही वन्दना के सामने पूनम पड़ गई। वह वन्दना को बड़ी घृणा से घूर रही थीं पूनम ने वन्दना का रास्ता रोकते हुए उसी घृणा से कहा, 'याद रख, मेरा भाई निर्दोष है। अगर उसे सजा हो गई तो तेरा भी वही हाल होगा, जो मुझ विधवा का हुआ है।' पूनम ने कहा और गर्दन झटककर आगे बढ़ गई, जहां कुछ दूर विकास अपने वकील तथा मां के साथ एक सिपाही के पास हथकड़ी पहने खड़ा था।

वन्दना ने पूनम की बात सूनी तो सन्न खड़ी रह गई। वह विज्ञान की छात्रा थी। किसी के दिए शाप को बर्बादी का कारण नहीं समझती थी। इसके अतिरिक्त उसने जो भी बयान दिया था, वह उसकी समझ से बिलकुल ठीक था। इस बातों के बावजूद, जाने क्यों उसका दिल कांप गया। अचानक उसके कानों में अपने पीछे आता विकास का स्वर पड़ा, 'वकील साहब!' विकास कह रहा था, 'मैं अपनी मां, अपनी बहन की सौगन्ध खाकर कहता हूं कि मैंने कोई हत्या नहीं की है। आप मेरा विश्वास कीजिए।' विकास का गला भर आया था।

'मुझे तुम्हारी बात का पूरा विश्वास है।' वकील ने कहा, 'चिंता करने की कोई बात नहीं। अदालत एक निर्दोष को कभी सजा नहीं दे सकती। सब कुछ ठीक हो जाएगा।'

वन्दना के मन में विकास के प्रति असीम घृणा समाई हुई थी। जब मन में किसी के प्रति घृणा समा जाती है तो कानों पर पर्दा पड़ जाता है और आंखों पर पट्टी बंध जाती है। फिर मन उसके पक्ष में कभी कोई बात नहीं सोचता, जिससे वह घृणा करता है। वन्दना के मन के साथ भी ऐसा ही हुआ। विकास की बात सुनकर उसने सोचा कि विकास अपनी मां तथा बहन की सौगन्ध खाते हुए यह बात केवल उसे सुनाकर कह रहा है, ताकि वह अपना बयान बदल दे। वन्दना ने विकास को बहुत चालाक तथा मक्कार हत्यारा समझा।

मुकद्दमे की अगली तारीख पड़ी तो विकास ने देखा कि आज मां अदालत में अकेली आई है। उसे पूनम की बड़ी चिंता हुई। उस दिन अदालत ने सदानन्द के बंगले के दरबान तथा जगदीश का बयान लिया-उस विषय पर, जब विकास जमानत पर छूटकर उसी शाम सदानन्द के बंगले पर जा पहुंचा था। दरबान ने अदालत को बताया कि उसके रोकने के बावजूद अभियुक्त जबर्दस्ती मुख्य द्वार के अन्दर प्रविष्ट हो गया था। जगदीश ने अपना बयान बढ़ा-चढ़ाकर दिया। उसने बताया कि अभियुक्त बहुत तेजी के साथ बंगले के पोर्टिको की ओर बढ़ रहा था। उसने उसे रोकने का प्रयत्न किया तो अभियुक्त ने उस पर आक्रमण कर दिया। फिर हाथापाई के मध्य उसके हाथ में वहीं लॉन में पड़ी एक पतली लचीली लकड़ी आ गई, जिसके सहारे वह अपना बचाव करने में सफल हो सका था। विकास ने जगदीश की बातें सुनीं तो मन ही मन झल्लाकर रह गया। कितनी आसानी से यह व्यक्ति और वन्दना उसे अपराधी ठहरा रहे हैं। उसने अपना दुहाई देना आवश्यक नहीं समझा। दुहाई देते-देते वह थक गया था।

आज की अदालती कार्रवाई के बाद जब विकास सिपाहियों की हिरासत में अदालत से बाहर जाने लगा तो मां से भेंट होते ही उसने पूछा-'मां, पूनम क्यों नहीं आई?'

'उसने स्वास्थ्य ठीक नहीं है बेटा!' मां ने कहा-'इसीलिए मैंने उसे यहां लाना उचित नहीं समझा।'

विकास को बहन की और अधिक चिंता हुई। एक ही तो बहन है उसकी और वह भी विधवा। अपनी बहन की वह कैसे सहायता करे? वह तो यहां बन्द है और जाने कब छुटकारा हो।

मां ने उसे तसल्ली दी कि वह घबराए नहीं, वह उसे अवश्य बचा लेगी, चाहे उसे बचाने के लिए घर के बर्तन बेचकर ही क्यों न वकील की फीस अदा करनी पड़े। विकास को मां की बात का पूरा विश्वास था। वह अवश्य बच जाएगा, क्योंकि उसने कोई हत्या नहीं की है। अदालत तो एक अपराधी को उसके चेहरे से ही पहचान जाती है। विकास को दुःख था तो केवल इस बात का कि घर में बचे-खुचे पैसे यदि खर्च नहीं हुए होंगे तो अब अवश्य हो जाएंगे। फिर मां को वकील की फीस देने के लिए सचमुच घर के बर्तन बेचने पड़ जाएंगे। काश, वह इस समय जमानत पर होता तो इधर-उधर से जैसे-तैसे कमाकर कुछ न कुछ पैसों का प्रबन्ध अवश्य करता रहता! काश, हां काश, वह उस शाम सदानन्द के बंगले पर नहीं जाता।

अगली तारीख पर पूनम फिर नहीं आई। उसका स्वास्थ्य फिर खराब हो गया था। मां ने बताया कि आजकल उसका स्वास्थ्य ऐसे ही चल रहा है। कभी ठीक हो जाती है तो कभी चारपाई थाम लेती है। विकास की आंखें बहन को देखने के लिए तरस गईं। परन्तु उसके बाद वाली तारीख में पूनम मां के साथ उपस्थित थी। विकास ने पूनम को देखा तो दिल धक् से रह गया। पूनम का शरीर हड्डियों का ढांचा बन गया था। आंखें अन्दर को धंस चली थीं। गालों की हड्डियां उभर आई थीं। होंठ सूखे हुए थे। परन्तु एक बहुत बड़ा परिवर्तन, जो विकास ने

पूनम में पाया, वह बड़ा घातक था। पूनम मां बनने वाली थी। विकास को अत्यधिक दुःख हुआ। बहन को पति की छाया प्राप्त नहीं हुई, अब जब होने वाली संतान को पिता की छाया नहीं मिलेगी तो क्या होगा? पूनम की संतान का उत्पन्न न होना ही उचित था। तभी पूनम को अपना भविष्य बनाने का एक ओर अवसर मिल सकता था। सन्तान वाली विधवा की अपेक्षा पुरुष बिना सन्तान वाली विधवा को अपनाना अधिक पसन्द करते हैं-उसने सोचा, अदालत से जाते समय वह मां को समझाने का प्रयत्न करेगा; परन्तु जब पैरवी के बाद वह अदालत से बाहर जाने लगा तो उसके पास मां के साथ पूनम भी चली आई। पूनम की आंखें भीगी हुई थीं। भाई से इतने दिनों बाद भेंट हुई थी, इसलिए दिल रो रहा था। विकास अपना हथकड़ी-रहित हाथ पूनम के सिर पर बहुत प्यार से रखा। फिर पूनम के लिए मां को समझाना चाहा, परन्तु दिल नहीं मान रहा था। बहन के सामने कैसे ऐसी बात कहता! क्या वह इस योग्य भी नहीं रहा कि अपनी बहन की एक संतान का भार उठा सके?

सहसा सामने से पुलिस का एक बड़ा अफसर आता दिखाई दिया। विकास को अपनी हिरासत में लिए कांस्टेबल उसको खींचते हुए तुरन्त आगे बढ़ गए।

मुकद्दमे की अगली तारीख लगभग एक मास बाद पड़ी। विकास अदालत में उपस्थित हुआ तो देखा, इस बार फिर मां के साथ पूनम नहीं है। विकास ने अदालती कार्यवाही के बाद लौटते समय मां को पूनम के लिए समझाया तो पता चला कि मां को बेटी की चिन्ता पहले से ही है। खैराती अस्पताल के डॉक्टर से वह मिली थी। डॉक्टर का कहना था कि पूनम अब ऐसी स्थिति में पहुंच चुकी थी, जहां उसे मां बनना ही पड़ेगा। विकास अपनी बहन के दुर्भाग्य पर गम खाकर रह गया।

उसके बाद मुकद्दमे की तिथियां जितनी भी पड़ीं, पूनम अदालत नहीं आ सकी। विकास जानता था कि पूनम के मां बनने के दिन समीप आ गए है। अब वह अदालत की सीढ़ियां नहीं चढ़ सकती। वह हर क्षण पूनम के स्वास्थ्य की कामना करने लगा।

फैसले के दिल विकास कांस्टेबल की हिरासत में अदालत की ओर जा रहा था कि मां उसे इमारत के गलियारे में ही खड़ी मिल गई। मां को देखकर विकास के कदम धीमे पड़ गए, परन्तु कांस्टेबल ने रुकने की आज्ञा नहीं दी। मां के चेहरे पर आज और दिनों से कहीं अधिक चिन्ता की छाया अंकित थी। आज उसके बेटे के निर्णय का दिन था। अपने बेटे के लिए वह चिंतित होती भी क्यों नहीं? इतने दिनों की दौड़-धूप ने उसे हड्डियों का ढांचा बना दिया था। मां ने लपककर उसके साथ चलते हुए कहा, 'बेटा, पूनम को मैंने रात में ही अस्पताल पहुंचा दिया है। आजकल में वह मां बन जाएगी।'

विकास की आंखों में आंसू छलक आए। मां अपने बच्चों के लिए कितनी अधिक परेशान है! बेटी के लिए अस्पताल पहुंचता है तो बेटे के लिए कचहरी। एक क्षण भी तो चैन

की सांस नहीं ले पाती होगी। मां से वह कुछ भी नहीं कह सका। कहता भी क्या? जो कुछ भी अब कहना-सुनना था, सब आज के निर्णय पर निर्भर कर रहा था।

फैसले के दिन सदानन्द की बेटी के हत्यारे का फैसला सुनने के लिए सदानन्द के शुभचिंतक इतनी अधिक संख्या में आ गए कि अदालत का कोना-कोना भर गया। पत्रकारों की पंक्ति अलग लगी हुई थी। जब भी इस मुकद्मे की पैरवी हुई थी, पत्रकारों ने समाचारपत्रों में विवरण देते हुए इस काण्ड को 'अर्चना हत्याकांड' के शीर्षक से छापा था। वन्दना अदालत का फैसला सुनने के लिए विशेष तौर पर आई थी। वह जानना चाहती थी कि जिस हत्यारे ने उसकी दीदी की हत्या इतनी निर्दयता से की थी, उसके चेहरे पर मृत्यु का दण्डादेश सुनकर कैसा रंग आता और जाता है। अपने साथ वह अपनी एक सहपाठिका तथा सर्वप्रिय सखी अंजू को भी लाई थी। अंजू उसके साथ शुरू से ही डॉक्टर पढ़ रही थी। दोनों में बहनों जैसा व्यवहार था, इसलिए अंजू छुट्टियों के दिनों में अपना पूरा-पूरा दिन बिताने के लिए वन्दना के यहां चली आती थी, क्योंकि वह कॉलेज के होस्टल में रहती थी। इस शहर में वह मंसूरी से डॉक्टरी पढ़ने आई थी। वन्दना को उसकी दीदी की हत्या के बाद जितना अंजू ने संभाला था, और कोई नहीं संभाल सका था। अर्चना की हत्या के बाद अंजू अपना अधिकांश समय वन्दना के साथ ही बिताती थी, ताकि वन्दना को उसकी बहन का गम न खा जाए। जो शाप एक दिल अदालत में वन्दना को पूनम ने दिया था उसके विषय में अंजू ने ही उसे समझाया था कि यदि शाप से ही कुछ हो सकता तो आज संसार में अपराध तथा पाप नाम की कोई चीज नहीं होती। विज्ञान की छात्रा होने के नाते अंजू के लिए शाप जैसी बातों पर विश्वास करना मूर्खतापूर्ण था।

अदालत में विकास कटहरे में खड़ा हुआ तो उसका दिल बहुत जोर से धड़कने लगा। मां का दिल भी बहुत जोर से धड़क रहा था, जो इस समय अदालत के द्वार पर यों अकेली खड़ी थी, मानो सारे संसार में उसका अपना कोई नहीं था। विकास ने वन्दना को बड़ी घृणापूर्ण दृष्टि से घूरा। वन्दना की दृष्टि उससे मिली, वन्दना ने भी घृणा से माथे पर बल डालते हुए अपना चेहरा दूसरी ओर फेर लिया। विकास मन ही मन वन्दना को धिक्कारने लगा।

फिर अदालत में न्यायाधीश पधारे। न्याय की कुर्सी पर बैठकर चश्मा आंखों पर लगाया और भरी अदालत की उत्सुकता परखी। फिर उन्होंने विकास पर दृष्टि डाली। विकास के दिल की धड़कन अपनी चरम सीमा पर पहुंच गई। गला सूख गया। पूरी अदालत में सन्नाटा छा गया था। न्यायाधीश ने अपने सामने मेज पर एक फाइल खोली। फिर जनता की ओर देखकर बोले, 'पुलिस की जांच, गवाहों के बयान तथा मुकद्मे के सारे पहलुओं की जांच करने के बाद अदालत इस नतीजे पर पहुंची है कि अभियुक्त विकास हत्यारा है। उसे आजीवन कारावास का दंड दिया जाता है।'

'नहीं।' विकास कटहरे की सलाखें सख्ती से पकड़कर तड़पता हुआ चीख पड़ा, 'मैंने कोई हत्या नहीं की। मैं निर्दोष हूं। मुझे छोड़ दीजिए जज साहब, मैं निर्दोष हूं।'

वन्दना विकास को चीखते हुए, रोते-बिलखते, दुहाई देते हुये देख चुकी थी। अचानक उसकी दृष्टि विकास की मां पर पड़ी। उसके सारे परिश्रम पर पानी फिर गया था, इसलिए दुःख की मारी विकास की मां का शरीर थर-थर कांप रहा था। आंखों से आंसुओं की धारा बह रही थी, परन्तु जबान जैसे तालू से चिपक गई थी। उसका निढाल शरीर दीवार के सहारे गिर रहा था, फिर गिर पड़ा। गिरकर वह बेहोश हो गई तो वन्दना को उस पर किंचित् दया आई, जिसके हत्यारे बेटे ने उसे इस दयनीय स्थिति को पहुंचा दिया था। इस पर भी वन्दना विकास के आजीवन कारावास से संतुष्ट नहीं थी। आजीवन कारावास से क्या होता हैं आजीवन कारावास तो केवल बीस वर्ष का होता है। विकास को तो मृत्यु-दण्ड मिलना चाहिए था। उस व्यक्ति को जीने का क्या अधिकार है, जिसने दूसरे से जीने का अधिकार छीन लिया, और वह भी अपनी वासना की भूख मिटाने के लिए? विकास को फांसी की सजा हो जाती तो वन्दना के दिल की सुलगती आग अवश्य ठंडी हो जाती।

अदालत ने विकास की पुकार अनसुनी कर दी। सिपाहियों ने विकास की अपनी हिरासत में लेकर हथकड़ी पहना दी। विकास के मुकद्दमे की अन्तिम कार्यवाही समाप्त हो चुकी थी। अदालत में आई जनता उठकर बिखरती हुई बाहर जाने लगी। सदानन्द के शुभचिंतक उनकी जीत पर उन्हें तथा उनके वकील को बधाई देने लगे। वन्दना भी अंजू के साथ उठ खड़ी हुई। अचानक उसके रास्ते में विकास पड़ गया, जिसे हथकड़ी पहनाकर सिपाही अदालत से बाहर ले जा रहे थे। विकास के चेहरे पर असीम गम का साया छाया हुआ था। विकास की आंखों में आंसू थे। विकास उसके समीप से निकलता हुआ उसके सामने रुक गया और तड़पते स्वर में बोला, 'झूठी, मक्कार, पापिन! तुझे भगवान कभी क्षमा नहीं करेंगे-कभी नहीं।'

विकास ने दांत पीसकर धिक्कारते हुए वन्दना से और भी बहुत कुछ कहना चाहा, परन्तु सिपाहियों को उसकी वे बातें अनुचित लगीं। विकास अब अभियुक्त नहीं, अपराधी था, हत्यारा था। वे विकास को खींचते हुए आगे बढ़ गए, विकास ने अदालत के द्वार पर देखा, कुछ लोगों की भीड़ के मध्य उसकी मां फर्श पर अचेत पड़ी थी, वह तड़पकर चीख पड़ा, 'मां!' फिर वह एक झटके से नीचे बैठते हुए मां की छाती से लिपट गया। वह फूट-फूटकर रो पड़ा तो सिपाहियों ने क्षणभर के लिए उसे ढीला छोड़ दिया। तभी उसकी पीठ पर उसके वकील ने हाथ रखते हुए कहा, 'वकील, चिंता मत करो। मैं तुम्हारी मां को अस्पताल पहुंचा दूंगा।'

विकास उसी प्रकार मां को छाती पर आंसू बहाता रहा। फिर जब पुलिस ने उसे चलने के लिए अपनी ओर खींचा तो वह उठकर खड़ा हो गया। आंसू बहाता तथा सिसकता हुआ वह सिपाहियों के साथ द्वार के बाहर निकल गया। वन्दना चुपचाप खड़ी यह सब देख रही थी,

परन्तु उसे विकास पर जरा भी दया नहीं आई। दया आई तो केवल उसकी मां पर, जिसकी अपने बेटे के कारण यह दुर्दशा हुई थी। वन्दना ने सोचा, यदि इस स्त्री को ज्ञात होता कि वह अपनी कोख से एक हत्यारे को जन्म देगी तो निश्चय ही वह अपने बेटे का गला उसके पैदा होते ही घोंट देती।

* * *

वन्दना अगली सुबह मेडिकल कॉलेज पहुंची। वहां उसने अंजू को साथ लिया और अस्पताल के लिए रवाना हो गई। मेडिकल के विद्यार्थी को प्रायोगिक अभ्यास के लिए नगर के अस्पतालों में जाना ही पड़ता है। अपने हाथ में स्टेथस्कोप लिए वह अस्पताल में अंजू के साथ एक वार्ड से दूसरे वार्ड में जा रही थी कि एक स्त्री की दर्दनाक चीख सुनकर उसका ध्यान बंद गया। उसने देखा, एक स्त्री पागलों की तरह वार्ड के निकासद्वार की ओर भाग रही थी। चीखती हुई वह कह रही थी, 'नहीं, ऐसा नहीं हो सकता, ऐसा कभी नहीं हो सकता, भैया...' उस स्त्री की चीख से पूरा वार्ड गूंज उठा था।

उस स्त्री के पागलपन पर उसके पीछे वार्ड ब्वाय तथा नर्सें दौड़ पड़ीं। उसे रोकने तथा पकड़ने के लिए कुछ और लोग भी लपक आए, परन्तु किसी के पकड़ने से पहले ही द्वार तक पहुंचते-पहुंचते उस स्त्री के पैर स्वयं ही लड़खड़ा गए और वह धम्म से पक्के फर्श पर गिरकर बेहोश हो गई।

वन्दना का दिल स्त्री की चीख के साथ 'भइया' शब्द सुनकर बहुत जोर ने धड़क उठा था। भीड़ को हटाकर उसने स्त्री को देखा तो उसका शरीर ऊपर से नीचे तक कांप गया। वह स्त्री कोई और नहीं, उसकी दीदी के हत्यारे की बहन थी-पूनम, जिसने उसे धिक्कारते हुए शाप दिया था।

'कौन है यह?' अंजू ने आश्चर्य से पूछा। विकास की बहन को उसने पहली बार देखा था।

परन्तु अंजू की बात का उत्तर देने के बजाय वन्दना ने नर्स से कहा, 'स्ट्रेचर का प्रबन्ध करके इसे तुरन्त पलंग पर लिटाइए!' फिर वन्दना अंजू को लेकर पीछे हटती हुई भीड़ से अलग हो गई। उसने अंजू से धीमे स्वर में कहा, 'यह हत्यारे की बहन है।'

'क्या?' अंजू को विश्वास नहीं हुआ, उसने पूछा, 'तो क्या इसी ने तुझे शाप दिया था?'

'हां।' वन्दना ने कहा, 'परन्तु इसमें इसका क्या दोष था? इसके स्थान पर कोई और होता तो शायद वह भी यही करती, सारा दोष तो उस कमीने हत्यारे का है, जिसके कारण मेरी बहन की जान गई सो गई, अब उसकी बहन की जान पर भी आ बनी है।'

स्ट्रेचर आ गया। नर्सों तथा वार्ड-ब्वॉय ने मिलकर पूनम को किसी प्रकार उठाकर स्ट्रेचर पर डाला, फिर उसे उसके पलंग पर ले जाकर लिटा दिया। एक नर्स बड़ी डॉक्टर को बुलाने चली गई।

26

वन्दना तथा अंजू पूनम के पलंग के समीप आई। वन्दना ने पूनम की कलाई टटोली। पूनम ने उसे वह शाप दिया था, जिसके लिए कोई स्त्री कभी क्षमा नहीं कर सकती थी, परन्तु वन्दना यहां डाक्टर थी और पूनम इस अस्पताल की एक मरीज, एक डॉक्टर के लिए क्या शत्रु और क्या मित्र, मरीज बनने के बाद सभी बराबर होते हैं। कलाई टटोलने के बाद वन्दना ने अंजू की ओर देखा, उसके देखने के अन्दाज से ही अंजू को ज्ञात हो गया कि मरीज की स्थिति बहुत गम्भीर है। वन्दना बगल वाली मरीज के पलंग के समीप आई, जिसके पास एक व्यक्ति अपने हाथ में एक समाचारपत्र लिए खड़ा था। वन्दना ने मरीज से पूछा, 'क्या हो गया था इस मरीज को? क्यों यह इस प्रकार भाग रही थी?'

'कुछ पता नहीं डॉक्टर साब!' मरीज के बजाय उसके पास खड़े व्यक्ति ने कहा-'मैं अपनी घरवाली को आज के समाचारपत्र में छपा अर्चना हत्याकाण्ड का विवरण बता रहा था कि उस मरीज ने तुरन्त उठकर बैठते हुए पूछा कि उसका निर्णय क्या हुआ। मैंने उसे बता दिया कि हत्यारे को आजीवन कारावास का दण्ड मिला है। बस मेरी इस बात पर वह दीवानों की तरह चीखती-चिल्लाती भाग खड़ी हुई।'

वन्दना को पूनम की दीवानगी का कारण समझ में आ गया। उसने अंजू की ओर देखा, अंजू ने कहा, 'हत्यारे को उसके अपराध की सजा अवश्य मिलनी चाहिए थी, सो उसे मिल गई, इस सजा का प्रभाव किसी पर भी पड़ता है तो तुझे इससे क्या मतलब?'

तभी वहां एक सीनियर डॉक्टर आ गई। उन्होंने पूनम के शरीर की जांच की, फिर नर्स को आवश्यक निर्देश दिया और चली गई। इधर अंजू भी वंदना को लेकर अपनी कक्षा के समूह में सम्मिलित होने के लिए चल पड़ी।

दोनों ऊपर की मंजिल पर पहुंची। एक वार्ड में उसकी कक्षा की छात्राओं का समूह उपस्थित था। डॉक्टर एक मरीज को दिखाकर छात्राओं को किसी रोग के विषय में समझा रही थी। तभी वहां भी एक स्त्री की तड़पती चीख सुनकर वन्दना बुरी तरह चौंक गई। उसके पांव वहीं रूक गए। उसने देखा, समीप के पलंग पर एक अत्यन्त निर्बल तथा बूढ़ी मरीज उसे देखकर कह रही थी, 'नहीं...नहीं...मैं यहां नहीं रहूंगी, यहां यह मुझे मार डालेगी, नहीं...' वह तड़पकर उठ बैठी, उसने उठकर दीवानों की तरह वहां से भाग जाना चाहा, परन्तु तभी उसका बूढ़ा तथा निर्बल शरीर जवाब दे गया। वह पलंग पर गिर पड़ी। वार्ड में उपस्थित डॉक्टर, मेडीकल के विद्यार्थी तथा नर्सें सभी उस बूढ़ी मरीज की ओर दौड़ पड़े। डॉक्टर ने मरीज को सीधा लिटाकर उसकी कलाई थामकर उसकी नाड़ी टटोली, मरीज स्त्री की जीवन-ज्योति सदा के लिए बुझ चुकी थी। डॉक्टर ने कलाई छोड़ते हुए हाथ सीधा रख दिया, फिर एक चादर द्वारा उसने लाश को ढंका तो वन्दना ऊपर से नीचे तक कांप गई, उसके हाथ से स्टेथस्कोप छूटकर नीचे गिरते-गिरते बचा। बूढ़ी मरीज, जो अब लाश बन चुकी थी, उसकी दीदी के हत्यारे की मां थी। वन्दना सोचे बिना नहीं रह सकी कि क्या वह इस स्त्री की मृत्यु की जिम्मेदार है? उसने

अंजू की ओर देखा, बहुत चिंतित होकर, अंजू वन्दना के दिल की स्थिति समझ रही थी, इससे पहले कि कोई विकास की मां मृत्यु का कारण ढूंढे, अंजू, वन्दना को वार्ड के बाहर ले गई, बाहर ले जाकर उसने कहा, 'तू आज छुट्टी ले ले, तेरे दिल और दिमाग को इस समय आराम की आवश्यकता है, कोई बात सोचकर अपने आपको व्यर्थ परेशान मत कर।' अंजू एक क्षण सोचती रही, फिर उसने अपनी कलाई पर बंधी घड़ी देखी, बोली, 'अच्छा चल, मैं भी तेरे साथ चलती हूं, चलकर हम कोई पिक्चर देखेंगे तो तेरा दिल बहल जाएगा।'

उस दिन वन्दना ने अंजू के साथ पिक्चर देखी तो सचमुच में उसका दिल बहल गया, फिर वह निश्चिंत होकर अंजू को छात्रावास छोड़कर अपने बंगले पर चली गई।

अपने बंगले पहुंचकर उसने आज सुबह अस्पताल की घटनाएं मां को बताईं, मां कुछ देर तक सोचती रही, फिर बोलीं, 'बेटी संसार में यह सब तो लगा ही रहता है, न वह पापी हत्यारा तेरी बहन की हत्या करता और न उसकी मां-बहन को ये दिन देखने पड़ते। देखने में तो कम्बख्त बिलकुल गऊ समान सीधा था, परन्तु अन्दर से...' मां ने बुरा-सा मुंह बनाया, फिर बात बदलकर बोलीं, 'जाने क्यों, उस पापी को अदालत ने फांसी की सजा नहीं दी? फांसी हो जाती तो तेरी बहन की आत्मा को शांति मिल जाती।'

वन्दना की मनोकामना भी मां जैसी ही थी। वह चुप हो गई।

अगले दिन सुबह वन्दना अंजू के साथ फिर अस्पताल में पहुंची; परन्तु आज वह उस वार्ड में नहीं गई, जिसमें पूनम भर्ती थी, आज वैसे भी उसे ऑपरेशन थियेटर में जाना था। दूसरे रास्ते से होकर वह ऑपरेशन थियेटर में प्रविष्ट हुई। ऑपरेशन थियेटर के अन्दर अनेक स्त्रियां थीं, जीवन और मृत्यु के बीच संघर्ष करती हुई सभी स्त्रियां दर्द से कराह रही थीं। वन्दना तथा अंजू उस ओर बढ़ गई, जहां मेडिकल के विद्यार्थियों का समूह था, किसी स्त्री का ऑपरेशन होने ही वाला था। वन्दना विद्यार्थियों के मध्य पहुंची तो उस स्त्री को देखते ही चौंक गई। ऑपरेशन की मेज पर पूनम बेहोश पड़ी थी, वन्दना को ऐसा लगा कि जिस विचार से वह पीछा छुड़ाना चाहती थी, वह छाया बनकर उसके साथ चिपक जाना चाहता था, उसने अंजू की ओर देखा, अंजू ने उसे ऑपरेशन को देखकर सभी सहपाठिनों का शिक्षा लेना आवश्यक था, क्योंकि यह एक गम्भीर ऑपरेशन था, वन्दना ने अपना ध्यान ऑपरेशन का ओर समेट लिया।

डॉक्टर ने पूनम का पेट चीरा, वन्दना बहुत ध्यान से देखती रही। डॉक्टर ने पूनम के पेट से बच्चा निकाला, जो मृत था, उसका शरीर नीला पड़ चुका था, वन्दना का दिल धक् से रह गया। पहले हत्यारे की मां और अब उसकी बहन का यह बच्चा! उसने अनुमान लगाया, निश्चय ही इस नन्हें बच्चे को उस समय गहरी चोट पहुंची होगी, जब पहले दिल इसकी मां वार्ड के अन्दर पागलों की तरह दौड़कर धम्म से गिर पड़ी थी।

उस दिन वन्दना ने अपने बंगले पहुंचकर घरवालों को जब पूनम की गम्भीर स्थिति तथा उसके बच्चे की मृत्यु के विषय में बताया तो घरवालों ने पूनम तथा बच्चे के प्रति कोई सहानुभूति प्रकट नहीं कीं वह एक हत्यारे की बहन थी और हत्यारे ने वन्दना की ही बहन की लाज लूटने के प्रयत्न में उसकी हत्या की थी।

अगले दिन जब वन्दना सहपाठियों के साथ अलग-अलग वार्ड में प्रविष्ट हुई तो जाने क्यों मन किया कि वापस लौट जाए, यदि हत्यारे की बहन ने उसे देख लिया तथा उसे देखते ही उस पर किसी प्रकार की प्रतिक्रिया हुई तो हत्यारे की बहन के स्वास्थ्य पर इसका प्रभाव अच्छा नहीं पड़ेगा; परन्तु अस्पताल की बड़ी डॉक्टर उसके साथ थीं, इसलिए उसे उनके साथ ही रहना पड़ गया। अंजू भी उसके साथ थी, इसलिए उसे काफी सहारा था; परन्तु चन्द कदम बाद ही उसने जब पूनम को आंखें बन्द किए पलंग पर लेटे देखा तो उसे कुछ तसल्ली हुई। पूनम के हाथ में 'सेलाइन' लगी हुई थी। उसे ग्लूकोज दिया जा रहा था, उसके समीप ही एक डाक्टर तथा दो नर्स चिंतामग्न थीं। वन्दना अपने समूह के साथ पूनम से कुछ दूर खड़ी को गई। पूनम बहुत गहरी-गहरी सांसें ले रही थी। बड़ी डाक्टर ने पूनम की शारीरिक जांच की। उसकी आंखों की पुतलियां देखीं तो चिंता बढ़ गई, उन्होंने तुरन्त नर्स को एक इन्जेक्शन लाकर लगाने को कहा, परन्तु तभी पूनम बड़बड़ाने लगी, होंठ बुदबुदा रहे थे। अचेत स्थिति में वह कुछ कह रही थी, शायद अपने भइया या मां को याद कर रही थी, अचानक उसकी आंखें खुल गईं। वन्दना ने उसके सामने से हटकर सिरहाने की ओर चला जाना चाहा, परन्तु तभी पूनम की दृष्टि उस पर पड़ गई, वन्दना की दिल धक् से कर गया। वन्दना उस समय डाक्टरों वाला सफेद कोट पहने हुए थी। हाथ में स्टेथस्कोप था, फिर भी पूनम उसे एक ही दृष्टि में पहचान गई। पहचानते ही चौंक गई, उसने अपने पूरी शक्ति समेटी, वंदना को धिक्कारती हुई बोली, 'नीच पापिन, तू यहां भी आ गई? अब मेरी जान के पीछे पड़ी है! हो गई तेरे दिल की आग ठण्डी? तू कभी सूखी नहीं रहेगी, तेरा भी वही परिणाम...हो...जो...' पूनम का स्वर उसके कंठ से अटक-अटककर निकलने लगा, फिर भी उसने क्रोध में दांत पीसकर वन्दना को देखने हुए अपनी बात कहने का प्रयत्न किया, जो...जो...मेरा...।' पूनम की उंगलियां सख्त होकर पंजों का रूप धारण करने लगीं, शायद वह उठकर वन्दना का मुंह नोंच लेना चाहती थी। उसने उठने का प्रयत्न भी किया। वह जरा-सी उठी भी, परन्तु फिर उसके शरीर की शक्ति जवाब दे गई। वह पलंग पर लुढ़क गई। उसकी सांस टूट रही थी, फिर भी वह वन्दना की ओर अत्यन्त घृणा से देख रही थी, फिर उसने अन्तिम सांस तोड़ दी। उसकी आंखें खुली हुई थीं, वह वन्दना को मरने के बाद भी उसी घृणा से देख रही वन्दना की आंखें छलक आईं, अकारण ही यह स्त्री

उससे क्यों घृणा कर रही है? क्या उसे अपनी दीदी के हत्यारे को सजा दिलाने का कोई अधिकार नहीं था।

अपने बंगले पहुंचकर वन्दना ने जब अपने माता-पिता को हत्यारे की बहन की सारी बातें बताईं तो उनके दिल को चोट पहुंची, मरने वाली ने उनकी बेटी को क्यों कोसा? उसने अपने भाई की वास्तविकता क्यों नहीं परखी? क्या हत्यारे को दण्ड नहीं मिलना चाहिए था? सदानन्द धार्मिक व्यक्ति थे, मरने वाली की बात से वह चिंतित हो उठे। मरने वाली पर उन्हें क्रोध भी आया, उन्होंने अपनी बेटी को समझाया कि चिंतित होने की कोई नहीं है, किसी के कोसने से कुछ नहीं होता। हां, यदि विकास निर्दोष होता, तब बात अलग थी। वंदना को तब भी वह निश्चिंतता प्राप्त नहीं हो रही थी, जिसकी वह इच्छुक थी। उस सारे दिन वह स्वयं का विकास की मां तथा बहन की मृत्यु का जिम्मेदार न समझने के बावजूद उन्हीं दोनों के विषय में सोचती रही। रात में पलंग पर लेटने के बाद बहुत देर तक उसकी आंखों के सामने वह दृश्य घूमता रहा, जब पूनम अपने भाई की सजा सुनकर दीवानों की तरह भाग खड़ी हुई थीं वह दृश्य घूमता रहा, जब उसकी मां उसे देखकर पागलों की तरह चीखती हुई दम तोड़ गई थी। उसने बच्चे की मृत्यु के विषय को लेकर भी बहुत देर तक सोचा उसके कानों में वे शब्द बहुत देर तक गूंजते रहे, जो शापस्वरूप मरने वाली ने उसके प्रति कहे थे। उसकी आंखों की घृणा उसे अब तक चुभ रही थी, इन सारी मौतों का जिम्मेदार उसने विकास को ही ठहराया, न उस कम्बख्त ने उसकी बहन की हत्या की होती और न उसकी मां, बहन तथा बहन के उत्पन्न होने वाले बच्चे को मृत्यु के मुंह में जाना पड़ता, स्वयं को उन तीनों की मृत्यु की जिम्मेदारी से बरी समझकर तथा हत्यारे को उन तीनों की जिम्मेदार ठहराने के बावजूद वंदना बहुत देर तक पलंग पर करवटें बदलती रही।

* * *

विकास को उसी शहर की सेण्ट्रल जेल में भेज दिया गया। जो शहर से लगभग चार मील दूर थी। एक भयानक कैदी के रूप में वह सलाखों तथा पत्थरों की दीवार के अन्दर अपना जीवन व्यतीत करने लगा। उसका जीवन मानो अब सदा के लिए अन्धकार में डूब चुका था। बार-बार उसकी आंखों के सामने वह दृश्य घूम जाता, जब अदालत में मां उसका फैसला सुनने के बाद मूर्च्छित होकर गिर पड़ी थी। हर क्षण चिंता सताए रहती कि जाने माँ का स्वास्थ्य अब कैसा है? बहन का स्वास्थ्य अब कैसा है। उसे लड़का हुआ या लड़की? उसके बिना उस बच्चे का पालन-पोषण कैसे होगा? अनेक प्रकार की चिंताएं उसे सताती रहतीं। विकास के सिर पर इन चिंताओं का जो पहाड़ टूट पड़ा था, उसका जिम्मेदार वह वंदना को ठहराता। तब मन ही मन वह वंदना को जी भरकर कोसता। क्यों उसने अपनी झूठी गवाही द्वारा एक गरीब व्यक्ति को फांसी पर चढ़ाने का प्रयत्न किया था? क्या बिगाड़ा था उसने उस रईसजादी का?

30

दो मास बीत गए। मां मिलने नहीं आई, बहन भी नहीं आई तो विकास को हर क्षण उनकी चिंता सताने लगी। जब अन्य कैदियों के रिश्तेदार छुट्टी के दिनों में उनसे मिलने आते तो विकास का दिल उन्हें देखकर रो पड़ता। अनेक प्रकार की शंकाएं उसके मन में उठने लगीं। आखिर क्या कारण है, जो मां और बहन उससे मिलने नहीं आ रहीं? और आखिर एक दिन विकास ने एक कैदी को अपने घर का पता बताते हुए विनती की कि वह अपने रिश्तेदार द्वारा पता चलाए कि उसकी मां तथा बहन किस हालत में हैं। अपनी छुट्टी में जब उस कैदी का रिश्तेदार उससे मिलने आए तो विकास को पता चला कि उसकी मां तथा बहन का कुछ पता नहीं। मोहल्ले वालों का कहना है कि दोनों की मृत्यु हो चुकी है। विकास ने सुना तो तड़पकर रो पड़ा। दीवार से सिर टकराकर उसने अपना सिर फोड़ लिया। भगवान उसे किस बात का दण्ड दे रहा था? उस रात विकास बहुत देर तक रोता रहा, आंसू बहाता रहा, सिसकता रहा। उसके होंठों से जो भी आह टपक रही थी, उसमें मां तथा बहन की पुकार थी तो वन्दना के प्रति शाप भी था। उसकी आंखों से जो भी आंसू निकल रहे थे, वे घृणा का लावा बनकर वन्दना को जलाकर राख कर देना चाहते थे।

फिर दिन बीतने लगे तो समय के साथ विकास के अन्दर गम का इतना बड़ा बोझ उठाने का बल आ गया। अब भी वह हर रात मां तथा बहन का दुखड़ा लेकर अपने दुर्भाग्य पर आंसू बहाता था, परन्तु अब वह पहले की तरह तड़पता नहीं था, सिसकता नहीं था। फिर भी अपनी सारी बरबादी का जिम्मेदार वन्दना को ठहराकर वह उसे कोसे बिना नहीं रहता था। कोई दिन ऐसा नहीं जा रहा था, जब उसने वन्दना की बरबादी की कामना न की हो। यदि कोई उससे झूठ ही कह देता कि वन्दना का जीवन सदा के लिए नष्ट हो गया है तो उसके दिल से गम का पहाड़ आधा अवश्य कम हो जाता। ऐसी थी उसके मन में वन्दना के प्रति घृणा, जिसकी कोई सीमा नहीं थी।

अगस्त का महीना था। भीगा-भीगा समां। शाम डूबी तो चारों ओर अंधकार रेंगने लगा। काफी समय बीत जाने पर भी उसके गम और उदासी में कोई अन्तर नहीं आया था। दीवार से पीठ टेककर वह नीचे फर्श पर बैठा अपने दुर्भाग्य पर मन ही मन आंसू बहा रहा था कि सहसा उसके कानों में कहीं से वायलिन का मधुर स्वर टपका। विकास के कान खड़े हो गए। स्वर कहीं दूर से आ रहा था। विकास उठ खड़ा हुआ। वह सलाखों दार द्वार के पास चला आया। अपने दोनों हाथों से उसने सलाखों को फिर ध्यान से वायलिन की धुन सुनने लगा, धुन हवाओं के बहाव पर बहती हुई उसके कानों तक आ रही थी- अंधकारमय खामोशी की छाती चीरकर। विकास के बायें हाथ की उंगलियां सलाख पर सरगम बजाने के ढंग में चलने लगीं।

विकास का सारा सुख लुट चुका था। उसका दिल टूट चुका था। मन हुआ, वह भी किसी से कहे कि उसके लिए एक वायलिन ला दे ताकि इस साज को बजाते-बजाते वह उसके सुरों में अपना सारा दुःख, सारा गम डूबो दें। जब दिल टूट जाता है तो कलाकार को अपनी कला में खोते देर नहीं लगती। तब उसे जीने की शक्ति मिल जाती है। परन्तु वह जेल थी। जेल के अन्दर उसे हर स्थिति में एक कैदी बनकर रहना था। कलाकार बनकर नहीं। मन मारकर वह चुपचाप वायलिन की धुन सुनता रहा। जाने किसने वायलिन के तार छेड़कर उसके दिल के घाव ताजा कर दिए थे।

कुछ समय तक वायलिन की धुन उसी प्रकार बजती रही फिर रुक गई। सन्नाटा छा गया। विकास तब भी उसी प्रकार अपने स्थान पर सलाखें पकड़े खड़ा रहा।

सहसा उसके जंगल के सामने से एक चौकीदार सिपाही निकला। विकास ने उसे रोकते हुए कहा 'बड़े भाई'।

सिपाही रुक गया। उसने विकास को सन्देह की दृष्टि से देखा। सिपाहियों को बातों में उलझाकर कैदियों ने प्रायः जेल से भागने का प्रयत्न किया था, इसका उसे अच्छा अनुभव था। सलाखों के पास से कुछ दूर हटकर उसने प्रश्नात्मक दृष्टि विकास की ओर देखा।

'यह वायलिन कौन बजा रहा था?' विकास ने पूछा।

शायद हमारे नये जेल सुपरिण्टेण्डेण्ट साहब बजा रहे थे। सिपाही ने कहा, 'दो दिन पहले ही तो तबादले पर आए हैं। पुराने सुपरिण्टेण्डेण्ट साहब का तबादला कहीं और हो गया।

'ओह!' कहकर विकास खामोश हो गया।

सिपाही चला गया तो विकास अपने अतीत में खो गया। उस अतीत में, जहां उसका संगीत-संसार था। मन ही मन उसने सोचा, अच्छा ही हुआ, जो विवाह गौरी से नहीं हुआ। यदि हो जाता तो गौरी का भी वही परिणाम होता, जो उसकी मां और बहन का हुआ है। गौरी के माता-पिता जीवित थे। उसके पति को सजा हो जाती तो वह वापस अपने माता-पिता के पास चली जाती। परन्तु उसे दुर्गाप्रसाद के व्यवहार पर दुःख बहुत था। यदि वह मानवता बरतकर उसकी मां तथा बहन की थोड़ी-बहुत सहायता कर देते तो उनका क्या बिगड़ जाता? गौरी भी उससे मिलने नहीं आई, एक बार भी मिलने नहीं आई, प्यार होता, तभी तो आती! विकास गौरी के झूठे प्यार पर गम खाकर रह गया। यदि उसे गौरी से प्यार हो गया होता तो वह उसके लिए अवश्य तड़पता, उसे धिक्कारता और फिर शायद उससे भी घृणा करने लगता; परन्तु जब उसने उससे कभी प्यार ही नहीं किया था तो घृणा कैसे करता? गौरी अब उसके लिए बिल्कुल वैसी थी, जैसे कोई भी पराया व्यक्ति होता है।

अगले दिन पन्द्रह अगस्त था। भारत का सबसे सुनहरा दिन, स्वतन्त्रता दिवस। उस दिन जेल की चारदीवारी के अंदर तिरंगा झण्डा लहराया गया। खुशियां मनाई गईं। कैदियों को मिठाई बांटी गई। हर वर्ष के समान जेलर साहब की सिफारिश पर कुछेक कैदियों का दण्ड

माफ करके उन्हें स्वतन्त्र कर दिया गया। उस दिन बहुत सारे लोग अपने कैदी रिश्तेदारों से मिलने आए। उनके लिए नए पकवान बनाकर लाए। विकास ने देखा तो उसके होंठो से आह टपक गई। उस दिन कैदियों को जेल की चारदीवारी के अन्दर घूमने-फिरने की आज्ञा मिल गई थी, इसलिए विकास एक क्यारी के समीप चुपचाप खड़ा गर्दन घुमाकर उन कैदियों को देख रहा था, जो अपने रिश्तदारों से बड़े स्नेह के साथ मिल रहे थे। अचानक अपने कानों में एक स्वर सुनकर वह चौंक गया।

'तुमसे मिलने कोई नहीं आया?' किसी ने उससे पूछा था।

विकास ने सामने देखा तो एक नई सूरत नजर आई। नई सूरत के व्यक्तित्व से ही उसे अन्दाजा हो गया कि वह जेल के नये सुपरिण्टेन्डेण्ट साहब थे। उसने तुरन्त नमस्ते के लिए उनके आगे हाथ जोड़ दिए।

आज के दिन तुमसे कोई मिलने नहीं आया?' नमस्ते स्वीकारने के बाद सुपरिण्टेण्डेण्ट साहब ने प्रश्न दोहराया।

विकास के होंठों पर एक हलकी, परन्तु बेजान मुस्कान तड़प गई। उसने नहीं के संकेत पर सिर हिला दिया। बोला, मेरा इस संसार में कोई नहीं है।'

'ओह!' सुपरिण्टेण्डेण्ट साहब को दुःख हुआ। उन्होंने विकास को ऊपर से नीचे तक देखा। देखने में एक सीधा-सादा नवयुवक था, लेकिन उसकी आंखों में ऐसा घना अंधकार था कि जिसमें सुपरिटेन्डेंट साहब भी क्षण-भर के लिए खो गए। सुपरिटेन्डेंट साहब विकास के व्यक्तित्व से बहुत प्रभावित हुए। सुपरिटेन्डेंट साहब दिल के बहुत नर्म थे। वह जहां कहीं भी सुपरिटेन्डेंट के पद पर रहे थे, उन्होंने अपने ही ढंग से कैदियों का सुधार करके नाम कमाया था। उनके अधीन काम करने वाले जेलर ही नहीं, कैदी भी उनकी बहुत इज्जत करते थे। यहां आकर उन्होंने दफ्तर का काम तो संभाल लिया था, परन्तु सब कैदियों का रिकॉर्ड देखने का समय उन्हें अब तक नहीं मिला था। उन्होंने पूछा, 'क्या अपराध किया है तुमने? किस अपराध की सजा तुम काट रहे हो?'

'मैंने कोई अपराध नहीं किया है सुपरिटेन्डेंट साहब।' विकास ने कहा, 'हां, सजा मुझे अवश्य मिली है - आजीवन कारावास।'

'क्या?' सुपरिटेन्डेंट साहब चौंक गए। विकास की बात पर उन्हें विश्वास नहीं हुआ।

'मैं ठीक कह रहा हूं सुपरिटेन्डेंट साहब।' विकास ने मानो विनती करते हुए अपनी सफाई दी, मैंने कोई अपराध नहीं किया। मुझे केवल सजा मिली है और वह भी मेरे नेक काम की। मैंने एक लड़की की जान बचाने का प्रयत्न किया था, उसकी छाती में धंसी छुरी को निकालकर; परन्तु मेरा दुर्भाग्य था कि वह अब बच नहीं सकी। बच जाती तो वह संसार को बता देती कि हत्या किसने की थी। मुझे दण्ड क्या मिला कि मेरा तो संसार ही उजड़ गया। मां ने दण्डादेश सुना तो दम तोड़ दिया। विधवा बहन अस्पताल में एक बच्चे को जन्म देने गई थी, परन्तु स्वयं

मृत्यु के अंधकार में खो गई। जिससे आशा की थी वह जीवन-भर साथ देगा, वह भी रास्ते में साथ छोड़ गया। मेरा तो सब कुछ लुट गया है सुपरिटेन्डेंट साहब, सब कुछ लुट गया।' विकास की आंखों में आंसू भर आए।

सुपरिटेन्डेंट साहब विकास की बात सुनकर गम्भीर हो गए। जाने क्यों, जाने क्यों, उन्हें विकास की बात पर विश्वास होने लगा। भला यह नवयुवक सजा होने के बाद क्यों झूठ बोलेगा? परन्तु वह विकास के लिए कर भी क्या सकते थे? विकास को तो कानून ने सजा दी थी। उनके दिल में विकास के प्रति सहानुभूति समा गई। उन्होंने विकास को एक कैदी की दृष्टि से नहीं, एक अच्छे मनुष्य की दृष्टि से देखा। वह जानते थे कि कानून अंधा होता है। कानून पुलिस की जांच-रिपोर्ट, गवाहों के बयानात तथा वकीलों की दलीलें देखता है। इसी आधार पर कानून को अपना न्याय देना पड़ता है। कानून के इस अंधेपन का शिकार जाने कितने निर्दोष हो चुके हैं, फिर भी कानून को अंधा बनकर अपने नियमों का पालन करना पड़ता है। उन्होंने पूछा, 'क्या नाम है तुम्हारा?'

'विकास।'

'देखो विकास।' सुपरिटेन्डेंट साहब ने उसे उसके नाम से सम्बोधित किया, 'मैं कानून के मामले में हस्तक्षेप करके तुम्हारी कोई सहायता तो नहीं कर सकता; हां, कुछ वर्षों बाद मेरा तबादला नहीं हुआ तो तुम्हारे अच्छे चरित्र का हवाला देते हुए सरकार द्वारा तुम्हारी सजा कम कराने की सिफारिश अवश्य कर सकता हूं। तब तक के लिए मैं कोई अच्छा काम दे दूंगा, ताकि तुम कुछ पैसे कमा सको, और जब तुम यहां से जाओ तो उन पैसों से अपना नया जीवन आरम्भ कर सको। क्या काम कर सकते हो तुम?'

'आप कोई भी काम मुझे सौंप दीजिए।' विकास ने कृतज्ञ होकर कहा। यहां से जाने के बाद नया जीवन आरम्भ करने के लिए उसे निश्चय ही पैसों की आवश्यकता पड़ेगी। उसने बात जारी रखते हुए कहा, 'यदि आपके यहां कोई बच्चा हो तो मैं उसे वायलिन पर संगीत भी सिखा सकता हूं।'

सुपरिटेन्डेंट साहब ने विकास की ओर बहुत ध्यान से देखा। क्या उनका एक कैदी वायलिनवादक भी है?

'क्षमा कीजिएगा!' विकास मानो अपनी बात कहकर पछताया, 'दो दिन पहले रात के समय मैंने आपके बंगले से आती वायलिन की धुन सुनी थी, इसीलिए ऐसी बात कह दी।'

'मेरी कोई संतान नहीं है।' सुपरिटेन्डेंट साहब अचानक गम्भीर हो गए। बोले, 'वह वायलिन मैं बजा रहा था। दो दिन पहले मेरे लड़के की वर्षगांठ थी। उसकी याद को ताजा करने के लिए वायलिन के तार छेड़ दिए थे।'

'जी।' विकास कुछ समझा नहीं।

'मेरा भी एक लड़का था। जीवित होता तो वह अब तुम्हारे बराबर होता।' सुपरिटेन्डेंट साहब ने एक आह भरी। बोले, 'कभी मुझे वायलिन बजाने का बहुत शौक था। यह शौक मैंने अपने लड़के में भी पैदा किया था। बचपन से ही वह शौक उसके रक्त में रचा हुआ था। सोलह वर्ष का था, जब एक दिन स्कूल से लौटते समय कुछ बदमाशों ने उसका अपहरण कर लिया। फिर मुझसे कुछ कैदियों को छोड़ने की मांग की। अपने कर्त्तव्य का पालन करते हुए मैंने अपने एकमात्र पुत्र के जीवन की चिंता नहीं की। उलटे कैदियों को छोड़ने के बजाए मैंने उन पर कड़ी निगरानी कर दी। परिणामस्वरूप मुझे अपने बेटे की लाश देखने को मिली। सुपरिटेन्डेंट साहब का स्वर भीग गया।

विकास सन्न रह गया। अपने कर्त्तव्य का पालन करने वाले इस देशभक्त के चरणों में उसने अपना दिल भेंट कर दिया। उसने सुपरिटेन्डेंट साहब को तसल्ली के लिए दो शब्द कहने चाहे, परन्तु शब्द नहीं मिल सके। उसने सोचा सभी तो इस संसार में दुखी हैं। कौन सुखी है इस संसार में?

'खैर, छोड़ो उन बातों को!' सुपरिटेन्डेंट साहब ने मानों अपने दिल पर पत्थर रखा, 'यदि तुम वायलिन बजाते हो तो आज शाम को तुम हमारे बंगले में अपने संगीत का प्रोग्राम दे सकते हो। आज इस देश का सबसे बड़ा त्यौहार है, इसलिए कुछ मेहमान हमारे यहां आ रहे हैं। मैं तुम्हें लेने के लिए सिपाही भेज दूंगा। यदि तुम संगीत का अभ्यास करना चाहते हो तो मैं तुम्हें कभी-कभी अपना वायलिन भी दे दिया करूंगा।'

'धन्यवाद सुपरिटेन्डेंट साहब, बहुत-बहुत धन्यवाद।' विकास ने हाथ जोड़कर कहा, 'आपका यह उपकार मैं जीवन भर नहीं भूलूंगा।'

सुपरिटेन्डेंट साहब चले गए।

वह त्यौहार का दिन था इसलिए कैदियों के मध्य बास्केट बॉल और वॉलीबॉल का खेल होता रहा। सरकार ने कैदियों के मनोरंजन के लिए इतनी छूट दे रखी थी। फिर शाम को विकास का बुलावा आ गया। एक सिपाही उसे ले आया।

सुपरिटेन्डेंट साहब का बंगला आधा जेल की चारदीवारी के अन्दर था तो आधा बाहर। बंगले की पिछली ऊंची दीवार में लोहे का मजबूत दरवाजा था, जिसके द्वारा सुपरिटेन्डेंट साहब अपने बंगले से आया-जाया करते थे। विकास को इसी रास्ते से सिपाही ने अपनी सुरक्षा में अन्दर पहुंचा दिया - एक बड़े कमरे में। सुपरिटेन्डेंट साहब की यह बैठक थी। अनेक मेहमान आए हुए थे। मेहमानों के साथ सुपरिटेन्डेंट साहब की पत्नी बैठी हुई थीं। वह विकास को बहुत ध्यान से देखने लगीं, सुपरिटेन्डेंट साहिब उन्हें विकास की जीवनगाथा से परिचित करा चुके थे। विकास को देखकर उन्हें भी अपना बेटा याद आ गया। सुपरिटेन्डेंट साहब ने वायलिन विकास को थमाते हुए कहा, 'यह वायलिन मैंने अपने बेटे को उसकी सोलहवीं तथा अन्तिम वर्षगांठ

पर भेंट किया था। लो, इस साज के तारों को छेड़कर हमें बताओ कि आज यदि हमारा बेटा जीवित होता तो कैसा बजाता?'

विकास को ऐसा लगा, मानो जेल सुपरिटेन्डेंट साहब ने उसे कोई चुनौती दे दी हो। साज वह अपने हाथों में ले चुका था। उसने साज को देखा। तारों पर उंगलियां रखीं तो तार मानो उसके दिल का दर्द लिए सिसक उठे। विकास ने तारों को सुर में मिलाना आरम्भ किया। सहसा उसकी दृष्टि एक बड़ी तस्वीर पर जा पड़ी। तस्वीर एक बालक की थी। बालक के मुस्कराते होंठों से मानो कोई गीत फूट रहा था। तस्वीर पर ताजा फूलों की माला थी। विकास की सुर मिलाती उंगलियां तार पर रुक गईं।

''यही मेरा बेटा है। यह तस्वीर भी उसकी अंतिम वर्षगांठ के दिन खींची गई थी।' सुपरिटेन्डेंट साहब ने विकास को खोया हुआ देखकर कहा।

विकास ने सुपरिटेन्डेंट साहब को देखा। फिर तस्वीर के पास चला आया। तस्वीर को देखते हुए उसने साज के तार मिलाए। फिर मेहमानों की ओर चेहरा करके उसने साज छेड़ दिया। उसने वही धुन बजाई, जिससे उसे बहुत प्यार था। परन्तु आज उस धुन को बजाने में बहुत अंतर था। राग वही था। परन्तु स्वर दुःख और दर्द के गहरे सागर से डूबकर निकल रहा था। धुन में मानो सारे संसार का दर्द सिमट आया था। कलाकार का दिल टूट जाए तो वह अपनी कला में खोकर स्वयं ही नहीं रोता है, बल्कि अपनी कला द्वारा सारे संसार को रुला देना चाहता है। विकास ने अपनी धुन में ऐसे-ऐसे दर्द भरे टुकड़े जोड़े कि स्वयं उनकी आंखें छलक गईं। उसकी धुन सुनने वालों के दिल की गहराई को छू गई तो उनकी आंखों में भी आंसू उमड़ आए। विकास कितना बड़ा कलाकार था, कैसा अनोखा वायलिनवादक था, यह सुपरिटेन्डेंट साहब को इस समय पता चला।

अचानक विकास धुन की ऊंचाई की चरम सीमा पर ले गया। 'बो' को तार पर लहराते हुए उसने बहुत ही मधुर तथा महीन धुन बजाई और फिर धुन समाप्त कर दी। तारों पर कठपुतली की तरह चलती उसकी उंगलियां स्थिर हो गईं। सन्नाटा छा गया। धुन समाप्त होने के बावजूद सुनने वाले मेहमान उसकी धुन में खोए हुए थे। विकास ने मेहमानों को देखा, फिर सुपरिटेन्डेंट साहब को। सुपरिटेन्डेंट साहब की आंखों में भी आंसू थे। उनकी पत्नी की पलकें भी भीगी हुई थीं। आंखों में बेटे की तस्वीर थी। विकास ने उन्हें उनके अतीत से वापस लाने के लिए कहा, 'सुपरिटेन्डेंट साहब।'

सुपरिटेन्डेंट साहब चौंक गए, इस प्रकार, मानो किसी सपने से जागे हों। उन्होंने अचानक परिस्थिति पर ध्यान दिया और फिर विकास के संगीत की प्रशंसा में तालियां बजाईं तो अन्य लोग भी मानो जागकर तालियां बजाने लगे।

तालियां समाप्त हुईं तो सुपरिटेन्डेंट साहब विकास के समीप आए। उनका विश्वास विकास की बातों पर और दृढ़ हो गया। उन्होंने सोचा, ऐसा ऊंचा कलाकार कभी हत्यारा नहीं हो

सकता। अदालत ने ऐसे कलाकार को दण्ड देने में अवश्य कोई भूल की है। उन्होंने तय कर लिया, वह इस संगीतकार को वायलिन पर अभ्यास करने का पूरा अवसर देंगे। यह एक अनमोल हीरा है। शायद इसकी सहायता करने के लिए ही संयोग से उनका तबादला इस जेल में हुआ है। इस कलाकार को देश-विदेश में नाम कमाने का अवसर मिलना ही चाहिए। अवसर नहीं मिला तो इसका संगीत जेल की चारदीवारी में घुटकर दम तोड़ देगा।

अगले दिन ही सुपरिटेन्डेंट साहब ने विकास को अपने दफ्तर में बुलाया तो विकास ने वहां पहुंचकर देखा कि उनकी मेज पर वायलिन रखा हुआ है। जेल के अन्दर कैदी दरी बुनते थे, टोकरियां बनाते थे, बेंत की बुनाई करते थे, कपड़े धोते थे। अनेक काम थे कैदियों के करने के लिए, जिनका हिसाब-किताब रखने का काम सुपरिटेन्डेंट साहब ने विकास को सौंप दिया। फिर उसे वायलिन थमाते हुए उन्होंने कहा - 'यह लो और इसे संभालकर रखना, यह मेरे बेटे की महत्त्वपूर्ण निशानी है। खाली समय में तुम अपना अभ्यास जारी रख सकते हो, परन्तु शाम को जेल की कोठरी में बन्द होने के बाद रात के नौ बज जाएं तो वायलिन रख देना। ऐसा न हो कि तुम्हारे संगीत के स्वर का सहारा लेकर कोई कैदी सलाखें काटकर जेल से भागने का प्रयत्न करे। रात के समय जेल के अन्दर खामोशी रखना अत्यन्त आवश्यक है, ताकि कैदियों की गलत हरकतों की आहट मिलती रहे।'

'मैं आपको कभी किसी प्रकार की शिकायत का अवसर नहीं दूंगा सुपरिटेन्डेंट साहब।' विकास ने वायलिन संभालते हुए उन्हें विश्वास दिलाया, फिर वह चला गया। जेल की चारदीवारी के अन्दर भी वह एक नया जीवन आरम्भ कर रहा था। बीस वर्ष? बीस वर्ष के अभ्यास द्वारा तो वह एक मंझा हुआ वायलिनवादक बन सकता था। तब तक उसके नाम जेल के हिसाब में उसकी मजदूरी की अच्छी-खासी धनराशि भी एकत्र हो जाएगी। उसने तय कर लिया, जब जेल के हिसाब में उसके नाम कुछ पैसे एकत्र हो जाएंगे तो वह यह वायलिन सुपरिटेन्डेंट साहब को वापस कर अपने पैसे से उनके द्वारा एक नया वायलिन मंगा लेगा।

दिन बीत रहे थे।

* * *

शरद ने वायलिन बजाना छोड़ दिया, शायद सदा के लिए, उसे अपने मास्टर के साथ अपने संगीत से भी घृणा हो गई। अपने मास्टर का वायलिन उसने तोड़कर फेंक दिया था, परन्तु अपना वायलिन वह तोड़कर नहीं फेंक सका था, क्योंकि वह उसकी एक वर्षगांठ पर उसकी अर्चना दीदी ने उसे दिया था। वायलिन को उसने अपने कबर्ड में संभालकर रख दिया था। हत्या के बाद अर्चना का कमरा बन्द कर दिया गया था, फिर भी उसके बन्द द्वार को देखकर सारे परिवार के लिए अर्चना की याद आना स्वाभाविक था। वन्दना तथा शरद बन्द द्वार को देखकर मन ही मन विकास को कोसे बिना नहीं रहते थे।

महीनों बीत गए, एक वर्ष से भी अधिक बीत गया। फिर पन्द्रह अगस्त भी आ गई। विकास के जेल जाने के बाद यह दूसरी पन्द्रह अगस्त थी। रात के नौ बज चुके थे। वन्दना अपने बंगले की बैठक में बैठी कोई किताब पढ़ रही थी। समीप ही रखे रेडियो की मद्धिम धुन में कमरे का वातावरण डूबा हुआ था। धुन वायलिन के तारों से निकल रही थी। अचानक रेडियो की धुन सुनकर शरद बैठक में चला आया। शरद और वन्दना के लिए वह धुन जानी-पहचानी थी। वही धुन, जो उन्होंने विकास के वायलिन से अनेक बार सुनी थी। उनकी आंखों के सामने विकास हत्यारा बनकर चला आया। घृणा के कारण वन्दना के माथे पर बल पड़ गए। उसने चाहा कि रेडियो तुरन्त बन्द कर दे, परन्तु फिर उसने इस धुन में अन्तर पाया। लहराती सुरीली आवाज के दर्द में तो बहुत ही अधिक अन्तर था। वन्दना ने रेडियो बन्द नहीं किया। धुन पर कान लगाए वह सुनती रही। धुन ने उसके दिल के तारों को हिलाकर रख दिया। ऐसा लग रहा था, मानो कोई आसपास ही कहीं खड़ा वह दर्दीली धुन बजा रहा है।

फिर धुन समाप्त हो गई। रेडियो में एनाउन्सर ने कहा, 'यह धुन हमने अपने स्टूडियो में नहीं, इस शहर की सेंट्रल जेल में टेप की है। धुन बजाने वाला एक कैदी है - वायलिनवादक विकास। कैदियों के इस प्रोग्राम में अब एक कव्वाली प्रस्तुत है, जिसमें भाग लेने वाले कलाकार कैदियों के नाम...'

वन्दना ने बड़े आश्चर्य के साथ शरद की ओर देखा और क्रोध में भरकर रेडियो बन्द कर दिया। विकास का नाम सुनकर शरद को भी क्रोध आ गया था। वन्दना बार-बार यही सोच रही थी कि आखिर इन कैदियों का प्रोग्राम रेडियो पर देने की क्या तुक थी? कैदियों का तो हर अधिकार छीन लेना चाहिए, इन्हें धिक्कारते रहना चाहिए। ये अपराधी तो समाज के शत्रु हैं। फिर इनको अनावश्यक ख्याति क्यों दी जा रही है?

परन्तु विकास के सुपरिटेन्डेंट साहब ने ऐसा नहीं सोचा था, उनके विचार में मनुष्य को अनुचित कार्य करने पर दण्ड अवश्य मिलना चाहिए, क्योंकि मनुष्य केवल मानवतापूर्ण कार्य करने के लिए उत्पन्न हुआ है, परन्तु यदि किसी मनुष्य में असाधारण गुण हो तो उसके गुण से लाभ उठाकर उन लोगों को प्रेरित अवश्य करना चाहिए, जो गुण रखते हुए भी अपने गुण का सही उपयोग करने में असमर्थ हों। विकास के संगीत पर उनकी विशेष दृष्टि थी। विकास सुबह-शाम अपने खाली समय में बड़ी लगन के साथ संगीत का अभ्यास करता था। एक वर्ष के अन्दर उसके संगीत में कमाल का जादू पैदा हो गया था। वह वायलिन बजाता था तो सारे कैदी उसके समीप या दूर बैठे चुपचाप धुन सुनते रहते थे। अपने संगीत द्वारा उसने उन भयानक कैदियों का दिल भी जीत रखा था, जो जेल की कोठरी में अकेले रखे गए थे। यही कारण था कि आज पन्द्रह अगस्त को स्वतंत्रता दिवस होने के कारण जब सुबह उन्होंने अपने जेलखाने की चारदीवारी के अन्दर खिलाड़ियों के मनोरंजन के लिए बास्केट बॉल तथा वॉलीबॉल खेलों का प्रोग्राम रखा तो शाम सूर्य डूबने से पहले उन्होंने कलाकार कैदियों को भी अवसर प्रदान

करते हुए अन्य कैदियों के मनोरंजन का भी प्रबन्ध कर दिया था। इसके लिए उन्होंने पहले ही रेडियो स्टेशन को सूचित कर दिया था। रेडियो कर्मचारी शाम के समय जेल की चारदीवारी के अंदर आए थे। उन्होंने पूरा प्रोग्राम टेप कर लिया था। फिर जो गीत या वाद्यसंगीत उन्हें पसन्द आया था, उसे रेडियो द्वारा प्रसारित कर दिया था।

अगली शाम शरद का मूड जाने कैसा ऐसा हुआ कि उसने अपना वायलिन निकाल लिया। वायलिन के तार ढीले पड़े थे। उसने तारों को सुर में किया। इतने दिनों से उसका अभ्यास छूटा हुआ था, इसलिए जब उसने तारों पर उंगलियां चलाईं तो उंगलियां उसी धुन पर चली आईं, जिन पर वह कभी सधी हुई थीं। यह विकास की ही सिखाई हुई धुन थी। साथ के कमरे में वन्दना बैठी थी। उसने जब वह धुन सुनी तो ऐसा लगा, मानो किसी ने उसके कानों में तेजाब डाल दिया हो। वह लपककर शरद के कमरे में पहुंची। 'शरद!' वह चिल्लाई, उसने झपटकर शरद के हाथ से वायलिन छीन लिया। फिर उसे डांटती हुई बोली - क्या यही एक धुन मिली है तुझे बजाने के लिए? कोई और धुन नहीं बजा सकता?'

'लेकिन दीदी, धुन बजाने से क्या अन्तर पड़ता है?' शरद ने कारण जानते हुए भी पूछा।

'क्यों नहीं पड़ता?' वन्दना ने शब्द 'नहीं' पर जोर देते हुए तड़पकर कहा - 'क्या यह धुन उस हत्यारे की बनाई हुई नहीं है, जिसने तेरी दीदी की हत्या कर दी थी? यह धुन बजाकर क्या तू अपनी दीदी की आत्मा को कष्ट नहीं पहुंचा रहा?'

शरद ने एक क्षण सोचा। उसकी दीदी ठीक ही कहती है। हत्यारे की बनाई धुन बजाने से निश्चय ही उसकी दीदी की आत्मा को कष्ट पहुंचेगा। इसके अतिरिक्त उसका साज भी अपवित्र हो जाएगा, क्यों नहीं वह कोई अन्य धुन बजाता? धुनों की कमी है क्या? उसने कहा - 'क्षमा करना दीदी, अब मैं यह धुन कभी नहीं बजाऊंगा।'

* * *

लगभग तीन वर्ष बीत गए। वन्दना डॉक्टर बन गई थी। उसकी सर्वप्रिय सहेली अंजू भी डॉक्टर बनकर अपने शहर मसूरी चली गई। उनका पत्र-व्यवहार बराबर चल रहा था। अंजू ने मसूरी में अपना एक क्लीनिक खोल लिया था। वन्दना मेडिकल कॉलेज में काम करने लगी थी, परन्तु अपना क्लीनिक खोलने का उसका भी इरादा था। इन तीन वर्षों में वन्दना अपनी बहन के हत्यारे को भूल-सी गई थी। विकास उसे तभी याद आता, जब उसकी दृष्टि अपनी बहन की तस्वीर पर पड़ती और तब वह विकास को धिक्कारे बिना नहीं रह पाती, परन्तु जब वह ऐसा करती तो उसके मस्तिष्क की खिड़की खोलकर पूनम भी झांक लिया करती थी। वह दृश्य वन्दना की आंखों के दर्पण पर चला आता, जब मरने से पहले पूनम ने उसे घृणा से देखते हुए धिक्कारा था - शाप दिया था। तब वन्दना के दिल की शांति भंग हो जाती, फिर किसी काम या किसी बात में उसका मन नहीं लगता। कानों में रह-रहकर पूनम के शब्द गूंज जाते।

39

वह करवटें बदलती रहती और कभी-कभी उठकर बैठ भी जाती। पूनम की आत्मा मानो अब भी वन्दना को विश्वास दिलाना चाहती थी कि उसका भाई निर्दोष है। वन्दना का मन चिन्तित होकर इस विषय पर ध्यान भी देता, परन्तु उसका मस्तिष्क इस बात को मानने को जरा भी तैयार नहीं था।

वन्दना के माता-पिता अगली गर्मियों में उसका विवाह कर देना चाहते थे। दामाद बनाने में उन्होंने जगदीश का विचार नहीं छोड़ा था। जगदीश अब वन्दना के घर पहले से भी अधिक आता था। वह अर्चना की तस्वीर देखता तो न जाने किन विचारों में खो जाता। तब वन्दना को उस पर बड़ी दया आती, सदानन्द ने जगदीश का विवाह वन्दना से तय कर दिया था। वन्दना ने भी कोई आपत्ति नहीं की थी। उसे जगदीश से पूर्ण सहानुभूति थी। यही कारण था कि जब कभी उसे जगदीश की मां अपने यहां बुलाती तो कुछ समय के लिए वह उनके बंगले चली जाती थी।

शरद भी अब सोलह वर्ष का हो गया था। वह सीनियर कैम्ब्रिज में पढ़ रहा था, परन्तु वायलिन का शौक उसका अब पहले से भी अधिक बढ़ गया था। अपने स्कूल की स्टेज पर भी वह अपना प्रोग्राम देने लगा था। अपनी आयु को देखते हुए अब वह बहुत अच्छा वायलिनवादक बन चुका था।

जगदीश भी एक ऊंचे घराने का दीपक था, परन्तु वह बड़ा फिजूलखर्च था। अपनी शान बनाए रखने के लिए वह कुछ भी करने को तैयार रहता था। उसकी फिजूलखर्ची के कारण ही उसके पिता के व्यापार में उन्नति नहीं हो रही थी, फिर भी उसके पिता किसी प्रकार व्यापार चला रहे थे, इस आशा में कि बेटे का विवाह होगा तो बहू साथ में अच्छी धनराशि लाएगी - दहेज में न सही, सहायता के रूप में ही, ताकि उनका व्यापार उन्नति कर सके। जगदीश के घर वाले यद्यपि अंदर से खोखले हो चुके थे, फिर भी सेठ सदानन्द के बराबर स्तर बनाए रखना आवश्यक समझते थे, तभी तो जगदीश की कद्र उसके ससुराल में हो सकती थी, परन्तु जब अर्चना की हत्या हुई थी तो उनकी आशाओं पर पानी फिर गया था। अब उन्हें एक बार फिर आशा बंध गई थी कि चलो बड़ी छोटी के सहारे ही उनको अच्छी-खासी धनराशि प्राप्त हो जाएगी। इस बात से तो वह और भी प्रसन्न थे कि अब सेठ सदानन्द की सम्पत्ति के उत्तराधिकारी तीन न होकर केवल दो रह गए थे। जगदीश के माता-पिता धन के जितने लालची थे, उतना ही धन लुटाने वाला उन्हें पुत्र मिला था। पैसे खर्च करके लड़कियों को अपनी ओर आकृष्ट करने में जगदीश को विशेष आनन्द आता था। उसका व्यक्तित्व यों भी काफी प्रभावशाली था। लड़कियां उसकी मित्र बनकर गर्व का अनुभव करतीं, इस बात से अनभिज्ञ कि वह कभी अर्चना से विवाह करना चाहता था और अब वन्दना से विवाह करेगा। अनेक लड़कियां उसकी बाहों की शोभा बनीं और ठुकराए जाने के बाद अपनी इज्जत के कारण खामोश रह गईं।

चार वर्ष पहले जगदीश की संगति में पड़कर धोखा खाने के बाद हर लड़की तो खामोश रह जाती थी, परन्तु एक लड़की प्रभा ने खामोश रहना पसंद नहीं किया था। वह गरीब थी, फिर भी अपने अधिकार की मांग के लिए जगदीश के बंगले पर पहुंच गई थी। उस समय जगदीश बंगले में नहीं था। प्रभा ने उसके माता-पिता को बताया कि वह जगदीश के बच्चे की मां बनने वाली है, परन्तु जगदीश के लालची माता-पिता ने उसे बताया कि जगदीश का विवाह सेठ सदानन्द की बेटी अर्चना से तय हो चुका है, इसलिए वह किसी और से विवाह नहीं कर सकता। प्रभा जगदीश से मिली तो उसने एक झटके से अपने हाथों द्वारा उसके गले में पड़े दुपट्टे को फांसी का फंदा बना दिया। फिर फंदा खींचकर गला दबाते हुए उसने प्रभा को सावधान कर दिया कि यदि उसने उसके चरित्र पर कोई दोष लगाया तो वह इसी प्रकार गला दबाते हुए उसे सदा के लिए खामोश कर देगा। प्रभा सहम गई थी, फिर भी उसने सेठ सदानन्द का नाम टेलीफोन निर्देशिका में देखकर चुपचाप अर्चना को अपने तथा जगदीश के विषय में सब कुछ बता दिया। यह उस दिन की बात है, जिस दिन अर्चना की हत्या हुई थी। हत्या से केवल कुछ क्षण पहले ही प्रभा ने अर्चना को सब कुछ बताया था। तब बंगले में कोई नहीं था। जगदीश हर शाम की तरह वहां आने ही वाला था। अर्चना को उसकी प्रतीक्षा थी। प्रभा की बात सुनकर जाने क्यों, अर्चना को विश्वास हो गया था कि उसने सत्य ही कहा था। जवानी में लड़कियां यों भी कम शक्की नहीं होतीं।

जगदीश जब सदानन्द के बंगले पर पहुंचा तो संयोगवश रहा-सहा एक नौकर भी तब बंगले के पिछले लॉन में था। उससे जगदीश की भेंट नहीं हो सकी थी। वह सीधा अर्चना के कमरे में पहुंचा। कमरे में एक मेज पर प्लेट में कुछ कटे तथा समूचे फल रखे थे। फलों के मध्य एक छुरी भी थी। प्लेट से फल का टुकड़ा उठाकर मुंह में डालते हुए जगदीश अर्चना को प्यार करने के लिए आगे बढ़ा तो अर्चना ने न सिर्फ प्यार, बल्कि विवाह से इन्कार करते हुए कारण भी बता दिया। साथ ही उसने अपने बंगले में फिर कभी प्रविष्ट न होने की आज्ञा भी दे दी। इस पर जगदीश ने बहुत तेजी से अपने भविष्य के हर पहलू पर गौर किया। उस समय उसे बहुत बड़ी धनराशि की आवश्यकता थी। उसने अपनी आवश्यकताएं पूरी करने के लिए महाजनों से बहुत रुपए उधार ले रखे थे। उसका उधार-खाता केवल सदानन्द की दौलत ही पूरा कर सकती थी, सदानन्द का दामाद बनकर वह समाज में अपना ऊंचा स्थान स्थिर रख सकता था, जिसको अब तक स्थिर रखते हुए उसने लोगों से बड़ी-बड़ी डींगें मार रखी थीं। भविष्य में उसे अर्चना जैसी धनी खानदान की बेटी मिलती या नहीं, कौन जानता था? जल्दबाजी में से सदानन्द की सम्पत्ति हथियाने का केवल एक ही उपाय नजर आया। उसने तुरंत लपककर अर्चना का मुंह अपनी हथेली द्वारा इस प्रकार सख्ती के साथ दाब लिया कि अर्चना का दम घुटने लगा। अर्चना स्तब्ध रह गई। फटी-फटी आंखों से जगदीश को देखने लगी। उसने तो स्वप्न में भी नहीं सोचा था कि जगदीश उसके साथ ऐसी क्रूरता बरतेगा। इस पापी नीच व्यक्ति

को उसने इतने दिनों तक देवता समझने में कैसे भूल की? अपने बचाव में उसने पूरी शक्ति लगा दी, परन्तु जगदीश तो मानो व्यावसायिक लुटेरा था। अर्चना के होंठों से उसकी हथेली सूत-भर भी नहीं सरकी। अर्चना को उसी प्रकार पकड़े-पकड़े वह खींच कर द्वार तक लाया। द्वार उसने अंदर से बंद किया। फिर उसी प्रकार अर्चना को खींचता हुआ वह उसे उस मेज की ओर ले चला, जहां प्लेट में फलों के मध्य एक छुरी रखी हुई थी। उसका मन ललचा रहा था कि इस समय वह अर्चना की लाज भी लूट ले, परन्तु यह अर्चना का बंगला था। किसी समय भी कोई आकर द्वार खटखटा सकता था। कोई और स्थान होता तो ऐसी स्थिति में वह अर्चना की लाज लूटने में कभी न चूकता। मेज के पास पहुंचकर उसने फलों के बीच से छुरी उठाई। अर्चना का दिल कांप गया। यह उसके किस पाप की सजा उसे मिल रही है? इससे पहले कि वह कुछ सोचे या मूक भाषा में जगदीश से किसी प्रकार की भीख मांगे, जगदीश ने बहुत निर्दयता के साथ छुरी उसकी छाती में अंदर तक धंसा दी। होंठों पर हथेली का मजबूत ताला था, इसलिए अर्चना चीख भी नहीं सकी, केवल बुरी तरह तड़पकर रह गई। जगदीश अर्चना के होंठ उस समय तक सख्ती से दाबे रहा, जब तक उसका शरीर ढीला न पड़ गया, फिर जब अर्चना की फूलती सांसें रुक गईं, आंखें बंद होने लगीं तो उसने अर्चना से छुरी की मुठिया पोंछ दी, ताकि मुठिया पर उसकी उंगलियों के निशान न रहें। फिर उसने अर्चना का शरीर छोड़ दिया और हव वहीं फर्श पर गिर पड़ी। जगदीश ने कमरे से निकलते हुए बड़ी लापरवाही से फल का एक टुकड़ा उठाकर अपने मुंह में डाला। द्वार पर आकर बाहर की आहट ली। वायलिन के तार मिलाने की हल्की-हल्की टुन-टुन की आवाज आ रही थी। उसने द्वार बहुत थोड़ा-सा खोला। वायलिन की टुन-टुन कुछ तेज हो गई। उसने बाहर झांका। कोई दिखाई नहीं दिया। द्वार खुला छोड़कर वह बंगले के भीतर वाले भाग की ओर बढ़ा, बंगले के बगल वाले लॉन में बाहर निकला, जहां छोटे-बड़े वृक्ष तथा झाड़-झंखाड़ ढलती शाम के अंधेरे में और घने दिखाई पड़ रहे थे। इस ओरे से उसे छिपकर निकलने में आसानी हो गई और सड़क पर आते ही वह निश्चिंत हो गया।

जगदीश के जाते ही अर्चना में मानो क्षण भर के लिए जान वापस लौट आई थी। उसने चीख पड़ना चाहा, परन्तु शारीरिक शक्ति जैसे जवाब दे गई। गले से केवल एक आह टपक गई थी। दूसरी बार उसने चीखने का प्रयत्न किया तो उसकी तड़प कराह बनकर बगल के संगीत कक्ष तक स्पष्ट होती हुई पहुंच गई थी, जहां विकास अपने वायलिन की तारों को सुर में मिला रहा था। कराह सुनकर विकास अर्चना के कमरे में पहुंच गया था। यह जगदीश का अहोभाग्य था कि हत्यारे के स्थान पर विकास पकड़ा गया और जगदीश पर कोई सन्देह तक नहीं कर सका।

अर्चना की हत्या करने के बाद जगदीश ने सावधानी बरतकर प्रभा की हत्या करने का प्रयत्न किया था, ताकि वह भविष्य में उसके चरित्र के विषय में वन्दना को कुछ न बता सके।

अर्चना के बाद जगदीश वन्दना को अपनाने का निश्चय कर चुका था, उसके दिल में अपने प्रति अत्यन्त सहानुभूति उत्पन्न करके। जगदीश ने प्रभा की हत्या का अवसर तलाश करना चाहा, परन्तु प्रभा अर्चना की हत्या के विषय में जानकर जगदीश से सावधान हो चुकी थी। यद्यपि वह समाचार-पत्र में पढ़ चुकी थी कि हत्यारा विकास है, जो रंगे हाथों पकड़ा गया है, फिर भी उसे पूरा विश्वास था कि इस हत्या के पीछे जगदीश का ही हाथ है। निश्चय ही विकास नाम के किसी हत्यारे को रुपया देकर जगदीश ने अपने किसी स्वार्थ के पीछे अर्चना की हत्या करा दी है। प्रभा इस हत्या में जगदीश को लपेटकर उसे भी दण्ड दिलाना चाहती थी, परन्तु उसके पास कोई सुबूत नहीं था जबकि हत्या करते हुए रंगे हाथों कोई और व्यक्ति पकड़ा गया था। इसीलिए किसी अशुभ के भय से उसने खामोशी से वह शहर छोड़ दिया और अपने एक रिश्तेदार के यहां कानपुर चली गई। वहां उसने एक डॉक्टर द्वारा अपना गर्भपात करा दिया था।

कानपुर में प्रभा को अपनी मां के पत्र से ज्ञात हुआ था कि जगदीश उसकी मां से मिला था। वह शादी करने के बहाने उससे मिलना चाहता था, पर मां ने इन्कार कर दिया था। उसके बाद भी प्रभा को जो पत्र मां से मिलते रहते थे, उनसे ज्ञात होता रहता था कि जगदीश उसकी तलाश में उसके घर के आस-पास चक्कर काटता रहता था। तब प्रभा मन ही मन सोचती कि अच्छा ही हुआ, जो वह कानपुर चली आई। प्रभा अर्चना की अदालती कार्यवाही समाचार-पत्रों में बराबर ढूंढा करती थी। वह जानना चाहती थी कि हत्याकाण्ड की लपेट में जगदीश आया है या नहीं। कुछ मास बाद जब प्रभा ने समाचार-पत्रों में 'अर्चना हत्याकाण्ड' के अन्तर्गत विकास का बयान पढ़ा तो उसे विश्वास हो गया कि रंगे हाथों पकड़े जाने वाला व्यक्ति भी अर्चना का हत्यारा नहीं है। विकास का बयान उसे बिल्कुल सत्य जान पड़ा। उसे पूरा विश्वास हो गया कि अर्चना की हत्या जगदीश ने कराई नहीं, बल्कि स्वयं की है; परन्तु प्रभा तब भी जगदीश को हत्याकाण्ड में फंसाने में असमर्थ थी, क्योंकि उसके पास असली हत्यारे के विरुद्ध कोई सुबूत नहीं था। बाद में जब प्रभा ने समाचार-पत्रों में गवाहों के बयान पढ़े, विशेषकर चश्मदीद गवाह और मकतूल की बहन वन्दना के, तो प्रभा दुविधा में पड़ गई कि वन्दना ने अदालत में सत्य कहा है या झूठ। वन्दना के बयान पर उसे विश्वास नहीं होता था। जाने क्यों, दिल कहता था कि अभियुक्त विकास निर्दोष है और जगदीश ही हत्यारा है। अभी छः मास पहले कानपुर में उसने एक नवयुवक से विवाह भी कर लिया था। पति कानपुर के एक कॉलेज में लेक्चरर था। अच्छा-खासा व्यक्तित्व था उसका। विदेश में रह चुका था। आधुनिकता में वह विश्वास रखता था, इसलिए उसने प्रभा के अतीत में झांकने की कभी कोशिश नहीं की थी। अब प्रभा अपने पति के साथ एक सम्मानित जीवन बिता रही थी, फिर

भी उसे विकास नाम का वह व्यक्ति याद आ जाता था, जो निर्दोष होते हुए भी जगदीश के अपराध का दण्ड भोग रहा था।

विकास की सजा को तीन वर्ष पूरे होने को आए तो एक दिन प्रभा को अपनी मां की बीमारी के कारण पिता का तार पाते ही मायके आना पड़ गया। मायके में उसके साथ उसका पति भी आया तो प्रभा सोचने लगी कि यदि उसे कहीं रास्ते में जगदीश मिल गया तो क्या होगा?

एक दिन प्रभा अपने पति के साथ मां के लिए दवा लेकर एक दुकान से निकली ही थी कि अचानक सामने सड़क के किनारे एक कार आकर रुकी। कार से एक सुन्दरी निकली। प्रभा का पति सुन्दरी को बहुत ध्यान से देखने लगा तो प्रभा को बड़ा आश्चर्य हुआ। पति सुन्दरी को पहचानने का प्रयत्न कर रहा था। सुन्दरी उन दोनों के समीप से होकर बगल के बुक-स्टाल पर जाने लगी तो उसकी दृष्टि भी प्रभा के पति पर पड़ गई। वह भी उसके पति को देखकर चौंक गई।

'तुम!' प्रभा के पति ने सुन्दरी को ध्यान से देखते हुए कहा - 'वन्दना हो न?'

सुन्दरी वन्दना ही थी। प्रभा के पति को उसने तुरन्त पहचान लिया। आश्चर्य से उसने कहा, 'अमृत भाई साहब! आप यहां कैसे?'

'बस...चला आया।' अमृत ने कहा - 'तुम्हारा शहर मेरा ससुराल जो बन गया है।'

'ओ।' वन्दना ने प्रभा की ओर देखा। फिर अमृत से पूछा - 'आजकल कहां हैं आप?'

'वहीं कानपुर में, जहां पहले था। कानपुर में मुझे लेक्चररशिप मिल गई है। तुमने भी तो डॉक्टरी कर ली होगी?'

'जी हां।' वन्दना ने हल्की-सी मुस्कान के साथ कहा।

'यह मेरी पत्नी है - प्रभा!' अमृत ने अपनी पत्नी का परिचय दिया। फिर वन्दना का परिचय देते हुए पत्नी से बोला, 'और यह वन्दना है। वन्दना तथा उसकी बहन से मेरी भेंट शिमला में हुई थी। तब मैंने अर्चना के साथ इसको भी स्केटिंग सिखाई थी।'

अर्चना! प्रभा ने नाम सुना तो चौंक गई। उसने वन्दना की ओर बहुत ध्यान से देखा। अर्चना की बहन वन्दना। प्रभा ने समाचार-पत्र में अर्चना हत्याकाण्ड के अन्तर्गत यह नाम पढ़ा था। यह नाम उसे इसलिए याद था, क्योंकि वन्दना मकतूल की बहन ही नहीं, हत्या की चशमदीद गवाह भी थी; जिसके बयान के आधार पर अभियुक्त को सजा हो गई थी। उसने सोचा, यह वन्दना कहीं उसी अर्चना की बहन तो नहीं है?

'कैसी है अर्चना?' अमृत ने प्रभा के दिल में उठते विचारों से अज्ञात वन्दना से पूछा - 'अब तक तो उसका विवाह भी हो गया होगा। क्यों?'

अर्चना का नाम सुनकर वन्दना के चेहरे पर गम की घनी छाया आ गई। उसने बहुत गम्भीर स्वर में कहा - 'अर्चना दीदी की हत्या हो गई थी।'

'क्या?' अमृत को विश्वास नहीं हुआ।

'आपने समाचार-पत्र में नहीं पढ़ा था?' वन्दना ने उसी गम्भीरता के साथ आश्चर्य प्रकट किया।

'न।' अमृत ने कहा - 'मैं तो विदेश गया हुआ था। अभी साल भर पहले ही तो लौटा हूं।

'एक निर्दयी ने उसकी हत्या कर दी।' वन्दना का गला भर आया।

'आई एम सॉरी वन्दना!' अमृत ने एक गहरी सांस लेकर खेद प्रकट किया। फिर सारी बातें जानने के लिए उसने समीप के एक रेस्टोरेण्ट की ओर संकेत किया और बोला - 'आओ, हम उस रेस्टोरेण्ट में चलकर बैठते हैं। मुझे सारी घटना विस्तार में बताओ। यह तो सचमुच बहुत बुरी खबर है।'

वन्दना खामोशी से अमृत के साथ चल पड़ी। प्रभा को ज्ञात हो चुका था कि यह वन्दना वही है जिसने चश्मदीद गवाह बनकर अभियुक्त के विरुद्ध गवाही दी थी। वास्तविकता जानने के लिए उसकी जिज्ञासा बढ़ने लगी। क्या वन्दना ने वास्तव में अभियुक्त को अपनी बहन की हत्या करते देखा था। वन्दना के भाले-भाले चेहरे को देखकर कोई सोच भी नहीं सकता था कि वह अदालत में शपथ लेने के पश्चात् झूठ बोल सकती है। अपने पति के साथ वह भी चल पड़ी।

लगभग पांच वर्ष पहले जब वन्दना डॉक्टरी पढ़ रही थी तो एक बार वह अपने घरवालों के साथ शिमला गई थी। शिमला में रिंक के अन्दर स्केटिंग सीखते समय अर्चना गिरने ही वाली थी कि उसने सहारे के लिए अपनी बगल से स्केटिंग करके निकलते एक युवक को अनजाने तौर पर पकड़ लिया था। वह युवक अमृत ही था। अमृत ने अर्चना को संभाला ही नहीं, उसे स्केटिंग भी सिखाई। फिर परिचय बढ़ा तो उसने अर्चना के साथ वन्दना को भी स्केटिंग सिखाना आरम्भ कर दिया था। अमृत का व्यवहार अर्चना तथा वन्दना से भाई और मित्र जैसा रहा था।

रेस्टोरेण्ट में तीनों एक केबिन में जा बैठे। अमृत ने कॉफी का ऑर्डर दिया। फिर वन्दना की ओर मेज पर झुकते हुए उसने पूछा - 'आखिर इतना बड़ा कांड हो कैसे गया?'

और वन्दना ने विकास को कोसते हुए आरम्भ से अन्त तक अमृत को सारी बातें बताते हुए जब यह कहा कि घटनास्थल पर वह उस समय पहुंची थी, जब हत्यारा उसकी बहन की छाती से छुरी निकाल रहा था तो प्रभा चुप नहीं रह सकी। उसने पूछा, 'तो क्या आपने उसे हत्या करते समय नहीं देखा था?'

अमृत ने प्रभा की ओर देखा। यद्यपि अमृत के देखने में किसी प्रकार का सन्देह नहीं था, उसने बस यों ही प्रभा की रुचि देखकर उसकी ओर देख लिया था, परन्तु प्रभा के दिल में चोर था, इसलिए उसने अपने पति को बनाते हुए कहा - 'मैंने अर्चना हत्याकाण्ड का विवरण समाचार-पत्र में पढ़ा था-

अमृत ने वन्दना की ओर देखा।

'यह हत्या का समय ही तो हुआ, जब मैंने उसे देखा था।' वन्दना ने प्रभा की बात का उत्तर दिया।

प्रभा चुप हो गई, परन्तु वह वन्दना के उत्तर से जरा भी सन्तुष्ट नहीं हुई।

वन्दना ने विकास की मां तथा बहन के विषय में भी सब कुछ बताया। उसने पूनम के विषय में बताते हुए अन्त में कहा, 'हत्यारे को मृत्युदण्ड मिलता तो मुझे सन्तोष मिल जाता, परन्तु उसकी बहन का मुझे अफसोस है। दम तोड़ने से पहले जिस घृणा से उसने मुझे धिक्कारा था, वह शायद मैं जीवन भर नहीं भूल सकती। कभी-कभी सोचती हूं कि कहीं वास्तव में मुझे उसका शाप न लग जाए।'

'किसी के कोसने से कुछ नहीं होता।' अमृत ने उसे सांत्वना दी - 'उसके भाई ने हत्या की थी, इसलिए उसे सजा मिलनी ही चाहिए थी। उसकी सजा का प्रभाव किसी पर कुछ भी पड़े, उससे तुम्हें क्या मतलब?'

'जगदीश बेचारा बहुत उदास रहता है।' वन्दना ने कहा, 'मुझे उस पर बड़ी दया आती है। सोचती हूं, विवाह के बाद मैं उसके दिल का घाव भरने में सफल हो सकूंगी या नहीं।'

'क्या?' प्रभा चौंक पड़ी। उसने आश्चर्य से पूछा - 'तो क्या अब आप जगदीश से विवाह कर रही हैं?'

'क्यों?' प्रभा के चौंकने पर अमृत भी चौंक पड़ा। उसने अपनी पत्नी को आश्चर्य से देखा - 'इसमें हर्ज ही क्या है?'

'हर्ज? हर्ज तो कुछ नहीं।' प्रभा ने अपनी स्थिति संभाली, 'यह तो...यह तो अच्छी बात है, बहुत अच्छी बात है कि आप उसके साथ विवाह करके अपनी बहन की आत्मा को शान्ति पहुंचा रही हैं। यह तो सचमुच बड़ी अच्छी बात है।'

वन्दना को प्रभा का व्यवहार कुछ विचित्र लगा। अमृत ने भी कुछ ऐसा ही महसूस किया, परन्तु यह सोचकर इस बात को महत्त्व नहीं दिया कि कुछ लोगों की दृष्टि में बड़ी बहन की मृत्यु के बाद अपने होने वाले जीजा से किसी लड़की का विवाह करना अनुचित होता है। प्रभा की अन्तरात्मा ने इस बात की आज्ञा नहीं दी कि वन्दना जैसी भोली-भाली लड़की जगदीश जैसे बदमाश व्यक्ति की पत्नी बने। उसने मन ही मन निश्चय कर लिया कि वह वन्दना को किसी न किसी प्रकार जगदीश के विषय में सारी बातें बताकर उसे अवश्य सावधान कर देगी। जगदीश ने उसकी बहन की हत्या की हो या न की हो, फिर भी वन्दना जैसी प्यारी लड़की को जगदीश के चरित्र से परिचित होना ही चाहिए। प्रभा को अपनी मां की अस्वस्थता के कारण अभी मायके में रुककर कुछ दिनों मां की सेवा करनी थी और अमृत को एक-दो दिन बाद चले जाना था। प्रभा ने सोचा, वह अमृत के जाते ही वन्दना से मिलेगी और उसे सब कुछ बता देगी।

दो दिन बाद वन्दना सुबह नाश्ता करने के बाद फोन के समीप से निकलते हुए अपने कमरे में जा रही थी कि फोन की घंटी बजी। वन्दना ने फोन का रिसीवर कान से लगाकर कहा, 'हैलो!'

'मैं वन्दना बहन से बात करना चाहती हूं।' उधर से किसी लड़की का स्वर आया।

'मैं वन्दना ही बोल रही हूं।' वन्दना ने कहा, 'आपका शुभ नाम?'

'मैं प्रभा हूं वन्दना बहन!' प्रभा ने कहा, 'आपसे मैं कुछ आवश्यक बातें करना चाहती हूं, परन्तु फोन पर नहीं, एकान्त में।'

'एकान्त में?' वन्दना को बड़ा आश्चर्य हुआ।

'हां बहुत आवश्यक बात है।' प्रभा ने भेद भरे ढंग में कहा।

'तो आप हमारे बंगले पर आ जाइए। मैं अपने कमरे में बिल्कुल अकेली होऊंगी।' वन्दना ने आश्चर्य में पड़कर कहा।

'मैं वहां भी आपसे नहीं मिल सकती। आप कहीं और कोई स्थान बताइए। मैं वहां पहुंच जाऊंगी, परन्तु आप वहां अकेली या अपने माता-पिता के साथ आइएगा। कोई बाहर का व्यक्ति या जगदीश आपके साथ हरगिज न हो। यह आपके भविष्य का प्रश्न है। इसके अतिरिक्त मैं आपको फोन पर कुछ भी नहीं बता सकती।'

वन्दना असमंजस में पड़ गई। कुछ समझ नहीं सकी कि उसके भविष्य से सम्बन्धित कोई भेद प्रभा के पास कैसे सुरक्षित है। उसने पूछा, 'अमृत भाई साहब चले गए?'

'हां, वह पिछली रात की गाड़ी से चले गए।' प्रभा ने कहा, 'वह साथ में थे, वरना मैं उसी दिन आपको सब कुछ बता देती।'

वन्दना को याद आया, दो दिन पहले जब उसने रेस्टोरेण्ट में अमृत को बताया था कि वह जगदीश से विवाह कर रही है तो प्रभा बुरी तरह चौंक उठी थी। उसके बाद उसका व्यवहार भी कुछ विचित्र हो गया था। वन्दना की चिन्ता बढ़ी। प्रभा निश्चय ही उसे कोई विशेष बात बताना चाहती है, अपने पति से छिपाकर। उसने अपनी कलाई पर बंधी घड़ी देखते हुए कहा, 'ठीक है, मैं एक घण्टे बाद मालाबार होटल पहुंच जाऊंगी। आप वहां के रेस्टोरेण्ट में ही प्रतीक्षा कीजिएगा।'

वन्दना ने यह बात अपने माता-पिता को बताई तो वे चिंतित हो उठे। यह वन्दना के भविष्य का प्रश्न था, इसलिए उसके पिता ने स्वयं वन्दना के साथ जाना आवश्यक समझा।

निश्चित समय पर सदानन्द तथा वन्दना मालाबार होटल पहुंचे तो वहां के रेस्टोरेण्ट में प्रभा एक कोने में बैठी उनकी प्रतीक्षा कर रही थी। उन्हें देखते ही वह उठ खड़ी हुई। हाथ जोड़कर नमस्ते करते हुए उसने सदानन्द को अपना परिचय दिया तो वन्दना ने उसे भी अपने पिता का परिचय दे दिया। फिर तीनों कुर्सियों पर बैठ गए।

प्रभा ने सारी बातें कह सुनाईं। जगदीश ने उसके साथ ही नहीं, अनेक लड़कियों के साथ प्यार का नाटक रचाने के बाद कैसा व्यवहार किया, कैसे उसने जगदीश से अपने अधिकार की भीख मांगी थी और जगदीश ने किस प्रकार धमकाकर उसे खामोश रहने की चेतावनी दी थी। उसने कहा, 'हत्या वाली शाम जब मैंने अर्चना बहन को सारी बातें बताईं तो उन्होंने मुझसे कहा था कि यदि मेरी बात सत्य सिद्ध हुई तो वह जगदीश को फटकाकर घर से निकाल देंगी। वन्दना बहन, मेरा विश्वास करो, जगदीश के साथ तुम्हारा जीवन नरक बन जाएगा। मैं तो यहां तक कहूंगी कि यदि तुमने विकास को अपनी बहन की हत्या करते नहीं देखा, केवल अपनी बहन की छाती से छुरी निकालते देखा है तो वह हत्या केवल जगदीश ही कर सकता है। विकास ने अदालत में जो कुछ कहा था, वह सत्य ही होगा।'

'क्या?' वन्दना चौंक गई। उसकी आंखों के सामने हत्या का दृश्य घूम गया। उसने तो वास्तव में विकास को उस समय देखा था, जब वह उसकी दीदी की छाती से छुरी निकाल रहा था। फिर भी उसके लिए प्रभा की बात पर विश्वास करना कठिन हो गया। उसने आश्चर्य से अपने पिताजी की ओर देखा।

सदानन्द वन्दना के चौंकने के कारण उसे ही देख रहे थे। उन्होंने पूछा, 'बेटी, सच-सच बताओ, हत्या के घटनास्थल पर तुमने क्या देखा था?'

'मैंने उसे हत्या करते नहीं देखा था पिताजी, मैंने उसे दीदी की छाती से केवल छुरी निकालते हुए देखा था।' वन्दना ने कहा।

सदानन्द की आंखों में अदालत का वह दृश्य घूम गया, जब न्यायाधीश के सामने वन्दना के बयान पर विकास तड़पकर चीख उठा था, 'नहीं, यह झूठ है! यह बिल्कुल झूठ है! मैंने हत्या नहीं की! मैंने कोई हत्या नहीं की!' सदानन्द की आंखों में वह दृश्य भी घूम गया, जब विकास जमानत पर रिहा होते ही उनके बंगले पर चला आया था और जगदीश ने उस पर कोड़े बरसाकर उसे अधमरा कर दिया था। विकास उनके बंगले पर क्यों आया था? आखिर उस नाजुक वक्त में विकास ने उनके बंगले में आने का साहस कैसे किया था, जबकि उसके ऊपर उन्हीं की बेटी की हत्या का दोष था। क्या उस दिन वह अपनी सफाई देने तो नहीं आया था? सदानन्द सन्नाटे में आ गए। जाने क्यों, उन्हें प्रभा की बात पर विश्वास-सा होने लगा, परन्तु वन्दना जगदीश के विषय में हर बात स्वीकार करने को तैयार थी, लेकिन उसका दिल उसे हत्यारे के रूप में नहीं स्वीकार कर रहा था।

'अर्चना बहन की हत्या के बाद जगदीश मेरी भी हत्या करना चाहता था, परन्तु मैंने सावधानी बरतते हुए यह शहर छोड़ दिया था। मां से भी उसने पूछा कि मैं कहां गई हूं, वह मुझसे विवाह करने को तैयार है, परन्तु मां ने उस पर विश्वास नहीं किया और न ही बताया कि मैं कहां गई हूं।' प्रभा ने आगे कहा, 'फिर भी जगदीश ने मेरे घर के चक्कर लगाने नहीं छोड़े। उसकी हर हरकत से पता चलता था कि उसे मेरी तलाश थी। क्या इन बातों से पता नहीं

चलता कि अर्चना बहन की हत्या के बाद वह मुझसे डर गया, क्योंकि मैंने ही अर्चना बहन को उसके विषय में सब कुछ बताया था और वह भी हत्या वाली शाम को?'

अब वन्दना असमंजस में पड़ गई कि उसे जगदीश पर उसकी दीदी के हत्यारे होने का सन्देह करना चाहिए या नहीं।

'आप लोग चाहें तो मैं जगदीश से फोन पर इस बात को स्पष्ट रूप में कह सकती हूं कि हत्या उसी ने की है और यह सूचना पुलिस को देने मैं जा रही हूं।' प्रभा ने सुझाव दिया, 'यदि जगदीश ने अर्चना बहन की हत्या की है तो मेरी बात सुनकर उसकी प्रतिक्रिया से आप उसकी वास्तविकता का अनुमान लगा सकेंगे, परन्तु इसके बाद आपको मेरी सुरक्षा की जिम्मेदारी लेनी पड़ेगी। सम्भवतः इससे मेरा घर भी बर्बाद हो सकता है, परन्तु मैं अपनी प्रसन्नताओं को बचाने के लिए किसी दूसरी लड़की का जीवन नष्ट होते नहीं देखना चाहूंगी, जबकि मेरी खामोशी के कारण एक निर्दोष पहले ही सजा काट रहा है और उसकी मां तथा बहन की जानें जा चुकी हैं।'

सदानन्द की आंखों में एक चमक उत्पन्न हुई। उन्होंने बेटी की ओर देखा, फिर सोच में डूब गए।

* * *

शाम के साढ़े छः बजे थे। सदा के समान आज भी जगदीश वन्दना के बंगले पर पहुंचा तो वन्दना ने उसका स्वागत पहले जैसे प्यार के साथ किया, परन्तु उसके दिल में उसके प्रति घृणा के साथ भय भी समाया हुआ था। अभी जगदीश को आए दस मिनट भी नहीं हुए थे कि बैठक में फोन की घंटी बजी। नौकर ने फोन रिसीव किया और फिर फोन वन्दना के कमरे में लाकर एक मेज पर रखा, जिस पर बिछा मेजपोश नीचे तक लटक रहा था। नौकर ने फोन को प्लग होल्डर में लगाते हुए जगदीश से कहा, 'साहब, आपका फोन है।'

'मेरा फोन है?' जगदीश ने आश्चर्य से पूछा।

'जी हां, मालिक!'

जगदीश ने कुछ सोचा, फिर आगे बढ़कर रिसीवर थाम लिया। नौकर कमरे से बाहर चला गया। जगदीश ने रिसीवर कान से लगाते हुए कहा, 'हैलो।'

'कौन, जगदीश?' स्वर किसी लड़की का था।

'हां।' जगदीश ने स्वर पहचानने का प्रयत्न किया।

'मैं प्रभा बोल रही हूं।' प्रभा ने भेद भरे ढंग में कहा, पहचाना मुझे?'

'ऊं...' जगदीश के माथे पर बल पड़ गए। उसने वन्दना की ओर देखा। वन्दना उसे ही देख रही थी। जगदीश को प्रभा पर सन्देह हुआ। शायद प्रभा उसे धमकाकर ब्लैकमेल करना

चाहती थी, परन्तु यह स्थान प्रभा से बातें करने का नहीं था। उसने कहा, 'रांग नम्बर।' और तुरन्त फोन रख दिया।

वन्दना ने जगदीश की पहली प्रतिक्रिया पर ध्यान दिया, मगर अनजान बनी रही। जगदीश वन्दना के समीप पहुंचा तो वन्दना ने पूछा, 'किसका फोन था?'

'जाने कौन था और किस जगदीश से बातें करना चाहता था।' जगदीश ने अज्ञानता प्रकट की।

वन्दना ने भी उसकी बात नजरअन्दाज कर दी। फिर बोली, 'तुम बैठो, मैं चाय लेकर आती हूं।' वह कमरे से बाहर निकल गई।

वन्दना के जाते ही अचानक फोन की घंटी फिर बजी। जगदीश ने दांत पीसते हुए लपककर फोन उठा लिया। उसने दरवाजे से कमरे के बाहर देखा। फोन की घंटी सुनकर वन्दना वापस तो नहीं लौट पड़ी है, परन्तु वन्दना नहीं लौटी थी। उसने सन्तुष्ट होकर कहा, 'हैलो।'

'कौन, जगदीश?' आवाज वही थी - प्रभा की।

'हां।' जगदीश ने दबे स्वर से दांत पीसे।

'तुमने फोन क्यों बन्द कर दिया?'

'तुम्हें कैसे मालूम हुआ कि मैं यहां हूं?'

'तुम्हारे बंगले पर फोन किया था। पता चला कि तुम इस नम्बर पर मिलोगे।' प्रभा ने उत्तर दिया।

जगदीश को अपने घर वालों पर बड़ा क्रोध आया। उसने दरवाजे से बाहर देखते हुए पूछा, 'क्या चाहती हो?'

'पूरे एक लाख रुपए।' प्रभा ने कहा, 'यदि तुमने नहीं दिए तो मैं पुलिस को बता दूंगी कि अर्चना की हत्या तुमने की है।'

'क...क...क्या।' जगदीश के दिल में चोर था, इसलिए आशा के विपरीत बात सुनकर चौंकना उसके लिए स्वाभाविक था, परन्तु फिर उसने स्वयं को संभाल लिया। उसने पूछा, 'तुम्हारे पास इसका क्या सुबूत है?'

'इसका सुबूत मैं तुम्हें नहीं पुलिस को दूंगी।' प्रभा ने कहा, 'इस सुबूत का मूल्य तुम एक लाख रुपए चुकाने को तैयार हो या नहीं?'

'रुपए तुम्हें मिल जाएंगे।' जगदीश ने बात समाप्त करते हुए कहा, एक घण्टे बाद तुम मुझे...' जगदीश ने सोचा। फिर बोला, 'अविनाश होटल के पास मिलो। वहां होटल में कमरा बुक करके मैं तुमसे इत्मीनान से बातें करूंगा।'

'ठीक है, मैं वहां पहुंच जाऊंगी।'

फोन कट गया। जगदीश ने फोन रखते हुए एक गहरी सांस ली। तभी कमरे में वन्दना प्रविष्ट हुई। उसके होंठों पर मुस्कान थी। अनजान बनकर उसने पूछा, 'किसका फोन था?'

'एक मित्र था।' जगदीश ने मुस्कराने का प्रयत्न करते हुए बात टाली। फिर अपनी कलाई पर बंधी घड़ी देखी। बोला, 'अच्छा, मैं चलता हूं, क्योंकि इसी मित्र से एक आवश्यक काम निकल आया है। अब कल भेंट होगी।'

'लेकिन नौकर चाय लेकर आ रहा है।' वन्दना ने कहा।

'चाय का जरा भी मूड नहीं है।' जगदीश ने कहा और चला गया।

वन्दना फोन के पास आई। उसने मेज के लटकते मेजपोश को ऊपर उठाया। मेज के नीचे ताक जैसे खांचे में ऑन किया हुआ टेपरिकॉर्डर रखा था। इस टेपरिकॉर्डर को नौकर ने उस समय ऑन किया था, जब वह टेलीफोन लाकर मेज पर रख रहा था, वन्दना तथा जगदीश की ओर अपनी पीठ की आड़ बनाकर वन्दना ने टेपरिकॉर्डर ऑफ करके उसे मेज पर रखा तो वहां सदानन्द भी आ गए। उन्हें इस घड़ी की बहुत बेचैनी से प्रतीक्षा थी। वन्दना भी टेपरिकॉर्डर सुनने के लिए बहुत अधीर थी। उसने टेप रिवाइण्ड किया। फिर जब टेप बजाया तो प्रभा तथा जगदीश के सम्बन्ध की पुष्टि तो हो गई, परन्तु यह बात स्पष्ट नहीं हो सकी कि जगदीश ने ही अर्चना की हत्या की थी, क्योंकि टेप में प्रभा का स्वर नहीं आया था, इसके अतिरिक्त जगदीश ने अपने टेलीफोन के वार्तालाप में एक बार भी अर्चना का नाम नहीं लिया था। फिर भी वन्दना को अब जगदीश पर हत्यारा होने का सन्देह होने लगा और उनकी आंखों के सामने अदालत का वह दृश्य घूम गया, जब अपनी सजा सुनने के बाद विकास न्याय की भिक्षा के लिए तड़पकर चीख उठा था। उसके कानों में विकास के वे शब्द भी गूंज गए, जो विकास ने अदालत से जेल की यात्रा पर जाते हुए उसे घृणा से धिक्कारते हुए कहे थे।

सदानन्द को पहले ही विकास की निर्दोषता का विश्वास हो चला था। अब उन्होंने जो टेप सुना तो उनका विश्वास और मजबूत होने लगा।

उधर थाने में प्रभा तथा जगदीश की टेलीफोन पर की गई बातें पुलिस इंस्पेक्टर ने भी एक्सटेंशन के फोन द्वारा सुनी थी। उसे भी प्रभा की बातों का विश्वास हो गया। सुबह सदानन्द प्रभा को मालाबार होटल से सीधे थाने ले गए थे। प्रभा ने जगदीश पर अपना सन्देह प्रकट करते हुए इंस्पेक्टर को सारी बातें बता दी थीं। फिर इंस्पेक्टर की योजनानुसार प्रभा ने थाने से ही जगदीश से बातें की थीं। फोन की इस योजना में वन्दना तथा सदानन्द भी सम्मिलित थे। इसके बाद की योजना में इंस्पेक्टर ने सदानन्द तथा वन्दना को सम्मिलित नहीं किया। अब फोन पर जगदीश की बात सुनने के बाद प्रभा को क्या ड्रामा खेलना था, वह भी इंस्पेक्टर ने उसे समझा दिया।

* * *

जगदीश अपने पूरे प्रबन्ध के साथ निश्चित समय पर अविनाश होटल पहुंचा तो प्रभा उसे मुख्य द्वार के समीप ही खड़ी मिली। जगदीश के हाथ में एक सूटकेस था। वह होटल के मैनेजर

पर यह प्रकट करना चाहता था कि वह इस शहर में यात्री बनकर आया है। प्रभा को देखकर जगदीश ने मुस्कराने का प्रयत्न किया। फिर उसे लेकर रिसेप्शनिस्ट के पास पहुंचा। उसने एक कमरा बुक किया। होटल में एक ही कमरा खाली था, जो उसे मिल गया। उसने रजिस्टर में अपने तथा प्रभा के नाम के स्थान पर श्री तथा श्रीमती मिश्र लिखा। फिर एक यात्री का सफल अभिनय करते हुए वह अपने कमरे में पहुंचा। सूटकेस उसने एक ओर रखा। फिर कमरा अन्दर से बन्द करके उसने सूटकेस से शराब की बोतल निकाली। बोतल मुंह से लगाकर उसने शराब पी। फिर प्रभा से पूछा, 'तुम्हें एक लाख रुपए चाहिए?'

'चाहिए तो अवश्य।' प्रभा ने बहुत संतोष के साथ कहा। कमरे में वह एक निश्चित स्थान पर खड़ी हुई थी, जहां उसके पीछे बगल के कमरे के बन्द दरवाजे पर पर्दा पड़ा हुआ था।

'हत्या का सुबूत साथ लाई हो?' जगदीश ने पूछा।

'हत्या का सुबूत मेरी जबान है।' प्रभा ने कहा, 'मैं चाहूं तो वन्दना के साथ तुम्हारा विवाह भी नहीं हो सकेगा।'

'ओह... तो बहुत ज्यादा जानकारी है तुम्हें मेरे बारे में!' जगदीश ने फिर शराब का एक घूंट पिया। फिर बिजली की-सी तेजी से उसने अपने सूटकेस से एक रेशमी डोरी निकाली और एक ही झटके में उसने वह डोरी प्रभा के गले में लपेटते हुए फन्दे का रूप दे दिया। प्रभा कांप उठी। जगदीश ने दांत पीसते हुए कहा, 'कमीनी, यह क्या कम था कि मैंने तुझे जीवित छोड़ दिया? जिस सुबूत पर तुझे इतना गर्व है, ले अभी उस सुबूत का गला मैं सदा के लिए घोंट देता हूं। तुझे भी वहीं पहुंचा देता हूं, जहां अर्चना को भेज चुका हूं। जगदीश ने प्रभा के गले से लिपटी डोरी का फन्दा खींचते हुए छोटा और छोटा करना आरम्भ कर दिया।

प्रभा की आंखें निकलने लगीं। आंखों में पानी छलक आया। यह क्या? कहीं पुलिस इंस्पेक्टर की योजना में कोई भूल तो नहीं हो गई है? प्रभा की आंखों के सामने उसकी मृत्यु मंडराने लगी।

परन्तु तभी दरवाजे के पर्दे के पीछे से एकाएक इंस्पेक्टर निकला। उसके हाथ में रिवॉल्वर था। उसने लपककर जगदीश की कनपटी पर रिवॉल्वर रख दिया। जगदीश के हाथ की डोरी ढीली पड़ गई। प्रभा ने चैन की सांस ली। इंस्पेक्टर ने कहा, 'बस करो जगदीश! अब तुम्हारा भेद खुल चुका है। मैंने ही अर्चना की हत्या की जांच-रिपोर्ट दी थी। मेरी ही रिपोर्ट के कारण एक निर्दोष हत्या का दण्ड भोग रहा है, परन्तु अब तुम नहीं बच सकोगे। तुम्हें तो फांसी दिलाकर रहूंगा।'

जगदीश का पसीना आ गया। कुछ समझ में नहीं आया कि यह क्या से क्या हो गया। तभी पर्दे की आड़ से कुछेक कांस्टेबल भी बाहर निकलकर सामने आ गए। एक सिपाही के हाथ में टेपरिकॉर्डर भी था। जगदीश की समझ में हर बात आ गई। ये सब द्वार के पीछे बगल वाले कमरे में छिपकर उसका विवरण टेप कर चुके हैं। उसने घूरकर प्रभा को देखा प्रभा के

होंठों पर मुस्कान थी, ऐसी मुस्कान, जैसे उसके ऊपर से अपनी जिम्मेदारी का एक बहुत बड़ा बोझ उतर चुका हो।

इंस्पेक्टर की आज्ञा पर एक कांस्टेबल ने तुरन्त जगदीश को हथकड़ी पहना दी, फिर जगदीश को उनके साथ थाने भेज दिया और प्रभा को लेकर वह होटल के मैनेजर की ओर चल पड़ा - मैनेजर को धन्यवाद कहने, जिसने कानून की सहायता करते हुए जगदीश को वही कमरा दिया था, जिसके बगल में पुलिस भी आसानी से छिपकर अपनी कार्यवाही कर सकती थी, यहां के बाद उसे सदानन्द के बंगले पर भी जाना था।

* * *

उस रात जब वन्दना को जगदीश की वास्तविकता ज्ञात हुई तो उसे ऐसा लगा, मानो उसकी छाती के भीतर बम फट गया हो। बहुत जोर का दर्द उठा, जगदीश के लिए नहीं, विकास के लिए, उसकी मां के लिए, बहन तथा उसके बच्चे के लिए। उसकी एक भूल के कारण तीन-तीन प्राण चले गए और एक निर्दोष आजीवन कारावास काट रहा था। वन्दना पलंग पर लेटे-लेटे बहुत देर तक आंसू बहाती रही, सिसकती रही और पछताती रही कि क्यों उसने ऐसी गवाही दी, जिसके कारण एक निर्दोष का सब कुछ लुट गया। वन्दना ने तय कर दिया, वह अगले दिन ही विकास का पता लगाकर उससे मिलेगी। जिस शहर के जेलखाने में वह होगा, वह अवश्य वहां जाएगी। वह विकास से अपनी भूल की क्षमा मांगेगी। अच्छा हुआ, जो विकास को फांसी का दण्ड नहीं मिला, वरना उसके पास अपने पाप की क्षमा तथा पश्चात्ताप के लिए कोई रास्ता नहीं रह जाता। अब फांसी के नाम से ही वन्दना का दिल कांप गया।

अगली सुबह जब वन्दना को इंस्पेक्टर से पता चला कि विकास इसी शहर की सेण्ट्रल जेल में है तो उसने सबसे पहले अपनी कार सेण्ट्रल जेल के रास्ते पर डाल दी। दिल बुरी तरह धड़क रहा था। विकास का सामना वह कैसे कर सकेगी? इतना बड़ा पाप करने के बाद किस मुंह से उससे क्षमा मांगेगी? फिर भी वह विकास से क्षमा मांगने निकल पड़ी थी। क्षमा मांगने से उसकी अन्तरात्मा को कुछ तो शान्ति प्राप्त हो ही सकती थी। यद्यपि आज का दिन कैदियों से मिलने का नहीं था। इंस्पेक्टर द्वारा उसे ज्ञात हुआ था कि कैदियों से केवल छुट्टियों में ही मिला जा सकता था, इसलिए वन्दना ने किसी जेलर से न मिलकर सीधे जेल सुपरिटेन्डेंट साहब से मिलने का इरादा कर लिया था। उसे पूरा विश्वास था कि सुपरिटेन्डेंट साहब उसे विकास से मिलने की अवश्य अनुमति दे देंगे।

'सुपरिटेन्डेंट साहब!' वन्दना ने सुपरिटेन्डेंट के कमरे में दाखिल होते हुए कहा तो उसका स्वर कांप गया, फिर भी उसने अपनी बात जारी रखी, 'मैं आपके एक कैदी विकास से मिलना चाहती हूं।'

53

सुपरिटेन्डेंट साहब ने वन्दना को बहुत ध्यान से देखा। वन्दना के चेहरे पर छाई उदासी तथा आंखों में समाया गम का अंधकार बता रहा था कि वह बहुत चिंतित है। कौन हो सकती है यह लड़की? विकास का तो संसार में कोई भी नहीं था। उन्होंने पूछा, 'तुम कौन हो बेटी? विकास से किस सिलसिले में मिलना चाहती हो?'

'मैं वन्दना हूं।' उसने कहा, 'मकतूल की बहन - उस मकतूल की बहन, जिसकी हत्या के आरोप में विकास सजा काट रहा है।'

सुपरिटेन्डेंट साहब चौंक गए। बोले, 'आरोप या अपराध?'

'अपराध नहीं सुपरिटेन्डेंट साहब - आरोप।' वन्दना ने तुरन्त कहा, 'असली हत्यारा अब पकड़ा जा चुका है। वह हत्यारा अपना अपराध भी स्वीकार कर चुका है। विकास को गलत सजा हो गई थी और वह भी...वह भी केवल मेरे बयान के कारण।'

'ओ माई गॉड!' सुपरिटेन्डेंट साहब के दिल को धक्का लगा, अदालत से इतनी बड़ी भूल हो गई?'

'अदालत से नहीं, मुझसे।' वन्दना का गला भर आया, 'इसीलिए मैं उससे क्षमा मांगने आई हूं। मैं जानती हूं कि उसके जीवन का सुख-चैन तथा खोए हुए इतने अमूल्य वर्ष मैं वापस नहीं ला सकती, फिर भी उससे क्षमा मांगकर मैं अपने दिल का बोझ अवश्य कम कर सकती हूं। विकास यहां से छूटने के बाद कहीं चला गया तो मैं उसे कहां तलाश करूंगी।' वन्दना की आंखें छलक आईं।

सुपरिटेन्डेंट साहब को वन्दना पर बड़ी दया आई। उस मनुष्य से बढ़कर कौन महान हो सकता है, जो अपना अपराध स्वीकार कर ले! उन्होंने तुरन्त घण्टी बजाकर एक सिपाही का बुलाया। फिर उसके साथ वन्दना को भेजकर विकास से मिलने का प्रबन्ध कर दिया। वन्दना चली गई तो जेलर साहब वन्दना के विषय में सोचने लगे। क्या वन्दना विकास का खोया सुख तथा खोया संसार वापस ला सकती है?

वन्दना सुपरिटेन्डेंट साहब के दफ्तर से बाहर निकली तो सिपाही के साथ उस ओर बढ़ गई, जहां एक बड़ा तथा मजबूत द्वार था - लोहे की चादर था। उसके अन्दर एक छोटा द्वार था जिस पर एक बड़ा-सा ताला पड़ा था। द्वार पर सिपाही खड़ा था। वन्दना के साथ के सिपाही ने उसे द्वार पर रुकने का इशारा किया और फिर एक छोटा द्वार खुलवाकर वह अंदर चला गया, जहां सेण्ट्रल जेल के सारे कैदी ऊंची दीवारों के मध्य घिरे अपने काम में व्यस्त थे। सिपाही के अन्दर जाते ही दूसरे सिपाही ने फिर द्वार बन्द करके ताला लगा दिया तो वन्दना द्वार से कुछ दूर खड़ी हो गई। उसका दिल हल्के-हल्के धड़क रहा था। विकास उसे द्वार के बाहर आने से पहले ही पहचानकर मिलने से इन्कार न कर दे। यही कारण था कि उसने अपना चेहरा दूसरी ओर फेर लिया।

विकास जेल की चारदीवारी के अन्दर अपने काम में व्यस्त था कि सिपाही ने आकर उसे बताया कि एक लड़की उससे मिलने आई है। लड़की? विकास को आश्चर्य हुआ, गौरी? उसने सोचा, इतने वर्षों बाद गौरी को उसका ध्यान कैसे आ गया? गौरी के अतिरिक्त इस संसार में उससे मिलने वाला हो भी कौन सकता था? अपना काम छोड़कर उसने सिपाही के पीछे द्वार पार किया। कुछ कदमों के फासले पर एक लड़की दूसरी ओर मुंह किए खड़ी हुई थी। उसे देखते ही विकास समझ गया कि यह गौरी नहीं, कोई और है। उसके आश्चर्य में और वृद्धि हुई। उसके पास, पीछे जाकर वह खड़ा हो गया। उसने पूछा, 'आप मुझसे मिलने आई हैं?'

वन्दना ने अपना चेहरा विकास की ओर किया।

विकास ने तुरन्त वन्दना को पहचान लिया। कैसे न पहचानता? यही तो उसकी बर्बादी की नींव थी। उसके माथे पर बल पड़ गए। बोला, 'तुम? उसका स्वर घृणा से भरा हुआ था।

विकास कैदियों की वेशभूषा में था। वन्दना ने देखा विकास बहुत निर्बल हो गया है। आंखें अंदर को धंस गई हैं। आंखों के चारों ओर अमावस का अन्धकार छा गया है।

'तुम मुझसे मिलने आई हो?' विकास ने उसी घृणा से पूछा। उसे मानो सन्देह था कि वन्दना उससे मिलने नहीं आ सकती।

वन्दना ने जबान से कुछ कहना चाहा, परन्तु होंठ कांप गए। उसने केवल हां के संकेत पर सिर हिला दिया।

'क्या अब भी कुछ बचा है मेरे जीवन को नरक बनाने के लिए?'

'विकास, मैं...मैं...' वन्दना के होंठ फिर कांपने लगे। गला भर्रा गया। फिर भी वह कहती रही, 'मैं तुमसे क्षमा मांगने आई हूं। हमें पता चल गया है कि मेरी दीदी की हत्या तुमने नहीं की थी। उसकी हत्या।'

'नीच, पापिन...।' विकास ने वन्दना की बात पूरी होने से पहले ही उसे दांत पीसकर धिक्कारना आरम्भ कर दिया, 'जब मैं कहता था तो तूने मेरा विश्वास नहीं किया, उल्टे मुझे पर झूठे इल्जाम लगाकर मुझे सजा करा दी और अब आई है अपनी सफाई देने? दूर हो जा मेरी नजरों से।' विकास पलटा और द्वार की ओर बढ़ गया। द्वार बन्द था। सिपाही द्वार खोलने लगा तो विकास को क्षण-भर के लिए रुक जाना पड़ा।

'विकास!' वन्दना तड़प उठी। विकास ने मानो उसकी छाती पर एक लात मार दी थी। लपककर वह विकास के सामने आई। उसने कहा, अब तुम जेल में नहीं रहोगे। तुम्हें शीघ्र ही छोड़ दिया जाएगा।'

'मेरे रिहा होने से क्या मेरी मां तथा बहन का जीवन मिल जाएगा?' विकास ने वन्दना को घूरते हुए कहा, 'यह मत भूल पापिन कि उनकी मृत्यु की जिम्मेदार तू है। भगवान तुझे कभी क्षमा नहीं करेगा। भगवान करे, तेरी अन्तरात्मा तुझे जीवन भर धिक्कारती रहे! तू हर क्षण शांति को तरसे। तुझे कभी सुख प्राप्त न हो।'

'नहीं विकास, नहीं, ऐसा मत कहो! ऐसा मत कहो विकास!' वन्दना रो पड़ी। उसने विकास के आगे हाथ जोड़कर विनती करनी चाही परन्तु तब तक द्वार खुल चुका था। विकास वन्दना की परवाह न करते हुए द्वार के अन्दर प्रविष्ट हो गया। सिपाही ने द्वार बन्द कर दिया तो वन्दना उसी प्रकार खड़ी रोती रह गई। फिर मुड़कर लगभग दौड़ती हुई मुख्य द्वार पर पहुंची। वह बाहर निकली। उसने अपनी कार में बैठकर कार स्टार्ट की तो कार का स्वर सुनकर सुपरिटेन्डेंट साहब ने अपने दफ्तर की खिड़की द्वारा देखा, वन्दना का चेहरा आंसुओं से तर था। अपनी कार तेजी के साथ लेकर वह चली गई तो सुपरिटेन्डेंट साहब सोच में पड़ गए। आखिर उस लड़की के दिल को चोट पहुंचने का क्या कारण हो सकता है?'

कुछ सोचकर उन्होंने घंटी बजाई। सिपाही आया तो उन्होंने उसे विकास को उपस्थित करने की आज्ञा दी और फिर उसकी प्रतीक्षा करने लगे।

विकास आया तो खिसियाया हुआ था। सुपरिटेन्डेंट साहब को नमस्ते की।

'बैठो!' सुपरिटेन्डेंट साहब ने उसे बैठने की आज्ञा दी। विकास उनका कैदी होकर भी अब उनका कैदी नहीं था।

विकास बैठ गया।

सुपरिटेन्डेंट साहब समझ गए कि वन्दना ने विकास को उसकी निर्दोषता के विषय में बता दिया है। वह कुछ देर सोचते रहे। फिर पूछा, 'क्या कह दिया तुमने उस लड़की से?'

'जो मुझे कहना चाहिए था।' विकास ने उसी प्रकार खिसियाए स्वर में कहा, 'नीच-पापिन-और भी बहुत कुछ।'

'नहीं विकास!' सुपरिटेन्डेंट साहब ने उसे समझाया, 'तुम्हें ऐसा नहीं कहना चाहिए था। वह तुमसे क्षमा मांगने आई थी। अपने अपराध को स्वीकार करके क्षमा मांगना एक महानता है, परन्तु क्षमा कर देना उससे भी बड़ी महानता होती है। तुम्हें उसको क्षमा कर देना चाहिए था।'

'क्षमा कीजिए सुपरिटेन्डेंट साहब, महानता महान व्यक्तियों के कर्मों से टपकती है। मैं महान व्यक्ति नहीं हूं। मैं तो एक साधारण व्यक्ति हूं जिसकी खुशियां उस पापिन ने छीन ली हैं। भगवान करे, उसको भी ऐसे ही दुःख झेलने पड़ें, जैसे मैंने झेले हैं।' विकास ने वन्दना को दिल की गहराई से कोसा।

सुपरिटेन्डेंट साहब खामोश हो गए। विकास का घाव अपनी निर्दोषता सुनकर ताजा हो गया था, इसलिए इस समय उसे समझाना उन्होंने उचित नहीं समझा। उन्होंने कहा, 'उस लड़की के कहने के अनुसार असली हत्यारा पकड़ा जा चुका है, इसलिए अब जल्द ही तुम छूट जाओगे। मेरी ओर से तुम्हें अभी से ही बधाई हो!'

'धन्यवाद सुपरिटेन्डेंट साहब!' विकास ने कहा। फिर उठते हुए आज्ञा ली और अपने जेलखाने की ओर बढ़ गया।

* * *

उस सारे दिन वन्दना बहुत परेशान रही। विकास ने उसे धिक्कारकर मानो उसके दिल के टुकड़े-टुकड़े कर दिए थे। शाम के समय वन्दना अपने कमरे में बैठी बार-बार यही सोच रही थी कि विकास के गमों को दूर करने के लिए वह क्या करे। यदि उसने विकास के लिए कुछ नहीं किया तो एक दम तोड़ती स्त्री की आह उसे सचमुच जीने नहीं देगी। उसका सुख-चैन सब कुछ लुट जाएगा।

अचानक उसके कानों में वायलिन का स्वर सुनाई दिया। उसके कमरे के समीप ही शरद वायलिन बजा रहा था। उसे भी कल ही अपने म्यूजिक मास्टर के निर्दोष होने का पता चल गया था। पिछली रात उसे भी बड़ी कठिनाई से नींद आई थी। उसने अदालत में गवाही के तौर पर वही कहा था, जो उसने अपनी आंखों से देखा था, फिर भी वास्तविकता जानने के बाद उसे अपने बयान पर दुःख और खेद था। इस समय उसने वही धुन बजानी आरम्भ कर दी, जो उसे विकास ने सिखाई थी। ऐसा करते हुए मानो वह अपनी भूल का पश्चाताप कर रहा था। वन्दना ने सुना तो उसकी आंखें छलक आईं। शरद वायलिन के तार पर 'बो' चला रहा था और वन्दना को अपने कमरे में ऐसा लग रहा था, मानो कोई उसके दिल पर आरी चला रहा हो। तब भी उसका मन चाहता था कि शरद इस धुन को बजाता ही जाए और इस धुन का रस उसके कानों में टपकता ही जाए, और धुन बज रही थी, रस कानों में टपक रहा था, फिर भी दिल पर आरी चल रही थी। दिल तड़प रहा था, यह कैसी तड़प थी, जिसके अन्दर मिठास भी सम्मिलित थी? कैसी मीठी-मीठी तड़प थी, जिसका अहसास वन्दना के कुंवारे दिल ने किया तो वह फूट-फूटकर रो पड़ी।

रात के समय सदानन्द का परिवार डिनर के लिए खाने की मेज पर बैठा तो वन्दना नहीं आई। वन्दना अपने कमरे से निकली तक नहीं। नौकर से कहला भेजा कि उसका जी अच्छा नहीं है इसलिए खाना नहीं खाएगी। सदानन्द ने सुना तो चिंतित हो उठे। उन्होंने अपनी पत्नी की ओर देखा, फिर शरद पर भी दृष्टि डाली। दोनों ही उदास थे। विकास की वास्तविकता जानने के बाद मानो दोनों के ही दिल की शांति छिन गई थी। विकास की निर्दोषता जानने के बाद उसकी सजा का उन्हें भी अफसोस था। वह तुरन्त बेटी के कमरे में पहुंचे। वन्दना अपने पलंग पर बैठी खिड़की से बाहर के अन्धकार को निहारती हुई विकास के विचारों में तल्लीन थी। सदानन्द उसके समीप जाकर खड़े हो गए। वन्दना को तब भी उनकी आहट नहीं मिली। सदानन्द ने पूछा, 'क्या सोच रही हो बेटी?'

'जी!' वन्दना चौंक गई। चौंककर खड़ी हो गई। पिताजी को देखकर अपने आंसू पोंछने लगी।

'क्या बात है बेटी? क्या हो गया है तुझे?' उन्होंने आश्चर्य से पूछा।

57

‘पिताजी वह...वह...विकास...।’ वन्दना फूट-फूटकर रो पड़ना चाहती थी, परंतु फिर उसने स्वयं को संभाल लिया।

‘क्या हो गया है विकास को?’ सदानन्द को और भी आश्चर्य हुआ। बोले, ‘अब तो वह छूट जाएगा। फिर चिंता की क्या बात है?’

‘पिताजी!’ वन्दना ने स्वयं को संभालकर कहा, ‘मेरे ही बयान के कारण उसे सजा हुई थी। न उसे सजा होती और न उसकी मां, बहन तथा उसके बच्चे की मृत्यु होती। इसलिए पिताजी मैं...मैं उसकी कुछ सहायता करना चाहती हूं ताकि मेरी भूल का प्रायश्चित्त हो सके। यदि उसने मुझे क्षमा नहीं किया पिताजी, तो मैं भी स्वयं को कभी क्षमा नहीं कर सकूंगी। फिर मैं कभी सुखी नहीं रह सकूंगी पिताजी, कभी सुखी नहीं रह सकूंगी।’ वन्दना का गला भर आया। आंखें फिर छलक आईं।

सदानन्द ने बेटी के सिर पर प्यार से हाथ रखा। फिर बोले, ‘ठीक है बेटी, तू जैसा चाहेगी, वैसा ही होगा। अभी चलकर कुछ खा ले। यों भूखी रहकर शरीर को कष्ट देगी तो दिल और दुःखी होगा।

वन्दना आंसू पोंछती हुई अनिच्छा से खाने के लिए चल पड़ी। उस रात वन्दना ने बहुत कुछ सोचा। वह विकास के लिए क्या कर सकती है और कैसे कर सकती है। जब तक वह विकास के लिए कुछ करेगी नहीं उसके दिल का बोझ कम नहीं होगा, मन को शांति प्राप्त नहीं होगी।

अगली सुबह वन्दना अपने पिता को लेकर अपने वकील से मिली। सारी बातें सुनने के बाद वकील ने बताया कि विकास को उस समय तक नहीं छोड़ा जा सकता, जब तक कि असली हत्यारे को अदालत से सजा नहीं हो जाती। सजा के बाद ही अदालत विकास को रिहा कर सकेगी। वन्दना को कानून के इस अंधेपन पर बहुत क्रोध आया। एक व्यक्ति कह चुका है कि वह निर्दोष है, फिर भी सजा काट रहा है। दूसरा व्यक्ति अपना अपराध स्वीकार कर चुका है, तब भी अदालत उसकी बात न मानकर फैसले के दिन तक उसे बचने का अवसर दे रही है? यह कैसा कानून है? जो हो वन्दना के कहने पर सदानन्द ने अपने वकील को जगदीश को दण्ड दिलाने तथा विकास को जल्द से जल्द छुड़ाने के लिए मुकदमा लड़ने का आदेश दिया।

शीघ्र ही विकास का मुकदमा नए सिरे से आरम्भ हो गया। इंस्पेक्टर ने असली हत्यारे जगदीश को सजा दिलाने में कोई असर नहीं रखी। उधर विकास को छुड़ाने में सदानन्द के वकील ने अपनी ओर से कोई कसर नहीं छोड़ी। चश्मदीद गवाह वन्दना ने हलफनामे के साथ अपना बयान दिया। इस बार उसने यही कहा, जो देखा था - उसने विकास को अपनी अर्चना दीदी पर आक्रमण करते नहीं देखा था, केवल उसकी छाती से छुरी निकालते देखा था। अदालत में एक बार विकास को भी बुलाया गया। विकास को बड़ा आश्चर्य हुआ कि उसे बचाने के लिए सदानन्द का वही वकील लड़ रहा था, जिसने पहले उसे सख्त से सख्त सजा

देने के लिए अदालत से अनुरोध किया था। मुकद्दमे के बाद जब विकास पुलिस की हिरासत में अदालत से बाहर जा रहा था तो उसने सदानन्द के वकील से पूछ ही लिया, 'क्या बात है वकील साहब, आप तो मुझे फांसी की सजा दिलाना चाहते थे, फिर आप मेरी सफाई में क्यों लड़ने लगे?'

'बेटे!' सदानन्द के वकील ने कहा, 'तुम्हारी निर्दोषता की वास्तविकता सदानन्द के परिवार को बहुत देर में मालूम हुई। उन्होंने ही मुझे तुमको छुड़ाने के लिए मुकद्दमा लड़ने को कहा है।'

'क्या?' विकास को आश्चर्य हुआ। क्रोध से उसके माथे पर बल पड़ गए। उसने घृणा से कहा, 'वकील साहब, अगर आपको मैंने अब अपने मुकद्दमे में देखा तो विश्वास कीजिए, मैं अदालत से कह दूंगा कि मैं ही हत्यारा हूं। मुझे सजा दी जा चुकी है और वह सजा उचित है।'

'क्या बकते हो?' वकील ने क्रोध तथा आश्चर्य से कहा, 'तुम्हें तो वन्दना का आभारी होना चाहिए, जिसके कारण...'

'उस झूठी लड़की का मेरे सामने नाम मत लीजिए।' विकास ने वकील की बात काटकर क्रोध तथा घृणा से कहा, 'वह तो नारी के भेष में ऐसी नागिन है, जिसने मेरी सारी खुशियां डस ली हैं। मेरा वश चले तो उस कम्बख्त के साथ वैसा ही व्यवहार करूं, जैसा कि...' विकास ने दांत पीसते हुए वन्दना के विषय में बहुत कुछ कहना चाहा, परन्तु तभी पुलिस वाले उसे खींचकर अपने साथ ले गए।

वन्दना को जब अपने वकील से पता चला कि विकास ने उसके विषय में क्या-क्या कहा है तो उसका दिल छलनी हो गया। अपने कमरे में जाकर वह बहुत देर तक फूट-फूटकर रोती रही। विकास उससे इतनी अधिक घृणा करता है कि उसकी दीदी की हत्या का जिम्मेदार बनकर जेल में बीस वर्ष व्यतीत करने को तैयार है। क्या इस घृणा में कभी कमी नहीं आएगी? क्या वह विकास की बर्बादियों की जिम्मेदार बनकर जीवनभर इसी प्रकार तड़पती रहेगी?

और जब शरद ने अपने अभ्यास के लिए वायलिन के तार छेड़े तो अचानक वन्दना को अपने मन की शांति ढूंढ़ने का सहारा मिल गया - शांति केवल नाममात्र थी, फिर भी इसके लिए वह तरस रही थी, इसलिए उसने उसे पर्याप्त समझा। प्यासे को एक बूंद पानी भी मिल जाता है तो उसे बहुत सहारा मिलता है। वन्दना ने तय कर लिया कि वह विकास की ऐसे ढंग से सहायता करेगी कि उसे पता तक न चलेगा। वह सोच भी नहीं सकेगा कि उसकी सहायता करने वाली वही है, जो उसकी बर्बादी की जिम्मेदार थी। विकास उसे क्षमा करे या न करे, परन्तु उसकी इस प्रकार की सहायता द्वारा यदि विकास अपने नए जीवन में शान्ति तथा प्रसन्नता प्राप्त कर लेगा तो वह निश्चय ही अपने पापों से मुक्ति पा जाएगी, उसका प्रायश्चित्त सफल हो जाएगा।

अगली सुबह ज्यों ही बैंक खुलने का समय हुआ, वन्दना अपने बैंक पहुंची। एक धनाढ्य परिवार की पुत्री होने के कारण उसका सारा खर्च घर के पैसों में चलता था, इसलिए उसे जो भी वेतन मिलता था, उसे वह पूरा का पूरा बैंक में जमा कर देती थी। बैंक से रुपए लेकर वन्दना साजों की एक बड़ी दुकान पर पहुंची। वहां उसने एक वायलिन खरीदा - बहुमूल्य वायलिन। फिर जब दुकान से बाहर निकली तो बगल की दुकान के शीशेदार शो-केस में चिपके कुछेक स्टिकर्स (वे छोटी-बड़ी तस्वीरें जिनमें चिपकाने के लिए पहले से गोंद लगा रहता है) उसे दिखाई पड़ गए। वन्दना के कदम धीमे पड़ गए। क्षण-भर उसने सोचा, फिर पलटकर स्टिकर्स की दुकान पर पहुंची। उसने एक स्टिकर खरीदा। स्टिकर पर गुलाब की दो सुन्दर कलियां बनी हुई थीं, कांटों-रहित। वन्दना ने सोचा, क्या ये कलियां विकास के जीवन में कभी फूल बनकर खिल सकती हैं, यों ही कांटों-रहित? क्या उसके अपने जीवन में भी आए जहरीले कांटे निकल सकते हैं? वन्दना ने दुकानदार को स्टिकर्स के पैसे चुकाए। फिर वहीं एक जगह उसने वायलिन रखा। वायलिन की पेटी खोली। फिर स्टिकर को वायलिन के ऐसे स्थान पर चिपका दिया कि जब विकास वायलिन को बजाने के लिए अपने कंधे पर रखकर ठोड़ी में सटाए तो कलियां उसके होंठों से अधिक दूर न हों। स्टिकर चिपकाते ही वन्दना के दिल में स्वयं प्यार की एक कली फूट गई। यह कैसा प्यार था, जो अनजाने में ही वन्दना के दिल में उत्पन्न हो गया था और वह भी विकास से इतनी घृणा करने के बाद? क्या इसलिए तो नहीं कि बीज जितना सड़ता है, उतना ही अच्छा पौधा बनकर निकलता है? वन्दना के दिल में घृणा बीज बनकर सड़ गई थी और प्यार पौधा बनकर फूट रहा था। कैसा अद्भुत प्यार था वह!

वहां से वंदना जेल सुपरिटेन्डेंट साहब के दफ्तर पहुंचने के लिए रवाना हो गई। सुपरिटेन्डेंट साहब के दफ्तर के सामने उसने अपनी कार रोकी तो अपने दफ्तर में बैठे सुपरिटेन्डेंट साहब की दृष्टि खिड़की द्वारा वन्दना पर आज फिर पड़ गई। उन्होंने तुरन्त वन्दना को पहचान लिया। वह चौंक गए। आश्चर्य भी हुआ। विकास द्वारा ठुकराए जाने के बावजूद आज फिर यह लड़की यहां कैसे चली आई? वन्दना ने अपने हाथ में वायलिन की पेटी संभालकर कार से बाहर निकली। सुपरिटेन्डेंट साहब फिर चौंक गए। यह लड़की क्या विकास को एक वायलिन भेंट करके अपनी भूल से मुक्ति पाना चाहती है? वन्दना ने द्वार पर खड़े सिपाही को आज फिर अपना कार्ड देकर सुपरिटेन्डेंट साहब के पास भेजा तो तुरन्त उसका बुलावा आ गया। सुपरिटेन्डेंट सहाब को नमस्ते की तो स्वीकार करके उसे सामने की कुर्सी पर बिठाया। वन्दना सोच में पड़ गई। आने को तो वह यहां आ गई है, पर बात कैसे आरम्भ करे?

'कहो, बेटी कैसे आना हुआ?' उसकी कठिनाई दूर करते हुए सुपरिटेन्डेंट साहब ने पूछा।

'सुपरिटेन्डेंट साहब!' वन्दना ने विनम्र निवेदन करते हुए कहा - 'मुझ पर एक कृपा कीजिएगा?'

'कहो बेटी, ऐसी क्या बात है, जो मैं तुम्हारे लिए कर सकता हूं?'

'सुपरिटेन्डेंट साहब!' वन्दना ने कहा - 'मैं चाहती हूं कि जब विकास रिहा हो तो आप उसे यह वायलिन अपनी ओर से भेंट कर दीजिए।' वन्दना ने वायलिन की ओर संकेत किया।

'अपनी ओर से?' सुपरिटेन्डेंट साहब कुछ समझे नहीं।

'जी हां।' वन्दना ने कहा - 'यदि मैं या आप ही इसे मेरी ओर से उसे भेंट करेंगे तो वह इसे कभी स्वीकार नहीं करेगा। उसको मुझसे इतनी घृणा है कि वह मेरी सूरत भी नहीं देखना चाहता। मेरे ही कारण तो उसे आजीवन कारावास मिला था।' वन्दना का स्वर दर्द से कांप गया।

सुपरिटेन्डेंट साहब वन्दना की उदारता पर, उसकी मानवता पर सोच में पड़ गए। वन्दना के स्थान पर यदि कोई और लड़की होती तो विकास से क्षमा मांगना तो दूर, वह विकास की परवाह तक न करती। सोचती, विकास निर्दोष है तो उसे छोड़ ही दिया जाएगा। जो हर्जाना वह अदालत के द्वारा मांगेगा, उसे रुपए में तोलकर दे दिया जाएगा। अपनी भूल का सुधार करने के लिए कोई भी उच्च कुल की लड़की इतना नीचे नहीं गिरती।

'जिस दिन मेरी दीदी की हत्या हुई थी, उस दिन विकास मेरे भाई को वायलिन सिखाने आया था।' वन्दना ने सुपरिटेन्डेंट साहब को खामोश देखकर कहा, 'जब विकास पुलिस की हिरासत में गया तो उसका वायलिन हमारे यहां छूट गया था। मेरे भाई ने क्रोध में उसका वायलिन तोड़कर फेंक दिया। इसीलिए मैं चाहती हूं कि उसे एक वायलिन अवश्य मिलना चाहिए। यहां से जाने के बाद उसे अपने गम पर काबू पाने के लिए एक वायलिन की सख्त जरूरत पड़ेगी।'

सुपरिटेन्डेंट साहब को वन्दना पर दया आ गई। इस लड़की को विकास का कितना ध्यान है! क्या ऐसी स्थिति में भी विकास इस लड़की को क्षमा नहीं करेगा? उन्होंने वायलिन पर दृष्टि डाली। कुछ सोचा। फिर बोले, 'बेटी, भगवान तुम जैसी लड़की के मन पर कभी किसी प्रकार का बोझ नहीं रखेगा। जो है, वह भी शीघ्र ही उतर जाएगा। मैं यह वायलिन विकास को दे दूंगा।'

'अपनी ओर से।' वन्दना ने उन्हें याद दिलाया।

'हां, अपनी ही ओर से भेंट करूंगा बेटी। बस?'

'बस सुपरिटेन्डेंट साहब, बस। बहुत-बहुत धन्यवाद!' वन्दना ने कहा - 'आपका यह उपकार मैं कभी नहीं भूलूंगी।'

वन्दना चली गई तो सुपरिटेन्डेंट साहब ने वायलिन की पेटी खोली। वायलिन तो बिल्कुल नया था, परन्तु वायलिन पर चिपका दो कलियों वाला स्टिकर क्यों चिपका था, वह समझ नहीं सके। उसी प्रकार चुपचाप बैठे वे उन कलियों को देखते रहे, फिर हल्के से मुस्करा दिए।

कुछ दिन बाद अदालत द्वारा जेल सुपरिटेन्डेंट को विकास को अदालत में भेजने का फिर आदेश मिला। सुपरिटेन्डेंट साहब जानते थे कि आज निर्णय का दिन है। विकास अवश्य छूट

जाएगा। उन्हें अपार प्रसन्नता हुई। विकास को अदालत भेजने से पहले उन्होंने उसे अपने पास बुलाया। उसे शुभ समाचार दिया कि उसके जेल के दिन अदालत में जाने के बाद समाप्त हो जाएंगे। फिर बोले - 'बेटा, अदालत से रिहा होने के बाद तुम मेरे पास अवश्य आना। मैं तुम्हारी प्रतीक्षा करूंगा। आओगे न?'

'अवश्य आऊंगा, सुपरिटेन्डेंट साहब! आपसे आशीर्वाद लेने के बाद ही अब जीवन को एक नए मोड़ पर डालूंगा।' विकास ने गम्भीर स्वर में कहा।

'जीते रहो बेटा। मेरी शुभकामनाएं तुम्हारे साथ हैं।' सुपरिटेन्डेंट साहब कुछ सोचते हुए गम्भीर हो गए।

विकास अदालत में उपस्थित हुआ तो वहां जगदीश भी था। अदालत ने जगदीश को सपरिश्रम आजीवन कारावास का दण्ड दिया। फिर विकास की अनुचित सजा पर खेद प्रकट किया। उसे बाइज्जत रिहा करते हुए आज्ञा दी कि वह अपने इतने समय तक जेल में रहने का हर्जाना प्राप्त करने के लिए अदालत से मांग कर सकता है। अदालत उसे उचित मूल्य देने की अनुमति देती है। बाइज्जत? विकास ने सुना तो उसके होंठों पर एक तड़पती तथा व्यंग्यात्मक मुस्कान उभर आई। अदालत के लिए 'बाइज्जत' कितना आसान शब्द है! क्या अदालत के बाइज्जत कह देने से किसी को समाज में उसकी खोई इज्जत वापस मिल सकती है? और हर्जाना? उसके इतने समय तक जेल में रहने का हर्जाना? क्या हर्जाने में अदालत उसकी मां तथा बहन लौटा सकती है? विकास चुपचाप अदालत से बाहर निकल आया और सीधा जेल सुपरिटेन्डेंट साहब के बंगले की ओर चल पड़ा। रास्ते में उसने तय कर लिया कि वह आज ही सुपरिटेन्डेंट साहब से कहकर अपनी जेल में कमाई मजदूरी का पैसा ले लेगा और फिर आज ही इस शहर को सदा के लिए छोड़ देगा। इस शहर में उसके लिए अब एक दिन भी ठहरना उचित नहीं है। यहां जो भी उसे देखेगा, सन्देह की दृष्टि से देखेगा। वह दफ्तर पहुंचा तो ज्ञात हुआ कि सुपरिटेन्डेंट साहब अपने बंगले गए हैं। वह उनके बंगले पहुंचा। जिस बंगले में वह हमेशा पीछे से प्रवेश करता था, आज पहली बार एक स्वतंत्र नागरिक के रूप में वह सामने से प्रविष्ट हुआ।

सुपरिटेन्डेंट साहब ने सुबह विकास के जाते ही दफ्तर में उसकी मजदूरी का हिसाब-किताब तैयार करवा दिया था। केवल चेक काटने की देर थी। उन्होंने सुना कि विकास आया है, तो वह उसके स्वागत के लिए स्वयं बाहर चले गए। उसे मुक्त देखकर उन्हें हार्दिक प्रसन्नता हुई। विकास को उन्होंने बधाई दी। फिर बंगले के अन्दर ले गए तो उनकी धर्मपत्नी ने भी विकास को बधाई तथा आशीर्वाद दिया। अपने साथ उन्होंने विकास को भोजन कराया। भोजन करते समय जेलर साहब ने पूछा - अब अपने नए जीवन का प्रारम्भ तुम किस प्रकार करोगे?'

'अभी तक कुछ नहीं सोचा।' विकास ने प्लेट में कौर बनाते हुए कहा - 'पहले इस शहर को छोड़ दूं। उसके बाद सोचूंगा।'

'क्या?' सुपरिटेन्डेंट साहब अपना कौर मुंह में डालने ही वाले थे कि चौंक गए। उन्होंने आश्चर्य से पूछा - 'क्या तुम अब इस शहर में नहीं रहोगे?'

'ऐसी जगह पर कौन रहना पसन्द करेगा सुपरिटेन्डेंट साहब, जहां किसी का सब कुछ लुट गया हो।' विकास ने कहा, 'क्या यहां मुझे समाज वह सम्मान दे सकता है, जो पहले था?'

सुपरिटेन्डेंट साहब ने सोचा, विकास ठीक ही तो कहता है। उन्होंने पूछा - 'कहां जाओगे?'

'इतना बड़ा संसार है, कहीं भी चला जाऊंगा।' विकास ने एक आह भरी।

सुपरिटेन्डेंट साहब ने एक क्षण सोचा, विकास जहां भी जाएगा, उसे नौकरी की आवश्यकता उस समय तक रहेगी, जब तक वह व्यावसायिक रूप से एक संगीतकार नहीं बन जाता। उन्होंने कहा - 'यदि तुम चाहो तो मैं इस शहर के बाहर भी तुम्हारे लिए नौकरी का प्रबन्ध कर सकता हूं।'

'मेरे लिए इससे बड़ी बात और क्या हो सकती है सुपरिटेन्डेंट साहब। यों भी आपके अहसान मुझ पर कम नहीं हैं।' विकास ने कहा।

'कहां नौकरी करना पसन्द करोगे - दिल्ली? आगरा? कानपुर? मसूरी?' सुपरिटेन्डेंट साहब ने पूछा।

मसूरी? विकास ने सोचा। मसूरी के विषय में विकास ने सुन रखा था, परन्तु मसूरी जाने का अवसर उसे कभी नहीं मिला था। उसने सोचा, मसूरी जैसे शांत स्थान में उसे जीने की शक्ति प्राप्त हो सकती है। वहां के सुन्दर वातावरण में खोकर वह अपने कटु अतीत से पीछा छुड़ा सकता है। वहां की प्राकृतिक सुन्दरता उसके साज को नित नई धुनें प्रदान कर सकती है। उसका साज? विकास ने सोचा, यदि उसे अपनी जेल की कमाई से इतने पैसे नहीं मिले कि वह एक वायलिन खरीद सके तो वह जेल के बाहर अब नौकरी द्वारा इतने पैसे अवश्य एकत्र कर लेगा कि शीघ्र ही उसके पास एक वायलिन फिर आ जाए। उसने पूछा - 'क्या आप मसूरी में मेरी नौकरी लगवा सकेंगे?'

'क्यों नहीं?' सुपरिटेन्डेंट साहब ने कहा, 'वहां तो तुम्हारे रहने का प्रबन्ध भी मेरा एक मित्र आसानी से कर देगा।'

विकास तुरन्त मसूरी की नौकरी के लिए तैयार हो गया। मसूरी में नौकरी प्राप्त करना उसने अपना अहोभाग्य समझा।

भोजन के बाद सुपरिटेन्डेंट साहब ने विकास को बैठक में बिठाया। फिर वह अन्दर के कमरे में आए। क्षण भर बाद वह वापस आए तो उनके हाथ में वायलिन की एक पेटी थी। पेटी

बिल्कुल नई थी। सुपरिंटेन्डेंट साहब ने विकास की ओर वायलिन की पेटी बढ़ाई - 'यह लो अपनी अमानत, इसे संभालो।'

'जी?' विकास चौंककर खड़ा हो गया। वह कुछ समझा नहीं।'

'यह तुम्हारी कला के सम्मान में एक भेंट है।' सुपरिंटेन्डेंट साहब ने कहा - 'हमारा बेटा नहीं रहा, परन्तु हमें विश्वास है कि तुम इस वायलिन द्वारा संगीत-संसार में सफलता प्राप्त करते हुए हमें इस बात का अहसास दिलाते रहोगे कि यदि हमारा बेटा जीवित होता तो आज वह भी तुम्हारी तरह ही सफलता प्राप्त कर रहा होता।'

विकास इन्कार नहीं कर सका। इसी साज की तो उसे आवश्यकता थी। इसके अतिरिक्त सुपरिंटेन्डेंट साहब को इंकार करना उनकी भावनाओं का अपमान करना होता। उसने वायलिन की पेटी अपने दोनों हाथों में इस प्रकार संभाल ली, मानो किसी बच्चे को हाथों में ले लिया हो। उसने कहा, 'सुपरिंटेन्डेंट साहब, मैं आपकी आशाओं को कभी निराशा में परिवर्तित नहीं होने दूंगा।'

'जीते रहो बेटे!' सुपरिंटेन्डेंट साहब ने उसे आशीर्वाद दिया। फिर बोले - 'अपने वायलिन की पेटी खोलो बेटे!'

विकास ने अपने उपहार को मेज पर रखा। पेटी खोली। उसकी आंखें चमक उठीं। बिल्कुल नया वायलिन। देखने में ही बहुमूल्य लगता था। फिर विकास ने वायलिन पर चिपकी कलियां देखीं। उसने सोचा, कलियों का यह स्टिकर सुपरिंटेन्डेंट साहब ने शायद वायलिन की शोभा बढ़ाने के लिए ही लगाया है। उसने सुपरिंटेन्डेंट साहब की ओर देखा।

'पसन्द है?' सुपरिंटेन्डेंट साहब ने पूछा।

'इसे मैं अपनी छाती से लगाकर रखूंगा।' विकास ने कहा।

'वादा करते हो?' सुपरिंटेन्डेंट साहब वायलिन पर चिपके स्टिकर के विषय में एक बात कहने का इरादा पहले ही किए बैठे थे। विकास की बातों द्वारा उन्हें अपनी बात आसानी से कहने को मिल गई, तो उन्होंने ऐसा प्रश्न पूछ लिया था।

'वादा करता हूं।' विकास ने कहा।

'तो फिर एक बात का वचन और दो।'

'कहकर देखिए!' विकास ने बिना सोचे-समझे कहा। वायलिन मिल चुका था, इसलिए उसे अब किसी भी वस्तु की आवश्यकता नहीं थी।

'तुम वयलिन पर चिपका यह जो स्टिकर देख रहे हो।' सुपरिंटेन्डेंट साहब ने कलियों की ओर इशारा करते हुए कहा, 'इसे तुम उस समय वायलिन पर से हटा देना, जब तुम संगीत-संसार में वायलिनवादक बनकर एक उच्च स्थान प्राप्त कर लो।'

विकास कुछ समझा नहीं कि सुपरिंटेन्डेंट साहब ऐसा क्यों कह रहे हैं, परन्तु फिर उसने सोचा, शायद उनकी बातों के पीछे उनके बेटे की भावना छिपी हो। शायद उनके बेटे ने इस

स्टिकर को अपने वायलिन पर चिपकाकर अपने माता-पिता के सामने प्रण किया होगा कि जब तक वह वायलिनवादक बनकर संगीत-संसार में उच्च स्थान प्राप्त नहीं कर लेगा, इस स्टिकर को अपने स्थान से कभी नहीं हटाएगा। विकास ने हल्के से मुस्कराकर कहा, 'आप निश्चिंत रहिए मैं आपको वचन देता हूं कि इस स्टिकर को वायलिन पर से तभी हटाऊंगा, जब मैं संगीत-संसार में अपना स्थान बना लूंगा।'

'शाबाश बेटे!' सुपरिटेन्डेंट साहब ने दीवार पर लगी घड़ी देखी, फिर बोले - 'आओ चलो, तुम्हारा हिसाब-किताब दफ्तर में तैयार है। मैं तुम्हें चेक दे दूं।'

विकास ने उनकी धर्मपत्नी के पैर छुए और फिर उनके साथ सामने के द्वार से निकल गया।

* * *

अगले दिन वन्दना से सब्र नहीं हो सका तो उसने सुपरिटेन्डेंट साहब को फोन किया, यह जानने के लिए कि विकास ने वायलिन स्वीकार कर लिया है या नहीं। अपने वकील द्वारा उसे ज्ञात हो चुका था कि विकास जेल से पिछले दिन रिहा हो चुका है। यह बात सुनकर सदानन्द के सभी घरवालों के दिल पर से मानो एक भारी बोझ उतर गया था; परन्तु वन्दना के दिल पर अब भी बोझ था। जेल से रिहा होने के बाद विकास को मिला ही क्या होगा? उसका सब कुछ उससे इस प्रकार बिछड़ गया था, जैसे टहनी के सारे पत्ते, जो टूटकर कभी अपने स्थान पर नहीं आते; परन्तु वन्दना अज्ञात तौर पर इस टहनी में एक नई कोंपल बनकर फूट पड़ना चाहती थी। उसने सुपरिटेन्डेंट साहब को फोन किया और जब मालूम हुआ कि विकास ने वायलिन स्वीकार कर लिया है तो उसे कुछ शांति-सी मिली। उसने सोचा, विकास अपने गम को संगीत की धुन में बांटकर जीने की शक्ति प्राप्त कर लेगा।

'वह इस शहर को छोड़कर सदा के लिए चला गया है।' सुपरिटेन्डेंट साहब ने वन्दना को बताना आवश्यक समझा।

'जी।' वन्दना चौंक पड़ी। उसे तो अभी विकास की जाने कितनी और सहायता करनी थी।

'वह मसूरी चला गया है।' सुपरिटेन्डेंट साहब ने कहा।

'मसूरी।' वन्दना फिर चौंकी। अचानक विकास की सहायता करने की आशा बंधने लगी। मसूरी में उसकी सर्वप्रिय सहेली अंजू जो थी।

'वहां नौकरी के लिए मैंने उसे एक पत्र भी दे दिया है।' सुपरिटेन्डेंट साहब ने बताया।

वहां आपने किस स्थान पर उसे काम दिलाया है?' वन्दना ने पूछा।

'वहां मेरा एक मित्र है। तुम्हें उसका पता चाहिए?' सुपरिटेन्डेंट साहब जानते थे कि यदि वन्दना विकास की सहायता करना चाहेगी तो उसे उसके पते की आवश्यकता पड़ेगी।

65

'लिख लेती हूं। शायद कुछ काम आ जाए।' वन्दना ने मानो अपने दिल की बात छिपाते हुए कहा।

सुपरिटेन्डेंट साहब ने वन्दना को पता बता दिया। फिर जब फोन पर बात समाप्त हो गई तो वन्दना ने तुरंत अंजू को पत्र लिखना आरम्भ कर दिया। पत्र में उसने जेल सुपरिटेन्डेंट के मित्र का पता देकर लिखा कि वहां जाकर पता चलाए कि विकास ने वहां काम करना आरम्भ कर दिया है कि नहीं। यदि काम करना आरम्भ कर दिया है, या मसूरी में पहुंच गया है तो वह उसे तार द्वारा तुरंत सूचित करे।

तीन दिन बाद वन्दना को अंजू का एक पत्र प्राप्त हुआ, जो वन्दना के पत्र के उत्तर में नहीं था, फिर भी वन्दना की समस्या सुलझ गई। अंजू ने लिखा था -

'प्रिय वन्दना,

आज जब मैं अपने अस्पताल के लिए दवा खरीदने मेडीकल स्टोर में प्रविष्ट हुई तो अचानक विकास को बिल काउंटर पर बैठा देखकर चौंक गई। सोचा, दुकान से बाहर निकल जाऊं, परंतु तब तक विकास मुझे देख चुका था। देखकर वह चौंका नहीं तो मैं समझ गई कि उसने मुझे पहचाना नहीं है। वह मुझे पहचानता भी कैसे? अदालत में निर्णय वाले दिन तो वह केवल तुझे ही घूर रहा था। मुझे तो उसने शायद सरसरी दृष्टि से भी नहीं देखा था।

प्रायः मैं इसी मेडीकल स्टोर से अपने क्लीनिक के लिए दवाएं खरीदती हूं, इसलिए दुकान के मालिक ने मेरा परिचय विकास को देकर उसे आदेश दिया कि मैं या मेरा कोई नौकर जब भी दवा लेने आए तो वह मेरे खाते में हिसाब लिख लिया करे।

अब तुम आना चाहती हो तो आ जाओ। मेरी भेंट विकास से हो चुकी है, इसलिए हम दोनों मिलकर उसकी सहायता करने का कोई रास्ता अवश्य ढूंढ निकालेंगी। यों भी गरमी के दिन हैं। तुम्हारा समय अच्छा कट जाएगा।

तुम्हारी सखी
अंजू।'

वन्दना को अब सोचने-समझने की आवश्यकता नहीं रह गई थी। उसने तुरन्त अंजू को तार दे दिया कि वह अगले दिन ही मसूरी के लिए निकल रही है, वह देहरादून स्टेशन पर मिले। वन्दना को अपने पिता से मसूरी जाने की आज्ञा मिलने में कोई कठिनाई नहीं हुई। विकास की चिंता में वन्दना का स्वास्थ्य काफी गिर गया था। उसके माता-पिता ने सोचा कि मसूरी जाने पर बेटी का स्वास्थ्य भी सुधर जाएगा और अपनी सहेली के साथ मन भी बहल जाएगा।

वन्दना ने मसूरी के लिए अपनी यात्रा आरम्भ की। शायद यह जीवन के नए मोड़ की यात्रा थी। देहरादून स्टेशन पर ट्रेन सुबह के समय पहुंची तो अंजू प्लेटफार्म पर मौजूद थी। दोनों एक-दूसरे के गले से लिपट गईं। फिर वे कार द्वारा मसूरी की ओर चल पड़ीं। कार अंजू चला रही थी। अंजू कार चलाने में निपुण थी। साथ ही वह मसूरी के रास्तों तथा रास्तों के खतरनाक

मोड़ों से खूब परिचित थी। उसके पिता एक ठेकेदार थे, जो अधिकतर बाहर रहते थे। उनका एक घर देहरादून में भी था, जहां वह परिवार सहित केवल जाड़े में ही कुछ दिनों के लिए जा बसते थे।

मसूरी की चढ़ाई आने लगी तो वन्दना के दिल की धड़कन तेज होने लगी। दिन की बढ़ती धूप में यदि विकास ने उसे देख कर पहचान लिया, तब क्या होगा? उसे यहां देखने के बाद कहीं विकास इस शहर को तो नहीं छोड़कर चला जाएगा? विकास को तो उसकी छाया से भी घृणा है। जिस प्रकार प्यार की सीमा नहीं होती, उसी प्रकार घृणा की भी सीमा नहीं होती, वन्दना ने अपने दिल का बढ़ता भय अंजू पर प्रकट किया तो वह हल्के से मुस्करा दी। कार के अन्दर स्टेयरिंग व्हील के नीचे बने ताक में से उसने हाथ बढ़ाकर कागज की एक थैली निकाली और वन्दना की ओर बढ़ाती हुई बोली, 'घबरा मत, मैं पूरे प्रबंध के साथ आई हूं।'

'यह क्या है?' वन्दना ने कागज की थैली लेते हुए कहा। उसने थैली के अन्दर से कपड़ा निकाला। यह एक काला वस्त्र था। वन्दना ने वस्त्र खोलकर देखा तो चौंक गई। बोली, 'अरे, यह तो बुर्का है!'

'हां।' अंजू ने उसी प्रकार सामने देखकर कार चलाते हुए कहा, 'यद्यपि कुलरी की ओर कारें नहीं जा सकतीं, फिर भी सावधानी के तौर पर मसूरी पहुंचने से पहले ही यह बुर्का पहन लेना।'

'कुलरी?' वन्दना ने आश्चर्य से पूछा।

'कुलरी पर ही तो वह दुकान है, जहां विकास काम कर रहा है।'

'ओह!' वन्दना को याद आया। बुर्के को गोद में रखकर उस पर हाथ फेरते हुए वन्दना ने पूछा, 'उस दुकान में वह क्या काम करता है?'

'कैशमीमो काटता है।' अंजू ने कहा।

वन्दना सोच में पड़ गई। जिन उंगलियों को हमेशा वायलिन के तार से खेलते रहना चाहिए, वह दिन-भर कैशमीमो काटती रहेंगी तो उन उंगलियों का जादू नहीं खो जाएगा? वन्दना को विकास की हर प्रकार से सहायता करनी थी। वह खामोश होकर सहायता करने की योजना बनाने लगी। और फिर जब मसूरी बिल्कुल समीप आ गया तो वन्दना ने बुर्का पहन लिया। बुर्का बिल्कुल आधुनिक फैशन का था - घुटनों तक ऊंचा तथा दोनों हाथों से भी काफी ऊपर तक खुला हुआ।

अंजू का बंगला शहर से दूर, एक अलग-थलग पहाड़ी पर था - खासा सुन्दर बंगला। हरी-भरी घाटियों तथा चट्टानों के बीच दूर से किसी जंगली, परंतु सुंदर फूल-समान दिखाई पड़ता था। बंगले के अगल-बगल तथा सामने लॉन था, परन्तु पीछे घाटियों के बाद दूर तक जाती हुई पहाड़ियां आपस में घुल-मिल गई थीं। बंगले से पैंतीस किलोमीटर दूर नीचे देहरादून शहर स्पष्ट दिखाई पड़ता था। बंगले के एक किनारे क्लीनिक था, जहां अंजू के रोगी भरती थे।

अंजू के सहयोग के लिए एक अनुभवी डॉक्टर भी क्लीनिक में बैठते थे। बंगले के समीप पहुंचते ही अंजू ने बुर्का उतार दिया।

अंजू के बंगले पर पहुंचने के बाद वन्दना ने स्नान किया। फिर हल्का भोजन किया। उसके बाद कुछ देर तक बैठी अंजू की माताजी से बातें करती रही, परन्तु दिल उसका विकास की ओर ही लगा हुआ था। अंजू इस बात को समझ रही थी। वन्दना को अपना क्लीनिक दिखाने के बहाने वह मां के पास ले गई। क्लीनिक क्या था, मानो पूरा अस्पताल था। तीस पलंग जनरल तथा प्राइवेट वार्ड में बटे हुए थे। बंगले से ही नहीं, क्लीनिक की खिड़कियों से भी घाटियों तथा चट्टानों के बाद देहरादून स्पष्ट दिखाई पड़ता था। वन्दना ने अंजू का क्लीनक देखकर हर्ष प्रकट किया और उसे बधाई दी। उसके बाद लॉन में निकलकर उन्होंने चटपट एक योजना बनाई और बुर्का लेकर शहर की ओर चल पड़ीं। मेडीकल स्टोर कुलरी बाजार में था। वन्दना विकास की सहायता उसकी मित्र बनकर बहुत आसानी से कर सकती थी, परन्तु विकास से परिचय बढ़ाने से पहले उसके दिल से यह सन्देह निकालना अत्यन्त आवश्यक था कि बुर्के वाली लड़की का स्वर वन्दना का है। तभी विकास आगे चलकर वन्दना से खुल सकता था।

कुलरी बाजार के लिए जहां तक कार जा सकती थी, अंजू कार चलाती रही। कार के अन्दर ही वन्दना ने फिर बुर्का पहन लिया था। फिर एक स्थान पर अंजू ने कार रोक दी।

कुलरी बाजार में मेडीकल स्टोर के सामने अंजू के जैसे ही कदम रुके, वन्दना की दृष्टि दुकान के अन्दर पड़ गई। शीशे के उस पार विकास की झलक पाते ही दिल की धड़कनें अपनी चरम सीमा पर पहुंच गईं। बड़ी कठिनाई से उसने स्वयं पर काबू किया। अपने चेहरे पर पड़े बुर्के को टटोलकर देखा। फिर जब अंजू ने उसे इशारा किया तो दोनों दुकान के अन्दर प्रविष्ट हो गईं।

अन्दर पहुंचकर अंजू अनेक प्रकार की दवाइयां देखती हुई अनावश्यक रूप से समय बिताने लगी। वन्दना की दृष्टि बुर्के के अन्दर से विकास पर जमी हुई थी, जो उसकी दृष्टि से निश्चिंत बैठा अन्य ग्राहकों के लिए कैशमीमो बनाने में व्यस्त था। वंदना ने देखा, यद्यपि विकास ने दुकान का स्तर बनाए रखने के लिए बाल सुन्दरता के साथ संवार रखे थे, दाढ़ी बना रखी थी, साफ-सुथरे कपड़े पहन रखे थे, परन्तु उसके चेहरे पर किसी प्रकार की चमक नहीं थी। काली आंखों में पहले से अधिक घना अंधकार था। वह बहुत अस्वस्थ लग रहा था। वन्दना का दिल भर आया। अंजू ने कुछ इंजेक्शन तथा कुछ दवाइयां खरीद लीं, फिर वन्दना को विकास से बात करने का बहाना बना देती हुई बोली, 'ये दवाइयां पकड़ और जरा बिल बनवा ले।' फिर अंजू लापरवाही प्रकट करती हुई विकास के काउण्टर के समीप आ खड़ी हुई और अपना ध्यान विकास की ओर रखते हुए ताक पर रखे दवाइयों के नमूने देखने लगी।

वंदना भी विकास के काउण्टर की ओर बढ़ गई। अंजू समीप ही थी, इसलिए उसे काफी सहारा था, फिर भी विकास के समीप पहुंचकर उसका गला सूखने लगा। बड़ी कठिनाई से

उसने कांपते हाथों के साथ दवाइयां विकास के सामने काउण्टर पर रख दीं। फिर बोली, 'कृपया...इन दवाइयों का बिल बना दीजिए।' वन्दना का स्वर क्या था, मानो वायलिन का सबसे मीठा सुर कांप गया था।

विकास चौंक उठा, कुछ ऐसे झटके के साथ कि उसके हाथ से बालपेन छूटकर नीचे गिर गया। कांपकर वह इस प्रकार खड़ा हो गया, मानो कोई नागिन उस पर फुंफकार उठी हो। उसने बहुत ध्यान से बुर्कापोश वन्दना की ओर देखा। यह आवाज...यह आवाज तो...विकास ने सोचा...

वन्दना को पसीना आ गया। मन चाहा, यहां से भाग जाए, परन्तु फिर साहस से काम लेकर वह उसी प्रकार खड़ी रही और चुपचाप विकास की ओर देखती रही।

'क्या बात है मिस्टर?' अंजू ने पूछा, कुछ रुष्ट स्वर में, इस प्रकार, मानो विकास वंदना को घूरते हुए असभ्य व्यवहार कर रहा था।

'जी!' विकास अंजू के तेवर देखकर बौखला गया। उसने तुरंत स्वयं पर काबू किया। ऐसा न हो कि दुकान के ग्राहक उसे गलत समझ बैठें। उसने तुरन्त कहा, 'जी, कुछ नहीं, कुछ नहीं...बस, वह जरा...' विकास स्वयं पर पूर्णतया काबू पाने के बहाने नीचे झुका और बालपेन तलाश करने लगा। फिर बालपेन उठाकर जब वह अपने स्थान पर बैठा तो पूरी तरह संभल चुका था। वंदना को ध्यान से देखने के बाद उसने दवाइयों का हिसाब किया, बिल बनाया और वंदना की ओर बढ़ा दिया तो वंदना ने बिल लेकर अंजू की ओर बढ़ा दिया। अंजू ने बिल पर हस्ताक्षर करके विकास को दे दिया।

वंदना भी संभल चुकी थी। उसने काउण्टर पर से दवाइयां समेटना आरम्भ किया। उसने विकास को दुबारा विश्वास दिलाना चाहा कि वह वंदना नहीं, कोई और है। उसने विकास को अपना स्वर सुनाते हुए अंजू से पूछा, 'और तो कुछ नहीं खरीदना है?'

'कुछ नहीं, अब कल देखेंगे।' अंजू ने लापरवाही से कहा।

विकास वंदना का स्वर सुनकर दुबारा चौंक गया था, परन्तु अपनी प्रतिक्रिया उसने प्रकट नहीं होने दी। वह सोच रहा था कि इस स्त्री का स्वर वंदना के स्वर से कितना अधिक मिलता है। वह फटी-फटी आंखों से वंदना को देख रहा था कि वंदना तथा अंजू उसे विस्मित स्थिति में छोड़कर चली गईं।

दोनों जब दुकान से कुछ दूर पहुंची तो वंदना ने चैन की सांस ली। दोनों को विश्वास हो गया कि विकास वंदना का स्वर पहचानकर भी वंदना को नहीं पहचान सकेगा। वह वंदना के स्वर में उसे दूसरी लड़की समझता रहेगा, कोई मुस्लिम लड़की। अंजू ने वंदना को शबनम नाम दे दिया। वंदना शबनम के रूप में विकास की दुकान पर जा सकती थी, उससे अपना परिचय बढ़ा सकती थी तथा अपनी वास्तविकता प्रकट किए बिना उसकी सहायता के रास्ते निकाल सकती थी।

शाम धीरे-धीरे गहरी हो गई। वंदना ने अंजू के घरवालों के साथ खाना खाया। फिर बहुत देर तक इधर-उधर की बातें होती रहीं। फिर अंजू अपने क्लीनिक का अंतिम राउण्ड लेने चली तो वंदना भी साथ हो ली। अंजू ने रोगियों को नर्सों की जिम्मेदारी पर छोड़ा और फिर वंदना के साथ सामने के लॉन में निकल आई। बंगले के बरामदे का प्रकाश लॉन के मुख्य द्वार तक धुंध बनकर फैला हुआ था। अंधकार में बैठने के लिए दोनों बंगले के बगल वाले लॉन में चली गईं, जहां पहले से दो लॉन चेयर्स पड़ी थीं। इस समय ठण्ड बढ़ चुकी थी, परन्तु दोनों ने अपने शरीर पर शॉल लपेट रखे थे। तारे छिटके हुए थे। सामने लॉन के किनारे लोहे से बनी रेलिंग के आगे गहरी घाटी रात के सन्नाटे में सांय-सांय कर रही थी। घाटी के उस पार चट्टानें दूर तक नीचे की ओर चली गई थीं, जहां भूमि समतल थी। वहां देहरादून शहर की बत्तियां इस प्रकार दिखाई पड़ रही थीं, मानो धरती पर सितारे उतर आए हों। इतने सुन्दर वातावरण के बावजूद वंदना का मन विकास में खोया हुआ था। उससे परिचय बढ़ाने में कितना समय लगेगा? परिचय बढ़ाने के बाद वह किस प्रकार उसकी सहायता करेगी? वह अपने प्रायश्चित्त का भेद उस पर कभी खोल भी सकेगी या नहीं? सहसा कहीं दूर वायलिन की एक सुरीली, परन्तु दर्दनाक धुन सिसक पड़ी और फिर एक तान लिए रो पड़ी। वंदना के कान खड़े हो गए। वह तुरन्त उठ खड़ी हुई। धुन पर कान लगाए वह आगे बढ़कर रेलिंग के समीप खड़ी हो गई। धुन सुनकर अंजू भी चौंक गई थी। वायलिन का यह स्वर उसने आज पहली बार सुना था। उठकर वह भी वंदना के पास खड़ी हुई। धुन बिल्कुल स्पष्ट सुनाई पड़ रही थी, परन्तु धुन किस स्थान से आ रही थी, वन्दना समझ नहीं सकी, धुन इतनी दर्दनाक थी कि चारों ओर छिटकी चांदनी भी उदास हो गई। पहाड़ियों पर पिघलती बर्फ आंसू बन गई। तारे खामोश थे। आकाश शबनम के आंसू रो पड़ा। वंदना को ही नहीं, अंजू को भी अनुमान लग गया कि यह धुन विकास ही बजा रहा है।

सहसा धुन ने एक विशेष गत पकड़ी, वही जानी-पहचानी गत, जो वंदना ने कभी विकास द्वारा रेडियो पर सुनी थी। धुन वंदना के दिल में छुरी-समान उतर गई। उसका मन विकास से तुरन्त मिलने को उतावली हो गया। विकास मानो अपनी धुन की डोर द्वारा उसे बांधकर अपनी ओर खींच रहा था। वंदना के पैर मुख्य द्वार की ओर उठ गए।

'कहां जा रही है?' अंजू ने लपककर उसका हाथ पकड़ते हुए पूछा।

'मुझे जाने दो। मुझे मत रोको। मैं...मैं विकास के पास जा रही हूं।' वन्दना ने कहा। उसका स्वर मानो वायलिन के कांपते तारों द्वारा उत्पन्न हुआ था।

'पागल हो गई है क्या, जो ऐसे ही जा रही है। ठहर, मैं बुर्का लेकर आती हूं। तब हम दोनों साथ चलेंगी।'

वंदना के पैर रुक गए। अंजू बुर्का लेने चली गई।

विकास को यहां आते ही नौकरी मिल गई थी, जो उसे जरा भी पसन्द नहीं थी; परन्तु पेट की आग बुझाने के लिए उसने सामयिक तौर पर उसे स्वीकार कर लिया था, इस आशा में कि

जब उसे कहीं अच्छी नौकरी मिल जाएगी, तो यहां से चला जाएगा। विकास जहां काम करता था, वहीं शहर में उसे अन्य नौकरों के साथ एक छोटा-सा कमरा मिल गया था, जहां उसका मन जरा भी नहीं लगता था। यही कारण था कि उसने अपने योग्य एकांत वातावरण में रहने का ठिकाना ढूंढना आरम्भ कर दिया था। आज ही वह इस मकान में आया था, जिसके सामने चट्टान पर एक किनारे खड़े होकर वह इस समय वायलिन बजा रहा था। एक अलग पहाड़ी पर छोटा-सा दो कमरों का लकड़ी का मकान।

विकास वायलिन बजा रहा था अपनी धुन में वह खोया हुआ था। दूर-दूर तक खामोशी थी और इस खामोशी में तैर रही थी केवल उसकी धुन। और जब विकास ने धुन समाप्त की तो बिल्कुल सन्नाटा छा गया। विकास ने कुछ समय के लिए वहीं एक चट्टान पर बैठ जाना चाहा। वह पलटा, परन्तु तभी चांदनी में आंखों के दर्पण पर दो छायाएं थिरक गईं। विकास चौंक गया। उसने देखा, उसके समीप ही, कुछ पीछे की ओर, दो छायाएं खड़ी थीं - लड़कियों की छायाएं, जिनमें एक ने बुर्का पहन रखा था। बुर्का आधुनिक फैशन का था, इसलिए लड़की के सफेद हाथ चांदनी में सुनहरी बिजली बनकर चमक रहे थे। एक हाथ में सुनहरी घड़ी थी, दूसरे हाथ में दो सुनहरी चूड़ियां थीं। इन लड़कियों का रात के इस समय कहीं दूर से आना उसे आश्चर्य में डाल गया। वंदना तथा अंजू के चेहरे चन्द्रमा के सम्मुख थे, इसलिए विकास ने अंजू को तुरंत पहचान लिया, फिर उसने वंदना की ओर देखा। दिल बहुत जोर से धड़का। यह वही दिन वाली लड़की तो नहीं, जिसका स्वर वंदना जैसा है? उसने अंजू को देखते हुए कहा, 'आप!' वह मानो कुछ कहते-कहते रुक गया।

'जी हां।' अंजू ने कहा, 'आपके वायलिन की धुन ही ऐसी थी, जो मेरी सहेली के पैर नहीं रुक सके। विवश होकर मुझे भी इसका साथ देते हुए यहां आन पड़ा।'

विकास ने वंदना की ओर देखा।

'मेरा नाम तो आपको दुकान में मेरे खाते से ही मालूम हो गया होगा' अंजू ने कहा, 'यह शबनम है। इसे मेरी सहेली नहीं, बहन ही समझिए।'

विकास ने वंदना को उसी प्रकार वायलिन तथा 'बो' थामे हुए नमस्ते की।

'आपने अपना नाम नहीं बताया?' अंजू ने अनजानी बनकर पूछा।

'जी, मुझे विकास कहते हैं।' विकास ने कुछ झेंपते हुए कहा, एक लेडी डॉक्टर उससे अपना परिचय बढ़ा रही थी, उसके भीतर क्षण-भर के लिए हीन भावना आ गई थी।

'लगता है, आप यहां नए-नए आए हैं।' अंजू ने बात बढ़ाते हुए पूछा, 'या यहां बहुत दिन से रह रहे हैं, परन्तु नौकरी नई-नई संभाली है।'

'जी नहीं।' विकास ने कहा, 'मैं इस शहर में ही नया-नया आया हूं।'

'पसन्द आया आपको हमारा शहर?' अंजू ने पूछा।

'शहर तो बहुत पसन्द है', विकास ने कहा, 'परन्तु वह नौकरी मुझे पसन्द नहीं, इसीलिए सोचता हूं कि कहीं अच्छी नौकरी मिल गई तो चला जाऊंगा।'

वंदना ने विकास के अन्तिम वाक्य पर विशेष ध्यान दिया।

'जाहिर है कि जो उंगलियां तारों से इतनी मधुर धुन निकालती हैं, वे दिन-भर बिल और कैशमीमो कैसे बनाना पसंद करेंगी? आपकी उंगलियों में तो वाकई कमाल का जादू है। जो लड़की किसी से सीधे मुंह बात नहीं करती, वह आपकी धुन के एक इशारे पर रात के इस पहर यहां खिंचती चली आई, यह कमाल नहीं तो क्या है?' अंजू ने वंदना की ओर संकेत किया।

विकास ने वन्दना को क्षण-भर के लिए बहुत ध्यान से देखा। वन्दना उसके प्रश्न के लिए तैयार हो गई तो उसका गला सूखने लगा। यहां पर उसकी आवाज का प्रभाव विकास पर जाने क्या पड़े। विकास ने भी मानो डरते-डरते पूछा - 'वायलिन की यह धुन आपको पसन्द आई?'

'जी हां, बहुत अधिक।' वन्दना ने मानो अपने गले में अटके थूक को निगलते हुए कहा।

रात की खामोशी में मानो विकास के वायलिन का वह मीठा स्वर गूंज गया, जो विकास अब तक बजाने में असमर्थ था। वन्दना की आवाज पर वह एक बार फिर चौंक गया।

'क्या बात है विकास भाई?' अंजू ने उसे भाई कहते हुए अपने नए सम्पर्क की नींव डाली, 'शबनम की आवाज सुनकर आप दुकान में भी चौंक गए थे और अब यहां भी...'

'इनकी आवाज बिल्कुल...बिल्कुल उस नागिन जैसी है, जिसने मेरी सारी खुशियां, मेरा सुख और संगीत सब कुछ छीन लिया है। विकास को वन्दना की याद आई तो उसने अत्यन्त घृणा से कहा।

वन्दना की छाती पर मानो विकास ने घूंसा मार दिया। मन हुआ, वहां से भाग जाए परन्तु भाग जाने से बना-बनाया खेल बिगड़ जाता।

विकास की बात सुनकर अंजू के दिल को भी धक्का लगा, परन्तु उसने बात संभाल ली। बोली - इस संसार में बहुत से ऐसे लोग हैं, जिनकी आवाजें एक-दूसरे से मिल जाती हैं। आवाजें ही क्या इस संसार में जाने कितनी शक्लें एक-दूसरे से इतनी मिलती-जुलती हैं कि पुलिस वाले भी धोखा खा जाते हैं।'

विकास ने सोचा, अंजू ठीक ही कहती है। यद्यपि इस लड़की शबनम की आवाज वन्दना जैसी है, परन्तु उसकी आवाज में मिठास नहीं थी। इस लड़की का स्वर तो मानो शहद में डूबा हुआ है। विकास का ऐसा सोचना स्वाभाविक ही था, क्योंकि हत्याकाण्ड से पहले उसने वन्दना का स्वर कभी समीप से नहीं सुना था। तीन मास की उस अवधि में एक बार भी उसकी भेंट वन्दना से आमने-सामने नहीं हुई थी। आमने-सामने भेंट हुई थी तो केवल अदालत में तथा जेल की चारदीवारी के भीतर, परन्तु तब विकास के सुनने में अन्तर था। उसके दिल में वन्दना के प्रति इतनी घृणा समाई हुई थी कि उसके लिए वन्दना के स्वर पर ध्यान देने का प्रश्न ही नहीं उठता था। शबनम की आवाज में कितनी मिठास थी, इसका अहसास जब विकास को हुआ

तो वह लज्जित हुआ। एक प्रकार से उसने इस मासूम लड़की को नागिन कह दिया था। उसने वन्दना से कहा, 'क्षमा कीजिएगा शबनम जी, मैंने आपकी आवाज के कारण एक नागिन को याद कर लिया था। आपने बुरा तो नहीं माना?'

'जी नहीं।' वन्दना ने हल्के से सिर हिलाकर कहा। उसकी खामोशी में मानो विकास के साज का तार फिर कांप गया।

वन्दना के लिए विकास से मिलते रहने तथा उससे बातें करने का साधन निकल आया था, इसलिए इस रात जब वह विकास के पास से चली तो रास्ते में उसने अंजू को राजी कर लिया कि वह अगले दिन से ही विकास के लिए किसी अच्छी नौकरी की तलाश जारी कर देगी। अंजू के मन में स्वयं यही बात थी। वह यहां डॉक्टर थी। मसूरी का रहने वाला उसका खानदान था, इसलिए उसके माता-पिता यहां की सभी प्रतिष्ठित हस्तियों को जानते थे।

वन्दना तथा अंजू की कुछेक सहपाठिनें दिल्ली की रहने वाली थीं। दिल्ली से कभी वे मसूरी आती थीं तो ठहरने के प्रबन्ध के लिए अंजू को ही पत्र लिखती थीं। इस गर्मी में भी सहपाठिनें मसूरी आने का विचार रखती थीं। सभी सखियां वन्दना की बहन के हत्याकाण्ड से अवगत थीं। विकास के विषय में भी सबको ज्ञात था कि उसे आजीवन कारावास मिला था। उसने अपनी सखियों को पत्र लिखते हुए उन पर विकास की निर्दोषता प्रकट की और बताया कि अब वह विकास की सहायता करते हुए अपनी पहुंच द्वारा विकास के लिए टेलीविजन पर वायलिन बजाने का प्रबन्ध करें। वन्दना विकास को उन्नति के ऐसे शिखर पर ले जाना चाहती थी, जहां पहुंचकर वह पलटकर अपने अतीत में न झांक सके, अपने गमों से निश्चिंत हो जाए, वर्तमान में खो जाए तथा चिंता करे तो केवल अपने भविष्य की, जहां पहुंचने के बाद जब उसे अपनी उन्नति का भेद मालूम हो तो वह केवल यह न सोचे कि वन्दना ने अपनी भूल का मूल्य चुकाने के लिए ही ऐसा किया है, बल्कि यह भी सोचे कि वन्दना ने सच्चे मन से अपनी भूल का प्रायश्चित किया है। वह उसे प्यार करती है। इस प्यार के पीछे वन्दना का कोई स्वार्थ नहीं है। वह उसका सारा गम अपना लेना चाहती है तथा अपना सारा सुख, सारी प्रसन्नताएं उसे दे देना चाहती है।

उस दिन के बाद से वन्दना बुर्का पहनकर अंजू के साथ रात का अंधकार बढ़ते ही विकास के पास पहुंच जाती थी। दिन के समय भी वह दवा खरीदने के बहाने कभी-कभी अकेले ही विकास से मिलने मेडीकल स्टोर पहुंच जाती, परन्तु वहां कम ही बातें होतीं। वन्दना को अपने से अधिक अंजू की मान-मर्यादा का ध्यान था, क्योंकि दुकानदार अंजू को जानता था। विकास को भी अपनी नौकरी का भय लगा रहता था। इसके बावजूद वन्दना जब दवा लेकर विकास के काउण्टर पर रखती तो विकास उसके गोरे-गोरे हाथों को देखता ही रह जाता। पतली-पतली लम्बी गुलाबी उंगलियां, गुलाबी नाखून, एक हाथ के नाखून कुछ लम्बे थे। वन्दना के बाएं हाथ के अंगूठे की जड़ में एक काला तिल था। विकास को जाने क्यों यह तिल

बहुत अच्छा लगता। वन्दना की संगति ने विकास को जीवित रहने की एक नई शक्ति प्रदान की तो उसकी रुचि वन्दना में बढ़ने लगी। शायद इसीलिए उससे कुछ न छिपाए रखने के लिए विकास ने एक शाम अपनी जीवनी सुनानी आरम्भ कर दी। अंजू भी वन्दना के साथ थी। यद्यपि दोनों ही उसके जीवन से परिचित थीं, फिर भी चुपचाप सुनती रहीं। विकास की बातों से ऐसा प्रतीत होता था, मानो उसे अपनी मां तथा बहन की मृत्यु का दुःख उतना अधिक नहीं था, जितनी उसके अन्दर वन्दना की बरबादी देखने की तड़प थी। यह सुन-सुनकर वन्दना बुरी तरह तड़प-तड़प जाती थी। विकास ने अपनी बातों के बहाव में कहा, 'शबनमजी, भगवान करे, वन्दना जैसी नागिन जैसी लड़की के साथ भी ऐसा ही हो जैसा उसने मेरे साथ किया है। पापिन, हत्यारिन, न मुझे सजा दिलाती और न मेरी मां तथा...।'

वन्दना से अब और अधिक न सहा गया। विकास ने मानो उसकी छाती से दिल निकालकर उसी की आंखों के सामने टुकड़े कर दिया था। उसके सब्र का बांध टूट गया। होंठों से सिसकियां तड़पकर निकल पड़ीं। सिसकियों का स्वर विकास के कानों से जा टकराया तो विकास चौंककर रुक गया, उसने आश्चर्य से वन्दना को देखा, बोला, 'आप रो रही हैं क्या?'

'शबनम बहुत भावुक स्वभाव की लड़की है ।' अंजू ने वंदना के दिल की स्थिति का अनुमान करते हुए तुरन्त उसका बचाव किया। बोली, 'आपकी जीवनी सुनकर वह क्या, स्वयं मेरा मन भी दुखी हो गया है।'

'ओह!' विकास ने अपनी भूल का अहसास किया। वह भी क्या विषय ले बैठा! स्वयं तो दुखी है ही, अपनी जीवनी सुनाकर वह इन कोमल दिल वाली लड़कियों को भी दुखी कर रहा है। उसने कहा, 'क्षमा कीजिएगा, मुझे आप दोनों को अपनी कहानी नहीं सुनानी चाहिए थी। भविष्य में मैं इस बात का ध्यान रखूंगा।' और विकास ने वायलिन संभाल लिया। वायलिन के तार मिलाते हुए उसने वातावरण को बदलने के विचार से पूछा, कौन-सी धुन सुनिएगा, हल्की-फुल्की या वही क्लासिकी?' उसने वन्दना को देखा, वन्दना की सिसकी उसके दिल में चुभ गई थी।

'कुछ भी सुना दीजिए।' वन्दना के बदले अंजू ने कहा - 'बस, कोई दर्दभरी धुन मत छेड़िएगा।'

विकास ने एक क्षण सोचा और फिर अंजू के लिए नहीं, शबनम के लिए हल्के से मुस्करा दिया, फिर उसने एक धुन छेड़ी इतनी मीठी, इतनी सुरीली, शबनम के स्वर ऐसी कि दूर-दूर तक का वातावरण थिरक उठा, देहरादून तक दिखाई पड़ती बत्तियां थिरक उठीं, पहाड़ तथा नदी-नाले थिरक उठे।

उस दिन के बाद से विकास वन्दना तथा अंजू को अंजू के बंगले तक भी छोड़ने चला जाता था। बंगले पहुंचकर अंजू विकास को विदा करते समय कह देती कि शबनम को उसका ड्राइवर शबनम के बंगले तक छोड़ आएगा।

परिचय और अधिक बढ़ा तो विकास का मन शबनम यानी वन्दना की ओर और आकृष्ट हो गया। उसने वन्दना का चेहरा नहीं देखा था, फिर भी एकान्त में उसके विषय में सोचता रहता। वह सोचता कि जिसकी आवाज उसके वायलिन की धुन से भी अधिक मीठी है, उसके होंठ कितने रसीले होंगे! वह वन्दना के गोरे हाथों की सुन्दरता याद कर उसके चेहरे की सुन्दरता का अनुमान लगता। उसे पूरा विश्वास था कि शबनम ऊपर से नीचे तक सुन्दरता की एक प्रतिमा है, फिर भी उसकी इच्छा होती कि वह उसके चेहरे को देखे, परन्तु उसकी यह इच्छा दिल ही दिल में घुटकर रह जाती थी, वह अपनी यह इच्छा कैसे वन्दना पर प्रकट कर सकता था! वन्दना शबनम के रूप में एक मुस्लिम लड़की थी, जबकि वह हिन्दू था। उसे शबनम के इस व्यक्तिगत रीति-रिवाज तथा परदे के बन्धन में हस्तक्षेप करने का क्या अधिकार था?

शनिवार का दिन था। शाम का अंधकार बढ़ने के साथ ही आज भी अंजू तथा वन्दना विकास के घर पहुंची। विकास दुकान से छूटते ही होटल से खाना खाकर अपने घर चला आता था, ताकि जल्द से जल्द शबनम की संगति प्राप्त कर सके, आज जब दोनों आईं तो अपनी योजनानुसार अंजू ने विकास से कहा, 'कल मैं और शबनम पिकनिक मनाने कैम्पटी फॉल जा रही हैं। आप भी चलिए न। कल रविवार है, आपकी भी छुट्टी है।'

विकास का जीवन उसके कटु अतीत के कारण गम्भीरता की काली चादर द्वारा इस प्रकार ढंक चुका था कि उसे इतनी जल्दी हटाकर वह जीवन का नया प्रकाश स्वीकारने को तैयार नहीं हो सका।

'चलिए न।' वन्दना ने विकास को खामोश देखकर कहा।

वन्दना की बात ने जादू का काम किया। विकास पिकनिक पर चलने से इन्कार नहीं कर सका।

अगली सुबह अंजू ने खाने-पीने का सारा प्रबंध किया, फिर विकास के घर जाते हुए उन्होंने कार वहां रोक दी, जहां तक कार जा सकती थी। वन्दना ने कार के अन्दर ही बुर्का पहन लिया था। कार लॉक करके दोनों विकास के घर पहुंचीं तो विकास बाहर ही खड़ा धूप ले रहा था। उसका मुंह खाई की ओर था, वह वन्दना के विचारों में इस प्रकार तल्लीन था कि उसे उन दोनों के आने की आहट तक नहीं मिली। दोनों जाकर उसके पीछे खड़ी हो गईं।

'किस सोच में डूबे हुए हैं?' वन्दना ने कहा।

'जी?' विकास चौंककर मुड़ा, फिर उन दोनों को देखकर हल्के से मुस्करा दिया। वन्दना की बात का उत्तर देने के बजाए बोला - 'मैं एक मिनट में आया। अपना वायलिन ले लूं।' और वह घर के द्वार की ओर बढ़ गया।

विकास के पीछे वे दोनों भी भीतर चली गईं। कमरे में एक पलंग था, एक मेज, एक कुर्सी, दीवार पर खूंटी से कुछेक कपड़े लटक रहे थे। बगल के कमरे में विकास स्टोव तथा खाने-पीने

के बर्तन आदि रखता था। रात के समय घर के अन्दर लालटेन जलती थी। यही कारण था कि विकास अपनी गरीबी का प्रदर्शन करने के लिए वन्दना तथा अंजू को अपने घर के अन्दर कभी नहीं लाया था। आज भी नहीं लाता, यदि दोनों स्वयं नहीं चली आतीं। वन्दना ने घर की स्थिति पर ध्यान देते हुए कुछ सोचा, फिर जब विकास वायलिन उठाकर बाहर निकलने लगा तो दोनों उसके साथ चल पड़ीं।

अंजू ने कार संभाली। जब उसने पहाड़ी रास्ते को पार करना आरम्भ किया तो विकास बगल की गहरी घाटियों को देखकर कांप उठा। घाटियां मानो जबड़े खोले उन्हें कार सहित निगलने को अधीर थीं। जब अंजू ने कैम्पटी फॉल पर अपनी कार रोकी तो विकास ने जैसे शांति की सांस ली। वन्दना इस स्थान पर पहले भी कई बार आ चुकी थी, परन्तु विकास के लिए यहां के सारे ही दृश्य नए थे। कार से उतरकर उसने पानी के झरनों को एक के ऊपर एक चट्टानों से गिरते देखा तो दिल को एक नई शांति का अहसास होने लगा। गिरते झरनों से दिल को छू लेने वाला संगीत-सा फूट रहा था। वन्दना तथा अंजू कार से पिकनिक के लिए लाई वस्तुएं निकाल रही थीं। विकास ने अपना वायलिन उठाया और झरनों की ओर बढ़ गया।

विकास झरनों के समीप आया। इधर-उधर छिटके देशी-विदेशी यात्री झरनों का आनन्द उठा रहे थे। विकास ने वायलिन की पेटी से वायलिन बाहर निकाला और अनायास ही वायलिन बजाना आरम्भ कर दिया। उसने धुन छेड़ी, बिल्कुल झरनों के संगीत जैसी। झरनों का पानी गुनगुना उठा। बूंद-बूंद थिरक उठी। सारा पिकनिक स्पॉट थिरक उठा, फिर अचानक विकास ने अपनी धुन समाप्त कर दी। उसने देखा, उसके चारों ओर यात्री एकत्रित थे। उसके संगीत की प्रशंसा में ताली बजा रहे थे, विकास ने देखा शबनम और अंजू भी वहीं खड़ी हैं, उसके समीप ही। अंजू के होंठों पर मुस्कान थी। विकास ने वायलिन को पेटी में रखा, फिर हाथ में पेटी लटकाए वह एक ओर बढ़ गया तो वन्दना और अंजू उसके साथ चल पड़ीं। विकास को दोनों वहां ले गईं, जहां उन्होंने एक सुंदर स्थल पर दरी बिछा रखी थी। वंदना अपनी चप्पल उतारकर दरी पर बैठी तो उसके पैर बैलबॉटम के अन्दर टखने तक दिखाई देने लगे। सफेद टखने - फूलों जैसे सुंदर पैर। हर उंगली जैसे सफेद संगमरमर से तराशी गई थी। विकास ने वंदना के पैर देखे तो वंदना का मुखड़ा देखने के लिए इच्छा और भी प्रबल हो उठी, लेकिन वह मन मारकर दरी के किनारे एक ऊंचे पत्थर पर बैठ गया। वंदना के समान अंजू भी दरी पर बैठ चुकी थी। उसने एक ओर रखा बैटरी सेट टेपरिकॉर्डर ऑन कर दिया। टेप में संसार के सर्वश्रेष्ठ वायलिन वादक यहूदी मेनुहिन की वे भारतीय क्लासिकी धुनें रिकॉर्ड थीं, जिन्हें वादक महोदय ने भारतीय सितारवादक पण्डित रविशंकर के 'बेस्ट मीट्स ईस्ट' के लिए बजाया था। विकास को समझते देर नहीं लगी कि ये धुनें शबनम विशेषकर उसी के लिए टेप करके लाई है। वन्दना ने विकास को यहूदी मेनुहिन का परिचय देने के बाद कहा, 'क्या यह आश्चर्य की बात

नही है कि एक विदेशी साज पर एक विदेशी ने भारतीय संगीत कला का प्रदर्शन इतना अनूठा किया है?'

'वादक की इस अनूठी कला पर सचमुच कोई संदेह नहीं कर सकता।' विकास ने कहा - 'यदि कभी मैं ऐसा वायलिनवादक बन गया तो सोचूंगा, मेरे तमाम जन्मों का प्रयास सफल हो गया। क्या कुछ दिनों के लिए यह टेपरिकॉर्डर इस टेप सहित आप मुझे दे सकेंगी?'

'यह आप ही के लिए है।' वन्दना को प्रसन्नता हुई कि वह विकास के काम आ रही है। उसने कहा - 'आप इसका उपयोग जब तक जी चाहे, कीजिए। मेरे पास तो रिकॉर्ड है। मैं जब चाहती हूं, उसे रेडियोग्राफ पर बजाकर सुन लेती हूं।'

उस दिन पिकनिक में समय ऐसे बीता कि कुछ पता ही नहीं चला। विकास को ऐसा लगा, मानो उसके जीवन का एक नया अध्याय आरम्भ हो रहा है, हो चुका है। वन्दना की संगति में वन्दना को देखे बिना ही दिल की धड़कनों ने एक नई मिठास का आभास कर लिया था, परन्तु वंदना के दिल में क्या था, वह नहीं जानता था। उसने बिन देखे और बिन पहचाने प्यार की कहानियां तो सुन रखी थीं, परन्तु अब वह स्वयं इसका शिकार था। वंदना का मुखड़ा देखे बिना ही उसे अपना दिल दे बैठा था।

उस दिन वंदना भी बहुत खुश थी, परन्तु चिंतित भी कम नहीं थी। उसे विश्वास था कि उसने विकास के दिल में अपना स्थान बना लिया है, परन्तु विकास को वह कैसे बताएगी कि वह शबनम नहीं, वंदना है?' क्या विकास उसे पहचानने के बाद उसे क्षमा कर सकेगा - उसे, जो उसके भयंकर अतीत की जिम्मेदार है?

अगली शाम अंधेरा छाने के बाद वंदना तथा अंजू विकास के पास पहुंचीं तो उनके पास विकास के लिए सुसमाचार भी था। वंदना के अनुरोध पर अंजू ने विकास की नौकरी दिलाने के लिए जिस जगह प्रयत्न किया था, वहां से आज ही उत्तर आया था कि विकास की नौकरी का प्रबंध हो गया है। विकास अपने काम से फुर्सत पाकर अभी-अभी घर लौटा था। वंदना तथा अंजू को उसने अपने घर में प्रविष्ट होते देखा तो उसके दिल में फूल खिलकर मुस्करा उठे। अंजू ने पहुंचते ही कहा, 'विकास भाई, आज तो हम आपसे मिठाई खाने आए हैं।'

'जी?' विकास चौंक गया, फिर संभलकर कुछ न समझते हुए भी उसने कहा - 'हां-हां, क्यों नहीं। आप लोग बैठिए, मैं बाजार से मिठाई लेकर अभी आता हूं।'

'जी?' इस बार अंजू चौंक गई। विकास ने मिठाई खिलाने का कारण नहीं पूछा और मिठाई लाने को तैयार हो गया? बोली 'आपने पूछा नहीं कि हम मिठाई की मांग क्यों कर रही हैं?'

'मुझे तो पता नहीं, आप ही बता दीजिए।' विकास ने कुछ झेंपते हुए कहा।

'व...' झटके में अंजू के होंठों से वन्दना का नाम निकलते-निकलते रह गया। वन्दना का नाम लेकर अंजू कहने वाली थी कि वन्दना की कृपा से उसके लिए मसूरी में ही एक अच्छी

नौकरी का प्रबंध हो गया है, परन्तु तभी उसने स्वयं को संभालते हुए रोक लिया था। 'वन्दना' शब्द मुंह से निकल जाता तो जाने क्या अनर्थ हो जाता। विकास ने आश्चर्य से अंजू को देखा। वन्दना की सांस जहां की तहां रुक गई थी, परन्तु अंजू ने सूझ-बूझ से काम लेते हुए 'व' से ही अपना वाक्य आरम्भ किया। हंसकर बोली, 'वह काम जो आप चाहते थे, पूरा हो गया है।'

'जी!' विकास समझा नहीं, 'किस काम की बात कर रही हैं?'

'वही, नौकरी वाली बात। अंजू अब पूर्णतया संभल चुकी थी।

'नौकरी वाली बात?' विकास अब भी कुछ नहीं समझा।

'आपने उस दिन कहा था न कि कहीं कोई अच्छी नौकरी मिल जाएगी तो आप चले जाएंगे।' अंजू ने कहा, 'बस, इसीलिए शबनम ने आपके लिए मसूरी में ही एक स्कूल में अच्छी नौकरी का प्रबन्ध कर दिया है, ताकि अब आप यहां से कभी न जा सकें।'

'क्या?' विकास को विश्वास नहीं हुआ।

'जी हां।' अंजू ने कहा, 'आप परसों से ही अपनी यह नई नौकरी ज्वाइन कर सकते हैं। अप्वाइण्टमेण्ट लेटर आपको जाते ही मिल जाएगा। इस समय यह काम क्लर्क का है, परन्तु अगले सेशन से आपको स्कूल में म्यूजिक टीचर बना दिया जाएगा।'

'शबनमजी...शबनमजी...मैं...।' विकास को शबनम के अहसानों का शुक्रिया अदा करने के लिए शब्द मिलने कठिन हो रहे थे, फिर भी उसने कहा, 'शबनम जी, आपका यह अहसान मैं जीवन भर नहीं भूलूंगा।'

'मुझे प्रसन्नता है कि अब आप मसूरी छोड़कर नहीं जाएंगे।' वन्दना ने कहा।

विकास ने मन में सोचा, यदि अब उसे मसूरी के बजाए कहीं और नौकरी मिलती तो क्या वास्तव में वह मसूरी को छोड़कर चला जाता, जबकि शबनम उसके दिल में प्यार का फूल बनकर खिल उठी थी? नहीं, तब भी वह मसूरी छोड़कर नहीं जाता।

'शबनम ने आपके संगीत को लोकप्रिय बनाने के लिए दिल्ली, बम्बई तथा कलकत्ता के टेलीविजन विभाग से भी सम्पर्क किया है।' अंजू ने कहा, 'शबनम की पहुंच दूर-दूर तक है, इसलिए आपको टेलीविजन पर अपनी धुनें सुनाने का अवसर मिलने में अधिक देर नहीं लगेगी। तब आपका यश दूर-दूर तक फैल जाएगा।'

विकास का दिल शबनम के कदमों में झुक गया। मन हुआ, वह पूछे क्या वह अपनी इस शुभचिंतिका के दर्शन नहीं कर सकता? क्या शबनम के मुखड़े पर यह परदा इसी प्रकार पड़ा रहेगा? परन्तु यह शबनम की निजी बात थी। वह इस विषय में उससे कुछ भी नहीं पूछ सका। उसने केवल इतना पूछा, 'शबनमजी, आप मुझ पर इतना उपकार क्यों कर रही हैं?'

'शायद...' वन्दना ने एक ठण्डी सांस लेकर कहा, 'शायद मेरे भाग्य में ही यह लिखा है कि आपकी सहायता करूं।'

'आपके विचार कितने ऊंचे हैं...शबनमजी!' विकास ने वन्दना की बात की वास्तविकता से अनभिज्ञ कहा, 'आपको यह कहना चाहिए था कि शायद गरीब वायलिनवादक के ही भाग्य में आपके अहसान लिखे हैं, परन्तु आने ऐसा न कहकर जैसे स्वयं पर ही सारा दोष ले लिया है। आप महान हैं शबनमजी!'

'अब अधिक प्रशंसा मत कीजिए, वरना जब भी आपको छुट्टी मिला करेगी, यह आपसे वायलिन सुनने चली आएगी।' अंजू ने कहा, 'स्कूल के काम में तो छुट्टियां भी कम नहीं मिलतीं।'

विकास मुस्करा दिया। सोचा, शबनम के लिए तो वह हर क्षण संगीत छेड़ने को तैयार है। यह उसका संगीत ही तो है, जो शबनम आज उसके समीप है।

दो

विकास ने स्कूल में काम संभाल लिया तो उसे खूब समय मिलने लगा। उसकी हर शाम अब खाली होती थी। शाम के समय वन्दना शबनम बनकर उसके पास अब अकेली जाने लगी तो विकास को बड़ी प्रसन्नता हुई। वह उसके साथ बैठकर घण्टों बातें करता रहता। वन्दना के अकेले आने से विकास को विश्वास-सा होने लगा कि शबनम भी दिल ही दिल में उसे प्यार करने लगी है; परन्तु वह उससे इस विषय में कुछ पूछने का साहस नहीं कर पाता। ऐसा न हो कि उसका विश्वास उसे धोखा दे जाए। किसी प्रकार की अनुचित बात करके वह उसे खोने को तैयार नहीं था।

शबनम ने उसे शाम के समय शहर ले जाना भी आरम्भ कर दिया। पहले ही दिन वन्दना ने उसे सिले-सिलाए कपड़ों की दुकान से विकास के लिए ढंग के तथा सुंदर कपड़ों की मांग की तो विकास चुप नहीं रह सका। उसने पूछा, 'यह आप क्या कर रही हैं?'

'आपके लिए कपड़े खरीद रही हूं।' वन्दना ने कहा।

'लेकिन क्यों?' विकास ने पूछा, 'क्या आप मेरी इतनी अधिक सहायता करना चाहती हैं?'

'अब आप एक स्कूल में नौकरी करते हैं। स्कूल में अच्छे कपड़े पहनकर जाना आवश्यक है, वरना नौकरी दिलवाने वाले की बेइज्जती हो सकती है।' वन्दना ने बहुत गम्भीर स्वर में कहा।

विकास निरुत्तर हो गया। वन्दना के अहसानों से वह इस प्रकार दब चुका था कि उसके और अहसान लेने पर विवश हो गया। वन्दना ने उसके लिए गर्म कपड़े खरीदे - कोट, पैंट, टाई, कमीज तथा मोजे। उसने विकास को ये कपड़े 'ड्रेसिंग रूम' में जाकर पहनने को कहा। विकास 'ड्रेसिंग रूम' में चला गया तो वन्दना ने उसके लिए उसके नाप के कुछेक कपड़े और खरीदकर पैक करा लिए। फिर उसने जैसे ही बिल चुकाया, विकास पकड़े पहनकर 'ड्रेसिंग

79

रूम' से बाहर आ चुका था। वन्दना ने विकास को ऊपर से नीचे तक देखा। विकास के व्यक्तित्व में बहुत बड़ा अन्तर आ गया था। उसके मुर्दा शरीर में मानो नई जान आ गई थी, जिसे विकास भी महसूस कर रहा था। फिर भी वन्दना को विकास में कुछ कमियां नजर आईं।

ये कमियां दूर करने के लिए वन्दना उसे पहले घड़ियों की दुकान में ले गई, जो बगल में ही थी। विकास की सूनी कलाई को एक घड़ी की अत्यन्त आवश्यकता थी। वन्दना ने विकास के लिए अपनी पसन्द की एक अच्छी घड़ी खरीदकर उसे भेंट की तो विकास को अच्छा नहीं लगा। उसने इन्कार में होंठ खोलने चाहे तो वन्दना ने उसके कुछ कहने से पहले ही कहा, 'स्कूल सदा समय पर जाया जाता है। यदि आपको स्कूल पहुंचने में देर हो गई तो जानते हैं, किसकी बदनामी होगी?'

विकास चुप हो गया। स्कूल के लिए तो वह सुबह उठकर समय से बहुत पहले ही निकल जाता था, फिर भी वन्दना ने उसे घड़ी भेंट करते हुए जो तर्क दिया था, वह गलत नहीं था। यों भी उसे घड़ी की आवश्यकता थी। अपने पैसों से घड़ी खरीदने का अवसर उसे न जाने कब मिलता! उसने कृतज्ञता के साथ घड़ी स्वीकार करते हुए पहन ली।

घड़ी दिलाने के बाद वन्दना विकास को जूतों की दुकान में ले गई। विकास ने वन्दना की ओर देखा और गम्भीरता के साथ हल्के से मुस्करा दिया। उसने अब चुप ही रहना उचित समझा, परन्तु वंदना की इन अगणित तथा असीम कृपाओं के कारण वह प्रसन्न नहीं था। वन्दना ने उसके चेहरे पर अप्रसन्नता की रेखाएं देखकर कहा, 'आप आज नहीं तो कल एक महान वायलिनवादक अवश्य बनेंगे। मैं चाहती हूं कि आपकी उन्नति का कारण केवल मैं बनूं। इसे आप चाहें तो मेरा स्वार्थ भी समझ सकते हैं।'

विकास विश्वास नहीं कर सका कि वह वास्तव में एक दिन एक महान वायलिनवादक बनेगा। फिर भी उसने निश्चय कर लिया कि यदि उससे कोई पूछेगा तो वह यही कहेगा कि उसने अपने जीवन में जो भी उन्नति की है, उसके पीछे शबनम का हाथ है; उसने अपने जीवन में जो सुख, शान्ति तथा प्रसन्नता प्राप्त की है, वह सब शबनम की ही देन है।

बाजार से फुर्सत पाने के बाद वन्दना विकास को एक बड़े होटल में ले गई। वहीं उन्होंने खाना खाया। होटल से जब दोनों बाहर निकले तो विकास ने वन्दना को उसके बंगले तक छोड़ने की इच्छा प्रकट की, परन्तु वन्दना जवाब के लिए पहले से तैयार थी। उसने कहा, 'अंजू के पास जाऊंगी।'

'इतनी रात में?' विकास ने पूछा।

'हां।' वन्दना ने कहा, 'आजकल उसकी एक डॉक्टर छुट्टी पर है, इसलिए क्लीनिक की सारी जिम्मेदारी अंजू पर आन पड़ी है। अपने रोगियों के कारण वह देर तक जागती है और सुबह जल्दी उठ जाती है। मैं पहुंच जाऊंगी तो उसका मन बहल जाएगा। फिर मैं उसकी कार से अपने बंगले चली जाऊंगी।'

विकास खामोश हो गया। वन्दना को उसने अंजू के बंगले के मुख्य द्वार पर छोड़ दिया और फिर अपने घर की राह पकड़ ली।

उस दिन के बाद से वन्दना सावधान हो गई। शाम को वह विकास के साथ बाजार के चक्कर काटती, उसे उसकी आवश्यकताओं के अनुसार बाजार से कुछ न कुछ वस्तुएं प्रतिदिन ही खरीदकर जबरदस्ती थमाती तो विकास इनकार न कर पाता। फिर विकास के साथ वह किसी अच्छे होटल में खाना खाते हुए रंगीन शाम बिताती, परन्तु अधिक रात होने से पहले ही वन्दना होटल छोड़ देती, ताकि उसे अंजू से मिलने का बहाना मिल सके। वन्दना के ये उपकार, ऐसी संगति विकास के मस्तिष्क पर प्यार बनकर छा गई थी, इस प्रकार कि वह दिन-रात वन्दना के विचारों में तल्लीन रहने लगा। इस सबके बावजूद वह अपनी उपकारिका का चेहरा देखने से वंचित था। यह बात विकास को बहुत विचित्र लगती थी, परन्तु वह वन्दना से कह भी नहीं सकता था कि वह अपने चेहरे से नकाब उतारे। वन्दना ने उस पर अहसानों का बोझ लादकर मानो उसके दिल की आवाज को दबा दिया था, इतना कि वह उससे कुछ पूछ न सके, कोई प्रश्न न कर सके। यों भी विकास ने सोचा कि बुर्के की रीति शबनम का व्यक्तिगत मामला है। जिस दिन वह अपने व्यक्तिगत जीवन में उसे सम्मिलित कर लेगी, परदे की यह दीवार वह स्वयं ही उठा देगी - और वह दिन दूर नहीं, जब शबनम को ऐसा करना ही पड़ेगा।

उन्हीं दिनों विकास के स्कूल में एक इंटरटेनमेंट प्रोग्राम हुआ। प्रिंसिपल के कहने पर विकास ने भी भाग लिया। प्रोग्राम में वंदना तथा अंजू भी उपस्थित थीं। विकास मंच पर खड़ा जब तक वायलिन बजाता रहा, स्कूल के हॉल में पूर्णतया खामोशी छाई रही। फिर जब उसने धुन समाप्त की तो इतनी जोर की ताली बजी कि लोगों के कान फटने लगे।

और फिर एक दिन वन्दना को अपनी दिल्ली की एक सहेली का पत्र मिला। सहेली ने लिखा था कि दिल्ली में अगली पच्चीस तारीख से एक बड़ा संगीत सम्मेलन होने वाला है, जिसके आयोजकों में से एक उसके पापाजी भी हैं। उनसे कहकर उसने भाग लेने वाले कलाकारों में विकास का नाम सम्मिलित करा दिया है, फिर भी उसे सम्मेलन में भाग लेने से पहले आयोजकों के सामने ट्रायल के तौर पर अपने वाद्य संगीत की एक झलक प्रस्तुत करनी पड़ेगी। सहेली ने यह भी लिखा कि सम्मेलन में भाग लेने वाले कुछेक संगीतकारों की एक टोली भारत के कुछ अन्य शहरों का दौरा भी करने जा रही है। विकास चाहे तो अपनी कला द्वारा उस टोली में भी सम्मिलित होकर यश और कुछ धन कमा सकता है। सहेली ने अपने पापाजी के ऑफिस का पता भी लिख दिया था और लिखा था कि विकास इस पते पर जाकर उनसे मिल ले। वन्दना ने पत्र समाप्त किया। फिर सम्मेलन की तिथि दोबारा पढ़ती हुई मानो स्वयं से बोली, 'पच्चीस तारीख'। उस दिन 22 तारीख थी। संगीत सम्मेलन कब तक चलेगा, उसकी सखी ने नहीं लिखा था, परन्तु सम्मेलन एक दिन से अधिक चलेगा, यह बात पत्र से स्पष्ट प्रकट हो रही थी। उसने तय कर लिया, वह कल सुबह ही विकास को दिल्ली के लिए

रवाना कर देगी, ताकि वह परसों दिल्ली पहुंच जाए। परन्तु जने क्यों विकास को भेजने के विचार से वन्दना का दिल किसी अज्ञात भय से कांप गया। उसने अंजू को पत्र पढ़ाया तो अंजू ने हर्ष प्रकट करते हुए कहा, 'ले, सारा काम हमारी एक ही सहेली ने पूरा कर दिया। मेरे विचार में संगीत-सम्मेलन का यह प्रोग्राम दिल्ली टेलीविजन पर अवश्य रिले किया जाएगा। तू आज ही शाम विकास को समझा कि अपनी कला का बेजोड़ नमूना दिखाकर वह सम्मेलन में अवश्य भाग ले।'

'हूं।' वन्दना ने गम्भीरता के साथ सोचते हुए कहा।

"क्या बात है वन्दना?' अंजू ने पूछा, 'यह पत्र पाकर तू प्रसन्न नहीं है क्या?'

'जाने क्यों विकास को दूर भेजते हुए डर-सा लग रहा है।'

'तो फिर उसे इस पत्र में लिखी बातें मत बता।' अंजू ने कहा, परन्तु फिर सुझाव भी दिया, 'लेकिन याद रख, विकास अपने जीवन में तभी उन्नति कर सकता है, जब ऐसे अवसरों से वह पूरा-पूरा लाभ उठाए, और ऐसे अवसर बार-बार नहीं मिलते। मसूरी में रहकर तो उसे शायद ऐसा अवसर कभी नहीं मिलेगा। यदि तू उसे प्यार करती है और चाहती है कि मेरा प्यार साकार हो, विकास भी तुझे प्यार करे तो उसे केवल तेरे द्वारा ही उन्नति का अवसर मिलना चाहिए, ताकि जब उसे ज्ञात हो कि उसकी उन्नति के पीछे तेरा और केवल तेरा हाथ है तो उसका दिल तुझे वन्दना जानकर भी तेरे कदमों में झुक जाएगा।'

उस शाम वन्दना विकास के घर पहुंची तो वह गम्भीर थी, फिर भी उसने विकास को सारी बातें कह सुनाईं, जो उसकी सखी ने उसे पत्र में लिखी थीं। विकास ने सुना तो कानों पर विश्वास नहीं हुआ। क्या इतनी जल्दी उसकी उन्नति के रास्ते खुल गए?' मन चाहा कि वह अपनी इस उपकारिका के हाथ चूम ले। उसने कहा, 'शबनम जी, आप मेरा विश्वास कीजिए, जब आपने मुझे इतना सुनहरा अवसर दिलाया है तो मैं आपको कभी निराश नहीं करूंगा। इस अवसर से लाभ उठाकर मैं एक बहुत बड़ा वायलिनवादक बनकर दिखा दूंगा।'

वन्दना खामोश रही - गम्भीर। जाने क्यों उसे ऐसा महसूस हो रहा था, मानो जो कुछ वह विकास के लिए इस समय कर रही है, वह उसे नहीं करना चाहिए।

'आप बहुत चिन्तित-सी हैं?' विकास ने पूछा।

'जाने क्यों दिल घबरा रहा है!'

विकास ने सोचा, कहीं शबनम का दिल उसके जाने की अनुभूति से तो नहीं घबरा रहा? क्या उसके चले जने से शबनम उदास हो जाएगी? काश, ऐसा ही हो। काश, वह शबनम का दिल इस सीमा तक जीत सके कि उसके यहां से जाते ही शबनम के लिए यह संसार सूना हो जाए। उसका मन हुआ, वह शबनम से पूछे कि उसका दिल उसके शहर से चले जाने के कारण तो नहीं घबरा रहा, परन्तु वह इसका साहस नहीं कर सका। शबनम के दिल में उसके प्रति जाने कैसी भावनाएं हों! उसने पूछा, 'क्यों घबरा रहा है दिल?'

‘जाने क्यों!’ वन्दना ने कहा और खो-सी गई।

वन्दना ने अपनी सखी के पापाजी का पता विकास को लिखवाया, जो वह अपने साथ लिखकर लाई थी। पत्र वह इसलिए साथ नहीं लाई थी, क्योंकि उसकी सखी ने उसे ‘वन्दना’ नाम से सम्बोधित किया था। फिर उसने विकास को समझाया कि वह जाते ही उसकी सखी के पापा से मिल ले। उसने अपना पर्स खोला। सौ-सौ के तीन नोट निकाले। विकास की ओर नोट बढ़ाती हुई बोली, ‘ये लो, इन्हें रख लो।’

‘लेकिन...’ विकास ने रुपए लेने से इनकार किया। बोला ‘मैं इन रुपयों का क्या करूंगा? मैं...मैं यों ही ठीक हूं।’

‘यों ही कैसे ठीक हो? दिल्ली क्या पैदल ही जाओगे? और वहां रहोगे कहां? सड़क पर?’ वन्दना ने उसे पूरे अधिकार से प्यार के साथ डांटा। वन्दना प्यार के वेग में अपनत्व प्रकट करती हुई वार्तालाप में कितना आगे बढ़ गई थी, उसे स्वयं नहीं पता चला, परन्तु विकास ने इस बात पर ध्यान दिया तो उसे एक प्रसन्नता-सी मिली। वन्दना उसी प्रकार कह रही थी, ‘वेतन मिलने में भी अभी एक सप्ताह बाकी है। पैसे हैं तुम्हारे पास दिल्ली जाने के लिए?’

‘मैं...मैं कुछ रुपए स्कूल से एडवांस ले लूंगा।’

‘कुछ रुपयों से काम नहीं चलेगा।’ वन्दना ने कहा, ‘तुम यहां से दिल्ली जाओगे। होटल में ठहरोगे। सम्मेलन में भाग लेने पर तुम्हें जाने कितने पैसे मिलें। मिलें भी या नहीं, कौन जनता है! उसके बाद तुम भारत के दौरे पर भी निकल सकते हो। मैं तो समझती हूं, ये तीन सौ रुपए भी तुम्हारे लिए कम हैं। वन्दना ने और रुपए निकालने के लिए अपना पर्स खोलना चाहा।

‘अर...र...र...नहीं, नहीं, ऐसा मत कीजिएगा।’ विकास ने वन्दना को रुपए निकालने से रोका।

‘तो फिर लो ये रुपए, मेरा मतलब, लीजिए...लीजिए...’ वन्दना को अचानक याद आया कि वह विकास से कुछ अधिक ही अपनत्व प्रकट कर गई है तो वह बुरी तरह बौखला गई। वह ‘आप’ से ‘तुम’ पर कब उतर आई? उसने स्वयं से पूछा।

विकास ने हल्के से मुस्कराकर नहीं के इशारे पर सिर हिलाते हुए वन्दना की कठिनाई दूर की। बोला, ‘लीजिए नहीं, लो।’

वन्दना मुस्करा दी। रुपए विकास की ओर बढ़ाते हुए उसने कहा, ‘लो’।

विकास ने रुपए ले लिए फिर बोला, ‘आप मुझे अपना पता दें...’

‘आप नहीं, तुम।’ वन्दना ने विकास की बात काटकर कहा।

‘जी नहीं, ‘आप’। विकास ने कुछ सोचकर कहा, उसी हल्की मुस्कान के साथ, हमउम्र होते हुए भी दो व्यक्तियों के मध्य ‘तुम’ और ‘आप’ में एक अन्तर होता है। ‘तुम’ में कोई भेद नहीं होता, कोई परदा नहीं होता, परन्तु ‘आप’ में भेदभाव होता है, परदा होता है। मैंने आपसे किसी बात का परदा नहीं किया। मेरा जीवन आपके सामने एक खुली किताब की तरह है,

इसलिए आपको मुझे 'तुम' कहने का पूरा अधिकार है परन्तु आपने मुझसे परदा कर रखा है, इसलिए मैं आपको उस समय तक 'तुम' नहीं कह सकता, जब तक मेरे सामने परदे की यह दीवार है।' विकास ने अपनी बातों द्वारा वन्दना को प्रभावित करते हुए आशा की कि वह अपने मुखड़े पर से परदा हटा देगी।

वन्दना विकास की बातों से प्रभावित हुई तो असमंजस में पड़ गई। अब वह क्या करे? परदा बनाए रखना विकास के साथ भेदभाव बरतना था, भेद-भाव बरतकर उसके दिल को चोट पहुंचाना था। परदा उठाने का अर्थ विकास से जीवन-भर का नाता तोड़कर उसकी घृणा का पात्र बनना था। अब? वह सोच में पड़ गई।

'आपने मेरी बात का बुरा मान लिया क्या?' विकास ने उसे खामोश देखा तो उस अपनी बात पर दुःख हुआ। उसने कहा, 'क्षमा कीजिएगा, मुझे ऐसी बात आपसे नहीं कहनी चाहिए थी। परदे की जो रस्म आपके खानदान में चली आ रही है, इसे इतनी आसानी से नहीं तोड़ा जा सकता।'

'नहीं, ऐसी बात नहीं है।' वन्दना ने कांपते स्वर से बात संभाली, 'एक काम पूरा होने तक के लिए मैंने मन्नत मान रखी है। वह काम पूरा होते ही मैं आपके सामने अपने इस परदे की दीवार सदा के लिए हटा दूंगी।'

'ओह! धन्य है भगवान, जिसने मेरी मनोकामना जान ली।' विकास ने प्रसन्न होकर कहा, 'तब कम से कम मैं अपनी उपकारिका के दर्शन तो कर सकूंगा।'

वन्दना की सारी चिन्ता दूर हो गई।

विकास को अपनी बात याद आई। बोला, 'मैं आपसे कह रहा था कि आप अपना पता दे दीजिए। मैं यदि दौरे की टोली में सम्मिलित कर लिया गया तो जहां कहीं जाऊंगा, आपको पत्र द्वारा सूचित करता रहूंगा।'

'विकास...' वन्दना ने अपने होंठों से पहली बार विकास का नाम लिया तो विकास को बहुत अच्छा लगा। वन्दना ने अपनी बात जारी रखते हुए कहा, 'तुम नहीं जानते कि परदे वाली लड़कियों पर कितनी पाबन्दियां होती हैं। तुम मुझे पत्र अवश्य लिख सकते हो, परन्तु पता अंजू का लिख देना। मुझे पत्र मिल जाएगा।'

'मैं आपको अवश्य पत्र लिखूंगा।' विकास ने कहा, 'कितना अच्छा होता, यदि आप अपनी आंखों से मेरा प्रोग्राम देखतीं।'

यह इच्छा वन्दना के भीतर भी जाग्रत हुई, परन्तु वह बोली, 'तुम्हारे संगीत का जादू तो मैं सदैव देखती आ रही हूं। फिर भी जब तुम दौरे से वापिस आओगे तो तुम्हारा एक प्रोग्राम मसूरी में भी कराएंगे।'

'धन्यवाद शबनमजी, धन्यवाद!' विकास ने कहा। उसके शरीर का रोम-रोम शबनम के अहसानों तले दब चुका था।

'एक बात कहूं?' वन्दना ने कुछ सोचकर कहा।

'कहिए नहीं, आज्ञा दीजिए।' विकास ने कहा।

'तुम्हारे पास अपने घर के ताले की दो चाबियां तो होंगी ही।'

'जी हां, बिल्कुल हैं।'

'उसकी एक चाबी मुझे दे दो।' वंदना ने कहा, 'शायद मैं कभी अंजू के साथ यहां आऊं और तब वर्षा हो जाए तो शरण लेने के लिए तुम्हारा घर काम आएगा।' वंदना ने चाबी लेने का वास्तविक कारण छिपा लिया।

विकास ने तुरंत अपने घर की एक चाबी वंदना के हवाले कर दी। फिर जब शबनम को अंजू के बंगले छोड़कर वह लौटा तो अगले दिन सुबह दिल्ली जाने की तैयार करने लगा।

उस रात वंदना जब पलंग पर लेटी तो सोचने लगी कि विकास मसूरी से चला जाएगा तो उसके लिए मसूरी सूनी हो जाएगी। विकास जाने कब मसूरी वापस लौटे? यदि उसे भारत का दौरा करने वाले कलाकारों की टोली में सम्मिलित कर लिया गया तो उसे मसूरी लौटने में काफी दिन लग सकते हैं। मसूरी में उसे स्वयं भी रहते हुए काफी दिन हो चुके हैं। फिर क्यों न वह भी विकास की अनुपस्थिति में उसके घर की स्थिति सुधार कर अपने माता-पिता के पास लौट जाए। यही वंदना के चाबी लेने का उद्देश्य था। वंदना ने सोचा, जब विकास मसूरी वापस आने वाला होगा तो वह भी मसूरी पहुंच जाएगी। विकास ने उसे बराबर पत्र लिखते रहने के लिए स्वयं ही कहा था। विकास जब संगीत-संसार में अपना स्थान बनाकर लौटेगा तो शायद उसकी वास्तविकता जानने के बावजूद उसकी स्नेहपूर्ण कृपाओं से प्रभावित होकर उसे क्षमा कर दे, परन्तु विकास के लिए इतना सब कुछ करने पर भी वंदना सन्तुष्ट नहीं थी। इसका कारण यह था कि वह विकास से प्रेम करने लगी थी। और वह विकास को अपनी कृपाओं से नहीं, प्यार से जीतकर उस परदे को हटाना चाहती थी, जो शबनम बनकर सामने पड़ा हुआ था।

उसी कमरे में वंदना के बगल वाले पलंग पर अंजू भी लेटी कोई किताब पढ़ रही थी। वंदना ने उसकी ओर करवट बदली और अंजू पर अपने घर लौटने का इरादा प्रकट कर दिया।

उसकी बात सुनकर अंजू ने भी उसकी ओर करवट ले ली थी। उसने कहा, 'यदि अपने घर ही जाना है तो दिल्ली होती हुई निकल जा। यहां मैं विकास के घर का सुधार करवा दूंगी। मुझे बता देना कि उसके घर में क्या-क्या रखना है। तू दिल्ली जाकर विकास का प्रोग्राम देख ले।'

'टेलीविजन पर?'

'टेलीविजन पर नहीं', अंजू ने कहा, 'स्टेज पर, संगीत भवन के अन्दर बैठकर।'

'लेकिन...' वंदना के मन में आशा की एक ज्योति चमकी तो वह उठकर बैठती हुई बोली, 'क्या ऐसा संभव है?'

'क्यों नहीं संभव है?' अंजू ने भी उठकर बैठते हुए कहा, 'दर्शकों की भीड़ में वह तुझे थोड़ी ही देख सकेगा! यदि देख भी लिया तो तू उसके लिए वन्दना रहेगी, शबनम थोड़े ही होगी!'

वन्दना? शबनम? वन्दना ने सोचा, अंजू ठीक ही कहती है। संगीत-सम्मेलन का प्रोग्राम देखने के लिए तो कोई भी टिकट खरीदकर संगीत-भवन में प्रविष्ट हो सकता है। उसने निश्चय कर लिया कि वह विकास का वह प्रोग्राम अवश्य देखेगी। उसने सोचा, आज बाईस तारीख है। विकास कल मसूरी से चलकर परसों दिल्ली पहुंच जाएगा। यदि वह परसों, दिल्ली के लिए रवाना हो जाती है तो ठीक संगीत-सम्मेलन वाले दिन, अर्थात् पच्चीस तारीख को दिल्ली पहुंच जाएगी।

अगले दिन विकास दिल्ली के लिए रवाना हुआ तो अंजू तथा वंदना ने उसे मसूरी के बस अड्डे तक छोड़ा। विकास को स्कूल से छुट्टी दिलाने की जिम्मेदारी अंजू ने अपने ऊपर ले ली थी। वंदना विकास को देहरादून तक छोड़ना चाहती थी, परंतु अगले दिन उसे भी दिल्ली के लिए मसूरी छोड़ना था तथा आज के शेष समय में वह विकास के घर के लिए अपनी पसन्द की वस्तुएं खरीद लेना चाहती थी, इसलिए नहीं गई।

विकास चला गया तो वंदना कुछ उदास-सी हो गई। जाते समय उसने अपने लिए विकास को भी उदास देखा था। परन्तु जब विकास के जाने के बाद वह उसके घर की खरीददारी में लग गई तो उसका मन लग गया।

वन्दना ने उसी दिन अंजू का पता तथा थोड़ा अग्रिम धन देकर विकास के घर के लिए नए फर्नीचर आदि का ऑर्डर दे दिया। सुन्दर परदे खरीदे। अन्य बहुत सारी छोटी-बड़ी वस्तुएं खरीदीं, जो विकास की आवश्यकताएं पूरी कर सकती थीं। फिर हर वस्तु अंजू के सुपुर्द करके वह अगले दिन दिल्ली के लिए चल पड़ी।

वन्दना दिल्ली पहुंची। वहां उसने अपने लिए एक अच्छे होटल में कमरा बुक किया। फिर अपनी सखी को फोन किया।

'तू होटल में क्यों ठहरी है?' सखी ने शिकायत की, 'क्या हमारा घर नहीं था तेरे ठहरने योग्य?'

वन्दना ने क्षमा मांगकर काम चला लिया।

सखी से पता चला कि विकास उसके पापाजी से पिछले दिन मिल चुका है। ट्रायल भी दे चुका है। सम्मेलन तीन दिन का है। सम्मेलन से अन्तिम दिन विकास को अपनी कला का प्रदर्शन करने का अवसर मिल सकता है। वंदना ने संगीत-सम्मेलन के अन्तिम दिन तक दिल्ली में ठहरने का निश्चय कर लिया।

'तू कहीं जाना नहीं, मैं बस आ ही रही हूं।' सखी ने वंदना से मिलने की तड़प प्रकट की।

कुछ देर बाद सखी अपनी कार लेकर होटल पहुंची और आते ही वन्दना से लिपट गई। उसने वन्दना से अपने घर में ठहरने की जिद की तो वन्दना इन्कार न कर सकी। रास्ते में सखी ने बताया, 'जब मैंने पापाजी से विकास को अवसर देने के लिए अनुरोध किया तो पूछने लगे कि मैं क्यों विकास में इतनी रुचि ले रही हूं? मैंने बता दिया कि अपनी एक सहपाठिन के कारण, परन्तु नाम नहीं बताया।' सखी कार को एक ओर मोड़ती हुई अचानक गम्भीर हो गई। उसने पूछा, 'सच बता, विकास के लिए इतना त्याग, इतना बड़ा प्रायश्चित्त करते-करते कहीं तुझे उससे प्यार तो नहीं हो गया?'

वन्दना गम्भीर थी, गम्भीर ही बनी रही।

'तूने कोई उत्तर नहीं दिया।' सखी ने कहा।

'मेरे प्यार करने से क्या होगा?' वन्दना निराशा में बोली।

'उसका जीवन सफल हो जाएगा।'

'मेरे कारण उसका जीवन सफल हो जाएगा, तो मैं भी अपना जीवन सफल समझूंगी।' वन्दना ने कहा, 'कम से कम मैं शाप की उस आग में नहीं जलूंगी, जो उसकी बहन ने मुझे मरते समय दिया था।'

'भूल जा उन बातों को।' सखी ने समझाया, 'जीवन में जो तूने एक अनूठा तथा नया कदम उठाया है, बस, सदा उसी पर स्थिर रहना। फिर एक दिन तुझे अपने-आप सब कुछ मिल जाएगा।'

वंदना को संतोष मिला कि उसके उठाए इस अनूठे कदम से उसकी सहेलियां प्रसन्न हैं।

* * *

सत्ताइस तारीख थी - संगीत-सम्मेलन का अंतिम दिन। शाम का समय था। सम्मेलन आरम्भ होने का समय हो चला था। संगीत-भवन के सामने भीड़ एकत्र थी, पिछले दिनों से कुछ अधिक ही, शायद इसलिए कि वह सम्मेलन की अन्तिम शाम थी या शायद इसलिए कि देश के एक विख्यात संगीतकार सितार-वादक दुर्गाप्रसाद तथा उनकी धुनों पर बिजली की तरह थिरकने वाली नर्तकी गौरी भाग ले रहे थे। जनता की जबान पर चर्चा थी कि पिछले छः मास के अन्दर कला के प्रदर्शन में नर्तकी गौरी अपने संगीतकार पिता दुर्गाप्रसाद से भी आगे निकल गई थी।

विकास निश्चित समय से पहले ही आकर स्टेज की बगल में उस स्थान पर बैठा हुआ था, जो आज के कलाकारों के लिए सुरक्षित था। उसकी गोद में उसका वायलिन रखा था, बिल्कुल उस बच्चे के मसान, जो अपनी मां की गोद में सुरक्षित रहता है। आज के कलाकार कौन हैं, यह वह अच्छी तरह जानता था। दुर्गाप्रसाद तथा गौरी की उन्नति के विषय में सुनकर उसे अधिक आश्चर्य नहीं हुआ था। उनकी कला को देखते हुए उन्हें उन्नति करनी ही चाहिए

87

थी। हां, विकास को इस बात पर अवश्य आश्चर्य हुआ था कि आज कितने अनूठे ढंग से उनका सामना होने वाला था। उसे यह भी पता चल गया था कि जो टोली भारत-यात्रा पर जाने वाली थी, वह किसी और की नहीं, दुर्गाप्रसाद की ही थी। यही कारण था कि वह इस टोली में सम्मिलित होने की आशा छोड़ चुका था; बल्कि एक प्रकार से उसे प्रसन्नता ही हुई थी कि यहां अपना प्रोग्राम देने के बाद वह शीघ्र ही अपनी शबनम के पास पहुंच जाएगा। विकास के आसपास अनेक संगीतकार थे, जो आज के कलाकार थे - सितारवादक, सरोदवादक, सारंगीवादक, तबलिया आदि। संस्था के सदस्य सभी कलाकारों से बातें कर रहे थे, परन्तु एकान्त में बैठे विकास पर कोई ध्यान नहीं दे रहा था।

तभी वहां सितारवादक दुर्गाप्रसाद अपनी पुत्री गौरी के साथ आ गए। संस्था के सदस्य उन्हें बहुत सम्मानपूर्वक लाए थे। कलाकारों ने उनके पैर छूने आरम्भ कर दिए। परन्तु विकास पूर्ववत् अपने स्थान पर बैठा रहा। दुर्गाप्रसाद तथा गौरी ने उस पर ध्यान देने की आवश्यकता तक न समझी। दोनों स्वाभिमान में डूबे इस प्रकार कलाकारों तथा संस्था के सदस्यों से बातें करते रहे, मानो उन पर अहसान कर रहे थे। विकास ने देखा, गौरी पहले से कहीं अधिक सुन्दर हो गई थी। उसके शरीर का अंग-अंग निखर आया था। वह बड़ी अदा के साथ कलाकारों तथा संस्था के सदस्यों से बातें कर रही थी। स्वर में मिठास थी, परन्तु वैसी मिठास नहीं थी, जो उसकी शबनम के स्वर में थी। काश! इस समय उसके समीप शबनम होती तो वह अपने-आपको अकेला महसूस नहीं करता।

प्रोग्राम आरम्भ हुआ तो सम्मेलन के अध्यक्ष ने मंच संभाला। चारों ओर खामोशी छा गई। दुर्गाप्रसाद तथा गौरी के पास से कलाकारों की भीड़ छंटकर अध्यक्ष का भाषण सुनने लगी। हॉल दर्शकों से भरा हुआ था। हॉल के अन्दर एक किनारे वन्दना भी अपनी सहेली के साथ बैठी हुई थी। विकास को मंच पर देखने के लिए उसका दिल तड़प रहा था। मन ही मन वह विकास की सफलता की कामना कर रही थी।

अचानक गौरी की दृष्टि विकास पर पड़ी। विकास उसी की ओर देख रहा था। गौरी चौंक गई। आंखों पर विश्वास नहीं हुआ। विकास को तो आजीवन कारावास हुआ था, फिर वह यहां कैसे उपस्थित है? बुरी सूचनाएं समाज के कानों में स्वयं पहुंच जाती हैं। अच्छी सूचनाओं का साकार रूप देखने के बावजूद मनुष्य अपनी आंखों पर आसानी से विश्वास नहीं करता। गौरी अब भारत की एक विख्यात नर्तकी थी। विकास को देखने के बावजूद उसने आगे आकर उससे बातें करना या उसमें रुचि लेना अपना अपमान समझा। वह अपने स्थान पर बैठी रही। उसके समीप ही दुर्गाप्रसाद बैठे हुए थे। विकास पर उनकी दृष्टि पड़ी तो वह भी चौंक गए। विकास उठकर खड़ा हो गया। वह दुर्गाप्रसाद के समीप आया, ताकि उनकी गलतफहमी दूर करके उन्हें लज्जित कर सके।

'तुम?' दुर्गाप्रसाद को मानो अब तक अपनी आंखों पर विश्वास नहीं हो रहा था।

'जी हां।' विकास ने कुछ अभिमान के साथ कहा।

'लेकिन तुम तो...' दुर्गाप्रसाद कहते-कहते रुक गए।

'मैं निर्दोष था।' विकास ने कहा, 'कानून के हाथों असली हत्यारा पकड़ा गया तो अदालत ने मुझे छोड़ दिया।'

'ओह!' दुर्गाप्रसाद ने कहा, परन्तु विकास के प्रति किसी प्रकार की प्रसन्नता प्रकट नहीं की। उन्होंने विकास के हाथ में वायलिन देखा। पूछा, 'वायलिन बजाना नहीं छोड़ा?'

'शायद स्वयं ही छूट जाता, यदि किसी की असीम कृपा के कारण मुझे यह वायलिन नहीं मिल जाता।' विकास ने सुपरिटेन्डेंट साहब को याद करके मन ही मन उन्हें शुभकामनाएं देते हुए कहा।

'ठीक है, ठीक है! दुर्गाप्रसाद ने बात समाप्त करते हुए कहा और फिर उसे नजरअन्दाज करके अपना चेहरा दूसरी ओर फेर लिया।

भाषण समाप्त हुआ। फिर सबसे पहले विकास का ही नाम लिया गया। ऐसे सम्मेलनों में सदा छोटे कलाकारों को ही पहले मंच पर बुलाया जाता है। विकास स्टेज पर पहुंचा। वन्दना का दिल धड़क उठा। उसने अपना चेहरा सामने बैठे व्यक्ति की आड़ में छिपा लिया। ऐसा न हो कि उसे देखते ही विकास का मूड बिगड़ जाए। विकास की संगत करने के लिए एक तबलची का प्रबन्ध पहले ही किया जा चुका था। इस तबलची ने पिछले दो दिनों में अनेक वादकों की संगत करके अच्छा नाम कमा लिया था। विकास को देखकर वह व्यंग्ययात्मक ढंग से मुस्कराने लगा, मानो किसी अनाड़ी की संगत करने के लिए उसे विवश कर दिया गया हो। फिर वह तबले को कुछ अधिक ही पीट-पीटकर दर्शकों पर अपना प्रभाव डालते हुए विकास के साज के सुर से ताल मिलाने लगा तो दर्शक लापरवाही के साथ आपस में बातें करने लगे। फिर विकास ने अलाप छेड़ा। वन्दना के दिल के तार बज उठे। धड़कनें तेज हो गईं। वायलिन का स्वर हॉल के वातावरण में फैला तो हॉल के अन्दर कानाफूसी में बदलकर धीमे-धीमे समाप्त हो गई। विकास ने दीपक राग पर आधारित धुन छेड़ी थी। धुन ऐसी थी कि दर्शकों के ही नहीं, कलाकारों के भी दिल में उतर गई। विकास की इस अनुपम सफलता तथा कुशलता पर दुर्गाप्रसाद तथा गौरी को अत्यन्त आश्चर्य था।

अचानक विकास ने धुन का मोड़ बदला। अलाप से वह गत पर आया। तबलची ने अपना कमाल दिखाना आरम्भ किया। तबले तथा वायलिन की धुन का टकराव हुआ। सवाल-जवाब भी हुआ। विकास की उंगलियां वायलिन की तारों से बिजली की-सी तेजी से खेलने लगीं। तबलची ने उसका साथ नहीं छोड़ा, परन्तु धुन के हर मोड़, हर तोड़ पर उसे भय महसूस होने लगा। विकास अपनी धुन के साथ तबलची से आगे बढ़ता जा रहा था। उसकी धुन ने सुनने वालों के दिल के तार हिलाकर रख दिए थे। इतनी तेज गति के साथ विकास बहुत ऊंचे सरगम पर जाकर धुन बजाने लगा कि तबलची तबला पीट-पीटकर वायलिन की धुन का

गला घोंटने का प्रयत्न करने लगा। ऐसा न हो कि विकास के आगे हार मानकर उसे लज्जित होना पड़े। पिछले दो दिन तबला बजाकर उसने जो ख्याति प्राप्त की थी, इस समय वह मिट्टी में मिलती नजर आ रही थी, परन्तु विकास को उसकी चिन्ता नहीं थी। वह अपने संगीत में खो गया था। अपनी तेज धुन के कारण वह तबलची पर छा गया तो हॉल में बहुत जोर की ताली बजी। प्रसन्नता के कारण वन्दना की आंखों में आंसू छलक आए। गौरी भी संगीत के संसार में खोकर खड़ी हो गई। वह विकास के कुछ समीप चली आई। विकास की धुन पर उसके पैर नृत्य करने को उठ-उठ जाते थे। दुर्गाप्रसाद गौरी की इस बेचैनी को देख रहे थे। अपनी धुन की तरह विकास भी उनके मन-मस्तिष्क पर छा गया था। उन्हें आज पता चला कि विकास के अन्दर वे सभी गुण मौजूद हैं, जो वह उसके अन्दर कभी देखने की इच्छा किया करते थे। दर्शकों ने विकास के भीतर देश के गर्व करने योग्य एक कलाकार पाया।

फिर विकास ने एक हल्की धुन के साथ अपने साज पर उंगलियां रोक दीं। धुन समाप्त होते ही हॉल के अन्दर दुबारा ताली बजी, इस बार इतने तेज स्वर के साथ कि सुनने वालों के कान फट गए। वन्दना का मन चाहता था कि जाकर वह विकास से लिपट जाए। यदि वह इस समय शबनम के रूप में होती तो शायद वह मंच के पीछे जाकर विकास की उंगलियां चूम लेती। ताली कुछ देर तक निरन्तर बजती रही। ताली का शोर जब कम हुआ तो विकास ने झुककर दर्शकों की सराहना के लिए धन्यवाद दिया फिर मंच से बगल में उतर गया।

मंच से उतरते ही विकास को उन कलाकारों और संस्था के सदस्यों ने घेर लिया, जो पहले उसे नजरअंदाज कर रहे थे। इनमें दुर्गाप्रसाद तथा गौरी भी थे। दुर्गाप्रसाद बहुत पछता रहे थे कि उन्होंने व्यर्थ ही भविष्य के एक महान वायलिनवादक से अपना सम्पर्क तोड़ लिया था। यदि यह नवयुवक उनकी शिष्यता में होता तो आज अपनी कला का प्रदर्शन और अधिक सुन्दरता के साथ करता। उन्होंने विकास का भविष्य उज्ज्वल देखा तो तय कर लिया कि से अपने साथ भारत-यात्रा पर ले जाकर एक बार फिर अपनी बेटी का सम्बन्ध पहले के समान जोड़ देंगे। गौरी भी सोच रही थी कि यदि विकास पर हत्या का आरोप न लगा होता, विकास को दण्ड नहीं मिला होता तो आज वह निश्चय ही इस होनहार कलाकार की भाग्यवान पत्नी होती।

'शाबाश बेटा, शाबाश!' सबके मध्य आगे बढ़कर दुर्गाप्रसाद ने विकास की पीठ पर हाथ रखा। उन्होंने कहा, 'तुमने तो कमाल ही कर दिया।' फिर उन्होंने अन्य कलाकारों तथा संस्था के सदस्यों से बड़े गर्व के साथ कहा, 'आप लोगों को यह जानकर प्रसन्नता होगी कि यह कलाकार मेरा ही शिष्य है।'

सब लोग अचानक चौंक गए, परन्तु किसी ने कुछ कहा नहीं। विकास ने जब दुर्गाप्रसाद की बात सुनकर कुछ नहीं कहा तो सब सन्तुष्ट हो गए। हो सकता है, कभी यह वायलिनवादन दुर्गाप्रसाद का ही शिष्य रहा हो। विकास को दुर्गाप्रसाद के बदले हुए व्यवहार को देखकर

आश्चर्य हुआ। यह समाज कितना स्वार्थी है! क्षण-भर में ही किनारा कर लेता है तथा क्षण-भर में ही आगे बढ़कर गले लगा लेता है, केवल अपने स्वार्थ के कारण। दुर्गाप्रसाद ने विकास को अपने साथ बिठाया। बोले, 'हमारा प्रोग्राम अन्त में है। क्या तुम हमारे साथ वायलिन बजाना पसन्द करोगे?'

विकास ने कलाकार की दृष्टि से दुर्गाप्रसाद की बातों को परखा। उसने गौरी की ओर देखा। सितार की धुन के साथ कभी गौरी उसके वायलिन की धुन पर भी थिरका करती थी। गोरी उसी की ओर देख रही थी। उसकी आंखों में पुराने सपने लौट आए थे। वह बहुत हल्के से मुस्करा दी। विकास ने उसमें रुचि न लेते हुए दुर्गाप्रसाद की ओर देखा। जिस व्यक्ति ने उसे उसकी कठिनाई में धोखा दे दिया था, जिसने उसकी मां के साथ कटु व्यवहार किया था, क्या ऐसे व्यक्ति के साथ उसे वायलिन बजाना स्वीकार करना चाहिए? विकास सोच में पड़ गया।

'हमारी टोली भारत के अनेक शहरों का दौरा करने जा रही है।' दुर्गाप्रसाद ने मानो विकास को लालच दिया। बोले, 'तुम चाहो तो हमारे साथ चल सकते हो। यदि हमारा दौरा सफल रहा तो हम विदेशों में भी अपना प्रोग्राम देने जा सकते हैं।'

'आपके साथ संगत करना मैं अपना अहोभाग्य समझूंगा।' विकास ने एक गहरी सांस लेते हुए मानो अपने जीवन में एक महत्त्वपूर्ण पग उठाया।

'जीते रहो बेटा, जीते रहो!' दुर्गाप्रसाद ने कहा। उन्हें विकास से बहुत सारी आशाएं बंध गईं।

संस्था का एक सदस्य विकास के लिए पान की प्लेट लेकर आ गया था, परन्तु विकास पान नहीं खाता था। दुर्गाप्रसाद के कहने पर भी उसने पान नहीं खाया। दुर्गाप्रसाद ने अपने मुंह में पान का बीड़ा डालते हुए कहा, 'बेटा, भाग्य में जो लिखा होता है, वह तो होकर ही रहता है। पिछली बातों को भूल जाओ। मैं तुम्हें फिर कभी बताऊंगा कि समाज ने हमें तुमसे दूर रहने पर कितना अधिक विवश कर दिया था। जिसके घर में जवान बेटी हो, उसे समाज के ऊंच-नीच का ध्यान तो रखना ही पड़ता है।'

विकास खामोश रहा। पिछली बातें दोहराने का यह समय नहीं था। वह दुर्गाप्रसाद के साथ संगीत का नाता जोड़ने के अलावा और कोई सम्बन्ध नहीं रखना चाहता था। पिछली बातों को वह स्वयं भी भूल चुका था। भुलाने में समर्थ हुआ था तो केवल अपनी शबनम के कारण और अब वह अपनी हर सांस में शबनम को बसाकर उसकी याद को ताजा रखना चाहता था।

धीरे-धीरे अन्य संगीतकारों का प्रोग्राम भी हुआ, परन्तु हर संगीत नीरस था, बेजान था। प्रोग्राम के मध्य दर्शक बीच-बीच में विकास के वायलिन की मांग कर बैठते थे। वन्दना विकास का प्रोग्राम देखने के बाद उठकर बाहर चली जाना चाहती थी, परन्तु दर्शकों की मांग सुनकर बैठी रह गई थी, इस आशा में कि शायद विकास एक बार फिर मंच पर आकर अपनी

कला का प्रदर्शन करे। दर्शकों की मांग को सुनकर अनेक संगीतकारों के मन में विकास के प्रति ईर्ष्या भी उत्पन्न होने लगी, परन्तु गौरी बहुत प्रसन्न थी। उसे मानो जीवन का अमूल्य खजाना मिल गया था । फिर जब अन्य संगीतकारों का प्रोग्राम समाप्त हो गया तो अंत में दुर्गाप्रसाद तथा गौरी के कला-प्रदर्शन का समय आ गया। विकास, तबलची तथा तानपूरावादक के साथ दो महान कलाकारों ने स्टेज पर अपना स्थान लिया। उसके बाद जब परदा उठा तो दर्शकों ने उनके अभिवादन में इतनी जोर से तालियां बजाईं कि हॉल गूंज उठा। विकास को मंच पर वायलिन के लिए देखकर दर्शकों को संगीत के संगम में एक नया सोता फूटने की आशा बंध गई थी, परन्तु हॉल में अपनी सखी के साथ बैठी वन्दना को संगीत का यह संगम जरा भी पसन्द नहीं आया। उसे लगा, मानो इस संगम से शीतल जल नहीं आग उत्पन्न होगी, ऐसी आग, जो उसके अरमानों को जलाकर राख कर सकती है। गौरी स्टेज पर विकास की ओर ही देख रही थी, होंठों पर भेद-भरी मुस्कान तथा आंखों में चमक लिए हुए। वन्दना के दिल पर अंगारे बरसने लगे, परन्तु उसकी मनःस्थिति से अनभिज्ञ विकास अपने वायलिन के तारों को सुर में मिला रहा था। दुर्गाप्रसाद भी अपने सितार के तार ठीक कर रहे थे। तबलची तबले को ताल में ला रहा था। विकास ने तार मिलाने के बाद गौरी की ओर देखा। गौरी ने मुस्कराते हुए अपने पैर की थपकी द्वारा घुंघरू खनका दिए, इस प्रकार मानो उसने विकास को संगीत के मैदान में लाकर चुनौती दे दी हो। फिर दुर्गाप्रसाद ने सितार पर अलाप छेड़ा। तबलची उसी प्रकार खामोश बैठा रहा। गौरी खड़ी रही। केवल विकास बीच-बीच में उस धुन को बजा देता, जो दुर्गाप्रसाद बजा रहे थे। दुर्गाप्रसाद सितार की धुन पर ऐसे झटके देते थे कि सुनने वाले झूम उठते थे। दुर्गाप्रसाद की तरह विकास भी बड़ी कुशलता के साथ अपने साज पर झटके दे देता था। फिर अचानक धुन में परिवर्तन आया। तबलची ने ताल पकड़ी।' फिर सितार की धुन में तेजी आ गई। वायलिन की धुन भी तेज गति में सम्मिलित हो गई। गौरी ने अपने पैरों को थिरकाया। घुंघरू खनक उठे तो सारा हॉल झूम उठा।

फिर धुनों पर सवाल-जवाब हुए। दुर्गाप्रसाद के सवाल पर विकास अपनी धुन द्वारा तथा गौरी अपने नृत्य द्वारा घुंघरू खनकाकर उत्तर देती। गौरी के सारे शरीर में मानो बिजली समाई हुई थी। थिरकती हुई वह मानो सितार की धुन से कहीं आगे निकल गई परन्तु विकास ने उसका साथ नहीं छोड़ा। उसकी उंगलियां भी बिजली के समान तारों पर चलने लगीं। कला की परख तब होती है जब कोई मुकाबले पर आता है। विकास इस परख में खरा उतर रहा था। तबलची भी साथ दे रहा था। संगीत का इतना सुंदर संगम था, जिसने दर्शकों का दिल मोह लिया। दुर्गाप्रसाद बूढ़े हो चुके थे। मुकाबले में धुन जब अधिक देर तक बजती रही तो वह थक गए। धुन जब अपनी गति की चरम सीमा की ओर बढ़ी तो उन्होंने सितार बजाना बंद कर दिया। हताश-से सितार पर हाथ रखे वह विकास को देखने लगे। चेला तो गुरु से भी आगे निकल गया, परन्तु उन्हें प्रसन्नता थी कि गौरी को उसके मुकाबले के लिए संगीत मिल गया है।

कुछ देर तक उसी प्रकार घुंघरू तथा वायलिन की धुन बजती रही। ऐसा लग रहा था, मानो कानों में शहद टपक रहा था। अनेक दर्शकों को वायलिन की भारतीय क्लासिकी धुन पर भारतीय क्लासिकी नृत्य देखने का अवसर पहली बार प्राप्त हुआ था। दर्शकों पर संगीत का नशा छा गया। फिर वायलिन की धुन एक मोड़ पर आकर तबले की थाप तथा घुंघरुओं की जोरदार खनक के साथ रुक गई। हॉल के अन्दर एक बार फिर जोरदार ताली बजी और फिर परदा गिरते ही मंच का प्रोग्राम समाप्त हो गया। अब हर किसी के होंठों पर विकास तथा गौरी की कला की प्रशंसा थी। प्रशंसा के साथ अनेक प्रकार की बातें थीं। दर्शक कला की ही नहीं, कलाकारों के जोड़े की भी सराहना कर रह थे। वंदना ने सुना तो मन किया कि परदे के पीछे जाकर देखे कि विकास क्या कर रहा है। निश्चय ही नर्तकी तथा संगीतकार एक-दूसरे से बातें कर रहे होंगे, एक-दूसरे की प्रशंसा कर रहे होंगे, परंतु वह ऐसा करने का साहस नहीं कर सकी।

विकास ने संगीत में एक नया मोड़ उत्पन्न किया था, इसलिए उसकी खूब कदर हो रही थी। वह संस्था के सदस्यों के साथ बाहर निकला तो दर्शक जा चुके थे। केवल वही दर्शक खड़े थे जिन्हें कलाकारों के ऑटोग्राफ लेने थे। विकास के साथ गौरी तथा दुर्गाप्रसाद भी थे। दर्शक गौरी के ऑटोग्राफ के लिए टूट पड़े और विकास के भी ऑटोग्राफ लेने लगे। फोटोग्राफर्स तस्वीरें खींचने लगे। पत्रकारों ने विकास पर प्रश्नों की बौछार कर दी। इतना अच्छा वायलिनवादक होते हुए भी वह अब तक संगीत-संसार से क्यों दूर था? साजों में उसने वायलिन को ही क्यों चुना? अनेक व्यक्तिगत प्रश्न भी उससे पूछे। उसकी इस नई-नई सफलता का क्या राज है? विकास ने हर प्रश्न का उत्तर बहुत संक्षेप में दिया। ऐसे प्रश्न उससे जीवन में पहली बार किए गए थे, इसलिए विकास ने खामोश रहने में अधिक बुद्धिमानी समझी।

वंदना अपनी सखी के साथ बरामदे के एक खम्भे की आड़ में खड़ी थी। विकास को वह छिपकर देखना चाहती थी कि विकास भवन से अकेले बाहर निकलता है या उसके साथ नर्तकी भी चिपकी है। दिल के अन्दर अनेक प्रकार के सन्देह उठने लगे थे, इसलिए विकास को देखकर वह अपने मन को सन्तुष्ट कर लेना चाहती थी, परन्तु विकास को देखकर मन को सन्तुष्ट करना तो दूर, मन की रही-सही सन्तुष्टि भी खो गई। नर्तकी विकास के बिल्कुल साथ-साथ चल रही थी। विकास की संगति में उसके मुखड़े पर असीम प्रसन्नता की चमक थी। वह बहुत चहक-चहककर बातें कर रही थी। वंदना उन दोनों की समीपता नहीं देख सकी। उसने वहां से भाग जाना चाहा। वह खंभे की आड़ से निकली ही थी कि बरामदे के प्रकाश में विकास की नजर उस पर पड़ गई। विकास उसे यहां देखकर चौंक गया। वंदना के पैर फर्श पर जहां के तहां चिपक गए। दृष्टि भी विकास पर से नहीं हट सकी। पत्रकार विकास से प्रश्न कर रहे थे, परन्तु विकास का ध्यान बंट चुका था। उसके माथे पर घृणा के बल पड़ गए। आंखों में रक्त उतर आया। उसके कदम वंदना के पास आकर रुक गए। उसके साथ गौरी भी रुक गई। गौरी ने

बहुत ध्यान से वंदना की ओर देखा। सुन्दरता की इस प्रतिमा ने विकास के बढ़ते कदम क्यों रोक दिए? उसने आश्चर्य के साथ विकास की ओर देखा।

'तुम?' विकास घृणा से कह रहा था, तुम यहां भी आ गई? अच्छा हुआ, मैंने तुम्हें पहले नहीं देखा, वरना मेरे संगीत का नशा उतर जाता।' विकास ने गर्दन झटकी ओर आगे बढ़ गया। लोग भी विकास के साथ आगे बढ़ गए, परन्तु पलट-पलटकर वंदना को देखने लगे।

'कौन है वह लड़की?' गौरी ने विकास से पूछा।

'है एक...।' विकास ने दांत पीसते हुए कहा, 'फिर कभी बताऊंगा।' विकास ने इस समय इसलिए कुछ कहना उचित नहीं समझा, ताकि साथ के पत्रकार उसके विषय में कुछ लिख कर उसके कटु अतीत को समाचार-पत्रों में न ले आएं।

विकास की घृणा का अनुमान लगाकर वंदना का दिल रो पड़ा। उसकी मनःस्थिति से अनभिज्ञ कुछेक पत्रकारों ने उसका साथ पकड़ लिया। उस पर प्रश्नों की बौछार कर दी - वह कलाकार को कैसे जानती है? कलाकार ने क्यों उसके साथ दुर्व्यवहार किया और तब भी वह क्यों खामोश खड़ी रही? विकास के निजी जीवन के विषय में वह क्या जानती है? परंतु वंदना ने अपने होंठ नहीं खोले। सखी वहां पहले ही आ चुकी थी। उसने वंदना का हाथ पकड़ा और उसे अपनी कार में ले गई तो वंदना की आंखें छलक आईं। उसे विश्वास होने लगा कि वह वंदना बनकर विकास का दिल कभी नहीं जीत सकेगी। विकास उसे कभी क्षमा नहीं करेगा।

विकास को दुर्गाप्रसाद आग्रह करके अपने होटल ले गए और वहीं एक अलग कमरे में ठहरा लिया। विकास को एक अच्छे कमरे की सख्त जरूरत थी। अपनी जेब को ध्यान में रखते हुए उसने बहुत सस्ते में जिस छोटे होटल में कमरा लिया था, वह एक अच्छे संगीतकार के रहने योग्य नहीं था।

उस रात उसके कमरे में गौरी को जब एकान्त में बातें करने का अवसर मिला तो उसने सबसे पहले पूछा, 'तुमने बताया नहीं, वह लड़की कौन थी, जो लौटते समय संगीत भवन में मिली थी।' वंदना इतनी सुंदर थी कि गौरी के दिल में संदेह की एक अमिट छवि बनकर समा गई थी।

'वह पापिन थी, वह जिसने अपनी झूठी गवाही द्वारा मुझे सजा करा दी थी।' विकास ने गम्भीर स्वर के साथ कहा।

'कौन?' गौरी को बड़ा आश्चर्य हुआ। अर्चना 'हत्याकाण्ड' का विषय उसने बहुत रुचि लेकर पढ़ा था। उसने पूछा, 'सेठ सदानन्द की सुपुत्री थी वह?' गौरी का सन्देह दूर हुआ।

'हां।' विकास ने अरुचि से कहा।

'यहां कैसे आ गई?'

'आई होगी किसी रिश्तेदार के पास।' विकास ने लापरवाही से कहा, 'कमबख्त को देखकर मेरा सारा मूड खराब हो गया है।'

'तो कोई बात नहीं, मूड मैं ठीक कर दूंगी।' गौरी ने विकास की आंखों में प्यार से झांका। बोली, 'आज एक युग के बाद हम मिले हैं। चाहो तो प्यार में जो कमी रह गई हो, उसे पूरा कर लो। इसके लिए कोई दण्ड देना चाहते हो तो वह भी दे सकते हो।' गौरी विकास के बिल्कुल समीप आ गई। उसने आशा की विकास उसे अपनी बांहों में समा लेगा।

परन्तु विकास ने उसमें जरा भी रुचि प्रकट नहीं की। उसे एकान्त की आवश्यकता थी। आज की सफलता का सारा श्रेय शबनम को देते हुए वह उसी को याद करना चाहता था।

'जरा सोचो विकास।' गौरी बोली, 'यदि हमारा विवाह हो गया होता तो आज तुम एक या दो बच्चों के पिता होते। फिर हमारे बीच यह फासला नहीं होता, जो इस समय है।' गौरी ने मानो विकास को आमन्त्रित किया कि वह उसे अपनी बांहों में समा ले।

'तब बात और होती।' विकास ने कहा, 'तब तुम देश की इतनी महान नर्तकी नहीं होतीं।'

'शायद!' गौरी को विकास की बात पर सन्देह था। विवाह होता न होता, उसके अन्दर एक महान नर्तकी बनने की लगन तो शुरू से ही थी, जो उसने आज बनकर दिखा दिया था।

उस रात गौरी ने विकास का दिल जीतने के लिए झूठमूठ बताया कि जब उसके पिता ने समाज के दबाव में आकर उससे सम्बन्ध तोड़ा था तो वह बहुत रोई थी। वह उससे छिपकर मिलना चाहती थी, परन्तु उसके घरवालों ने उस पर कड़ी पाबन्दी लगा दी थी। बड़ी कठिनाई से ही वह उसी दूरी की तड़प पर काबू पा सकती थी। विकास ने गौरी की बातों पर विश्वास किया भी और नहीं भी किया। विश्वास इसलिए किया, क्योंकि स्त्री हर स्थिति में कमजोर है, विशेषकर भारतीय स्त्री, जिसे अपने माता-पिता के सम्मान के कारण उनके दबाव में रहना पड़ता है। विश्वास इसलिए नहीं किया, क्योंकि प्यार करने वाले सात समुन्दर पार करके भी अपने प्रेमी से जा मिलते हैं। परन्तु विकास ने गौरी से कुछ कहा नहीं। गौरी से अब उसका कोई सम्बन्ध नहीं रह गया था। सम्बन्ध था तो केवल शबनम से जो उसका संगीत थी तथा भविष्य थी।

गौरी विकास से ओर भी बातें करती रही, परन्तु जब विकास ने बार-बार नींद के लिए उबासी लेते हुए उसकी बातों में अरुचि प्रकट की तो गौरी को मन मारकर वहां से जाना पड़ा। उसके जाते ही विकास पलंग पर लेटकर शबनम के विचारों में खो गया।

उधर वंदना को भी बहुत देर तक नींद नहीं आई। बार-बार उसकी आंखों के सामने गौरी का चेहरा आ जाता। उसने तो विकास को अकेले अपनी कला का प्रदर्शन करने भेजा था, फिर वह गौरी कहां से आ टपकी? सखी उसे बता चुकी थी कि भारत के अन्य शहरों के दौरे पर संगीतकार दुर्गाप्रसाद ही जा रहे हैं। इस बात का अहसास करके वंदना का दिल एक अज्ञात भय से धड़क रहा था। अब उसे ज्ञात हुआ कि विकास को इस सम्मेलन में भेजते हुए उसका दिल क्यों घबरा रहा था। दिल के अन्दर धड़कनों की लहरें अकारण ही नहीं उठतीं। वंदना को पूरा विश्वास था कि विकास अपनी शबनम को ही प्यार करता है, फिर भी उसके दिल में डर

समाने लगा कि कहीं विकास का दिल गौरी की ओर न झुक जाए। उसने मन ही मन भगवान से प्रार्थना करनी चाही कि विकास दुर्गाप्रसाद के साथ दौरे पर न जाए, परन्तु अपने निःस्वार्थ प्यार के कारण वह ऐसा न कर सकी। वह विकास की उन्नति के रास्ते में कैसे आ सकती थी? उसने तो अपने प्यार का प्रारम्भ ही ऐसे ढंग से किया था, जिसका सुखांत आसान नहीं था। शायद अन्त था ही नहीं।

अगली सुबह वंदना ने समाचार-पत्र उठाकर खोला ही था कि एक तस्वीर देखकर वह चौंक गई। तस्वीर विकास की थी। साथ में गौरी भी थी। विकास गम्भीर था, परन्तु गौरी फूल-समान खिली हुई थी। तस्वीर के पीछे दुर्गाप्रसाद भी थे, संस्था के सदस्यों के साथ। समाचारपत्र ने विकास की प्रशंसा खुलकर की थी। लिखा था कि आधुनिक युग में वायलिनवादक विकास को भारतीय क्लासिक संगीत पर गौरी जैसी नर्तकी के नृत्य का साथ मिलता रहा तो संगीत के संसार में एक नया अध्याय आरम्भ हो जाएगा। वंदना ने पढ़ा तो दिल पर अंगारे दहक उठे। फिर भी उसने अपने पश्चात्ताप के कारण, अपने निःस्वार्थ प्यार के कारण तय कर लिया कि यदि विकास की प्रसन्नता गौरी की संगीत तथा उसके प्यार में सुरक्षित होगी तो वह चुपचाप विकास के रास्ते से हट जाएगी।

अगले दिन जब विकास ने समाचार पढ़ा तो उसे किसी प्रकार की प्रसन्नता की बजाए भय हुआ कि कहीं इस तस्वीर तथा विवरण को देखकर शबनम किसी प्रकार का अनुचित अनुमान न लगा बैठे। उसका मन हुआ, जीवन की सारी उन्नति ठुकराकर वह मसूरी वापस चला जाए, परन्तु वह ऐसा न कर सका। शबनम ही की इच्छा उसे उन्नतिशील देखने की थी। विकास ने सोचा, यदि एक विदेशी साज से भारतीय संगीत का मेल हो सकता है तो शबनम का उसके साथ क्यों नहीं हो सकता? धर्म से क्या होता है? जिस दिन भी शबनम ने अपना नकाब उलटते हुए उसकी बनने में रुचि प्रकट की, वह सदा के लिए उसे अपना बना लेगा।

गौरी तो समाचार पत्र पढ़कर मानो होटल के कमरे में ही थिरक उठी थी। विकास तथा उसका साथ वह ही नहीं, समाचारपत्र वाले भी चाहते थे।

दिन चढ़ा तो दुर्गाप्रसाद तथा गौरी से मिलने अनेक लोग आ गए, कुछेक लोग विकास से भी मिले। उसे अपने घर पर खाने के लिए आमन्त्रित किया, परन्तु विकास का सारा प्रोग्राम अब दुर्गाप्रसाद पर निर्भर करता था। दुर्गाप्रसाद को उसी शाम अपने प्रोग्राम के अनुसार इलाहाबाद के लिए रवाना होना था। फिर बनारस, लखनऊ होते हुए कलकत्ता पहुंचना था। अन्त में उनका प्रोग्राम बम्बई में था। कुल तीन मास का दौरा था। जब विकास को ज्ञात हुआ तो उसने उसी दिन शबनम को अंजू के पते पर सब कुछ लिखकर बता दिया। साथ में उसने यह भी लिखा, 'शबनम जी! काश, आप मेरे साथ होतीं; काश, आपने मेरा प्रोग्राम देखा होता तो आपको विश्वास हो जाता कि जो अवसर आपने मुझे प्रदान किया है, उसमें मैंने आपके विश्वास का अपमान नहीं होने दिया। मैं जहां कहीं भी जाऊंगा, आपकी याद सदा मेरे साथ

रहेगी। मेरे जीवन में जितना महत्त्व आपका है, इतना मेरे वायलिन का भी नहीं, जिसके तारों में मेरी आत्मा समाई हुई है।'

वंदना उसी दिन अपने माता-पिता के घर लौट गई। विकास का भी दौरा आरम्भ हो गया। प्रोग्राम के अनुसार उसने सभी स्थानों पर अपनी कला का प्रदर्शन किया। दिन पर दिन उसकी कला में निखार बढ़ता ही जा रहा था। गौरी ने दर्शकों का दिल मोह लिया तो विकास की धुन सुनकर लोग झूम-झूम उठे। विकास के साथ गौरी हर क्षण गोंद के समान चिपकी रहती, परन्तु विकास के मन-मस्तिष्क पर शबनम छाई रहती। गौरी उससे बातें करती, परन्तु वह शबनम के विचारों में खो जाता। तब गौरी को बड़ा आश्चर्य होता। विकास पर कुछ सन्देह भी होता। फिर जाने क्यों उसकी आंखों के सामने वंदना की तस्वीर चली आती, यह जानते हुए भी कि उसी के कारण विकास का जीवन नरक बना है, विकास उससे घृणा, करता है, उसे विकास कभी क्षमा नहीं करेगा। क्या इस घृणा, इस तिरस्कार के पीछे कोई और रहस्य तो नहीं है?

* * *

वंदना अपने बंगले में रह रही थी, परन्तु मन और मस्तिष्क विकास के पास था। उसे हर क्षण चिंता लगी रहती कि विकास का दिल कहीं नर्तकी गौरी की ओर आकृष्ट न हो जाए; परन्तु ऐसा नहीं हुआ। विकास का उसे जब पहला पत्र मिला तो उसकी आशाएं और मजबूत हो गईं। विकास ने शबनम के नाम अंजू के पते पर पत्र भेजा था, जिसे अंजू ने अपने पत्र के साथ वंदना को भेज दिया था। वंदना ने अंजू के पत्र से पहले विकास का पत्र पढ़ा। विकास ने उसे शबनम के नाम से सम्बोधित करते हुए लिखा था कि वह उसे बहुत याद करता है। हर क्षण उसी के विषय में सोचता रहता है। उससे मिलने के लिए उसका दिल अधीर है। उसका स्वर सुनने के लिए उसके कान तरसते हैं। विकास ने अपने दिल का प्यार नहीं प्रकट किया था, फिर भी पत्र से उसका प्यार छलक रहा था। विकास ने उसे यह भी लिखा था कि उसका प्रोग्राम कितनी सफलता के साथ चल रहा था। इसका श्रेय उसे देकर विकास ने उसे लिखा था, 'शबनम जी, आपका अहसान तो मेरे शरीर के रोम-रोम में समाया हुआ है, रक्त की एक-एक बूंद में रचा हुआ है। आप तो मेरे लिए उस देवी के समान हैं, जिसके दर्शन सात जन्मों में हर क्षण उपकार करने के पश्चात् प्राप्त होते हैं। आपकी मन्नत पूरी हो जाए तो आपके दर्शन प्राप्त करके मैं भी यही समझूंगा।'

वंदना ने विकास का पत्र एक बार नहीं, अनेक बार पढ़ा। फिर पत्र चूम लिया। उसे ऐसा लगा, मानो उसे विकास की उंगलियों का स्पर्श प्राप्त हो गया हो। उसके बाद उसने अंजू का पत्र पढ़ा। वंदना ने दिल्ली से अपने घर आने के बाद सबसे पहले एक अच्छी-खासी धनराशि का ड्राफ्ट बनाकर अंजू को भेज दिया था, ताकि विकास के लिए उसने मसूरी में जिन चीजों का

97

ऑर्डर दिया था, उनकी शेष रकम अदा हो सके। इस पर अंजू ने नाराजगी प्रकट की थी। क्या ऑर्डर की शेष रकम वह अपने पास से नहीं दे सकती थी?

वंदना ने अंजू के पत्र का उत्तर तुरन्त दे दिया, परन्तु विकास के पत्र का उत्तर इच्छा होने पर भी नहीं दे सकी। विकास ने पत्र लिखने को मना करते हुए लिखा था कि हर शहर में वह तीन-चार दिन से अधिक नहीं ठहरेगा। किसी शहर का प्रोग्राम स्थगित भी हो सकता है, इसलिए पत्र किसी और के हाथ में पड़ गया तो बदनामी होगी। वंदना मन मार कर रह गई थी।

फिर इसी प्रकार अंजू के माध्यम से वंदना को विकास के पत्र आने प्रारम्भ हो गए। कुछेक पत्रों में विकास भावुक होकर अपने दिल का प्यार उस पर प्रकट कर देना चाहता था परन्तु फिर स्वयं को संभाल लेता था। ऐसा न हो कि उसकी देवी उससे नाराज हो जाए। वंदना जब ऐसा पत्र पाती और पढ़ने के बाद विकास की ओर से प्यार की एक भी झलक नहीं पाती तो चिंतित हो उठती। कहीं विकास उसे जीवन भर देवी ही न मानता रह जाए! देवी की तो पूजा की जाती है, केवल पूजा! वंदना ने सोचा, यदि विकास उसे देवी मानकर केवल उसकी पूजा करता है तो उसके लिए नर्तकी गौरी की ओर आकृष्ट हो जाना कोई बड़ी बात नहीं होगी।

इन दिनों में वंदना ने इस विषय पर जितना सोचा, उतनी ही उसकी चिंता बढ़ती गई। उसने अस्पताल में अपना काम संभाल लिया था। वह जब तक अस्पताल में रहती, उसका दिल रोगियों की सेवा में बीत जाता, परन्तु रात के सन्नाटे में जब वह अपने पलंग पर लेटती तो घंटों विकास तथा गौरी के विषय में सोच-सोचकर परेशान होती रहती। विकास ने अपने पत्रों में गौरी के बारे में कभी कुछ नहीं लिखा था, फिर भी वंदना के दिल में गौरी की ओर से भय का समाना स्वाभाविक था। वंदना के मन-मस्तिष्क में ये बातें समाई रहती थीं इसलिए एक रात उसने स्वप्न में भी विकास तथा गौरी को देख लिया। उसने देखा, शहर का कोई सुन्दर उद्यान है। हरा-भरा लॉन, रंगीन क्यारियां, रंगीन फूलों की बहार; और इन सबके बीच एक सुन्दर जवान जोड़ा बैठा है - विकास और गौरी। गौरी की गोद में विकास का सिर रखा है। गौरी विकास के बालों से खेल रही हे। विकास ने उसी प्रकार लेटे-लेटे गौरी की गर्दन में अपनी बांहों का हार पहना दिया है। वह गौरी की आंखों में झांकते हुए उसे अपनी ओर खींच रहा है और गौरी विकास की आंखों में डूबी, लजाती तथा मुस्कराती हुई उसके मुखड़े की ओर झुकती जा रही है - और...और...विकास के मुखड़े के समीप उसका मुखड़ा पहुंच गया - बिल्कुल समीप। दोनों के होंठ एक-दूसरे से छू जाना चाहते थे, छू गए थे शायद। इसके साथ ही उसे एक झटका लगा और उसकी आंखें खुल गईं, उसका शरीर ऊपर से नीचे तक कांप गया। तो क्या उसकी इतने दिनों की तपस्या निष्फल चली जाएगी? और उसका प्रायश्चित्त? क्या उसका प्रायश्चित्त? वह अपने पाप का प्रायश्चित्त करना चाहती है या अपने स्वार्थ के लिए विकास को प्यार की डोर से बांधना चाहती है? वंदना को कुछ समझ में नहीं आ रहा था कि वह क्या चाहती है। वह केवल इतना जानती थी कि वह विकास को प्यार करती है। प्यार की हल्की-सी चिंगारी उसके

मन में तभी उत्पन्न हुई थी, जब विकास उसके छोटे भाई को वायलिन सिखाने आता था। यदि उसके मन के अन्दर प्यार की यह चिंगारी नहीं छिपी होती तो विकास की निर्दोषता जानकर वह तड़प नहीं उठती। अब प्यार की वह चिंगारी शोला बन गई थी।

विकास का दौरा भरपूर सफलता के साथ चल रहा था। कहीं पर वह संगीत में गौरी से आगे था तो कहीं पर गौरी अपने नृत्य में उससे आगे थी, पत्रकारों ने दोनों को ही खूब पब्लिसिटी दी। उन दोनों के प्यार के किस्से भी खूब बढ़ा-चढ़ाकर लिखे। ऐसे किस्से इसलिए लिखने का अवसर मिला, क्योंकि एकांत में गौरी ने पत्रकारों के आगे विकास के प्रति अपने प्यार का प्रदर्शन भी किया था, इसके बावजूद विकास पर समाचारपत्रों का कोई प्रभाव नहीं पड़ा था, उल्टे उसने नाराजगी प्रकट की थी। गौरी को उसकी नाराजगी से बड़ा दुःख हुआ था। वह अब तक विकास को अपने प्यार की डोर से बांधने में असमर्थ रही थी। जब कभी उसने रात के एकांत में विकास को अपने प्यार में उलझाना चाहा था, विकास अपना दामन साफ बचा गया था। धीरे-धीरे विकास के इस व्यवहार ने गौरी को बता दिया कि विकास के मन में किसी और ने पहले ही अपना स्थान बना रखा है। कौन हो सकती है वह? अनेक बार उसने विकास से इस विषय पर बात करनी चाही, परन्तु कुछ सोचकर चुप रह गई। वह विकास से कुछ पूछती तो बात बढ़कर तनाव उत्पन्न कर देती। फिर बात और बिगड़ जाती। उसने तय कर लिया कि वह विकास की हर क्रिया पर दृष्टि रखेगी। उसके साथ ही मसूरी जाएगी और पता चलाएगी कि कौन उसके प्यार के संसार में आग लगा रहा है। यदि कोई लड़की उसके रास्ते में होगी तो वह उसे मिलकर उसे स्पष्ट शब्दों में बता देगी कि विकास से उसका सम्बन्ध आज का नहीं, बहुत पुराना है। यदि विकास को सजा नहीं होती तो आज वह उसके बच्चों की मां होती। गौरी विकास पर अपना वही अधिकार जमा लेना चाहती थी, जो पहले था। वही नहीं दुर्गाप्रसाद भी अब ऐसे होनहार संगीतकार को अपना दामाद बनाने के लिए कुछ भी करने को तैयार थे। गौरी के कहने पर वह आराम करने के बहाने दौरे के बाद मसूरी जाने को तैयार हो चुके थे।

* * *

तीन मास पूरे होने को आए तो वंदना विकास के दौरे की सूची के अनुसार मसूरी पहुंच गई, ताकि विकास के आने से पहले ही विकास के घर की रही-सही कमी भी पूरी कर दे। अंजू के बंगले पर पहुंचकर वन्दना नहाने-धोने तथा खाने-पीने के बाद विकास के घर चलने ही वाली थी कि तभी शबनम के नाम अंजू को पत्र प्राप्त हुआ। अंजू ने पत्र वन्दना को थमा दिया। वन्दना ने अंजू के सामने ही पत्र ऊंची आवाज में पढ़ना आरम्भ कर दिया। विकास ने बम्बई पहुंचते ही पत्र लिखा था। सूची के अनुसार बम्बई में उसका प्रोग्राम पूरे एक सप्ताह का था, परन्तु उसने लिखा था कि उसका प्रोग्राम एक सप्ताह के बजाय पांच दिन कर दिया गया है,

99

इसलिए वह छठे दिन रात नौ बजे उन्नीस डाउन देहरादून एक्सप्रेस द्वारा दिल्ली से होता हुआ देहरादून पहुंचेगा। यह रेलगाड़ी पूरे पैंतालीस घण्टे पच्चीस मिनट बाद शाम को पांच बजकर चालीस मिनट पर देहरादून पहुंचती है। वन्दना ने समय पर ध्यान दिया तो चौंक गई। अरे! विकास तो अगले दिन ही मसूरी पहुंच जाएगा। इस समय वह ट्रेन में यात्रा कर रहा है। प्रसन्नता से वन्दना का दिल उछल पड़ा। अच्छा हुआ, जो वह आज ही यहां पहुंच गई, वरना उसे विकास का घर ठीक करने का अवसर न मिलता। अब? समय तो बहुत कम है और काम अधिक। उसने चिंतित होकर अंजू को देखा।

'घबरा मत।' अंजू ने वन्दना की चिन्ता का अनुमान लगाते हुए कहा, 'विकास के घर की सफाई मैंने कल ही कराई है। तुझे अब उसके घर पर केवल अन्तिम दृष्टि डालनी है।'

वन्दना मुस्करा दी। अंजू ने विकास के घर की चाभी ली। फिर दोनों सखियां विकास के घर की ओर चल पड़ीं। ताला खोलकर जब वन्दना अंजू के साथ घर में प्रविष्ट हुई तो वहां का नक्शा ही बदला पाया। अन्दर की दीवारें छत सहित नए रंग में रंगी हुई थीं। खिड़की तथा दरवाजे भी अन्दर से देखने में बिल्कुल नए लग रहे थे। विकास को अचम्भे में डालने के लिए केवल घर के अन्दर ही यह सारा परिवर्तन किया गया था। पहले कमरे में दीवार से सटा नया गद्देदार पलंग था। एक ओर बड़ी खिड़की के समीप छोटा सोफासेट था, जिसके बीच शीशे की एक सुन्दर मेज रखी थी। एक कोने में नई मेज-कुर्सी रखी थी। मेज पर गैस जैसा प्रकाश उत्पन्न करने वाला लैंप था। कमरे में एक किनारे स्टील कबर्ड भी था। वन्दना ने कृतज्ञ होकर अंजू को देखा। अंजू ने उसके लिए कितना कष्ट उठाया था।

अंजू मुस्कराती हुई कबर्ड की ओर बढ़ी। बोली, 'पलंग की चादरें, परदे, तौलिए आदि, जो तूने खरीदे थे, मैंने इसी में रख दिए हैं।' उसने कबर्ड खोल दिया।

वन्दना ने देखा, कबर्ड में उसके खरीदे कपड़ों के साथ विकास के धुले हुए कपड़े भी हैंगर में टंगे हुए थे।

वन्दना अन्दर के कमरे में गई। यह कमरा भी बिल्कुल नया लग रहा था। नए छोटे-छोटे बर्तन, शेविंग सेट, साबुनदानी में नया साबुन, नल के नीचे एक नई बाल्टी। विकास की आवश्यकताएं पूरी करने के लिए अब घर में सभी वस्तुएं थीं। उसने अपनी इच्छानुसार पलंग पर चादर बिछा दी, दरवाजों तथा खिड़कियों पर परदे भी टांग दिए। फिर भी उसके खयाल में कमरे में कुछेक कमियां रह गई थीं, जिन्हें पूरा करने के लिए वह बाजार चली गई।

वन्दना ने बाजार से कुछेक सजाने योग्य अच्छी वस्तुएं खरीदीं। एक सुन्दर गुलदान भी खरीदा। सोचा, विकास अगले दिन शाम डूबने के बाद ही मसूरी पहुंचेगा, इसलिए वह कल शाम को ही इस गुलदान में ताजा फूल लगाएगी। दुकान में उसे भगवान की मूर्ति दिखाई पड़ी तो उसने उसे भी खरीद लिया। जिस घर में भगवान का कोई रूप न हो, वह घर ही क्या है? उसने मूर्ति खरीदी तो अगरबत्तियों के कुछेक पैकेट, एक दीपक तथा माचिस भी खरीद ली।

दीपक जलाने के लिए उसने देशी घी का एक डिब्बा तथा बत्ती भी खरीद ली। फिर एक दुकान में उसे स्टिकर्स नजर आए। वन्दना को याद आया कि उसने विकास के वायलिन पर दो कलियों का एक स्टिकर चिपका रखा है। उसने सोचा, उसके दिल की वह कली अब कली कहां रही, वह तो फूल बन चुकी है। क्यों न विकास के वायलिन पर अब वह दो फूलों का स्टिकर चिपका दे, उसने दो फूलों का एक स्टिकर खरीद लिया। फिर वह विकास के घर पहुंची। गुलदान पलंग से लगी साइड टेबल पर रख दिया। उसी की दराज में स्टिकर भी रख दिया। फिर एक ताक में उसने भगवान की मूर्ति रखी। घी का डिब्बा ताक के कोने में रख दिया। सब-कुछ ठीक-ठाक करके वह अंजू के बंगले की ओर चल पड़ी।

वह रात अगले दिन की प्रतीक्षा में वन्दना ने किस प्रकार बिताई, यह उसी का दिल जानता था। शायद कोई नई-नवेली दुल्हन को भी सुहागरात में इतनी तड़प के साथ अपने पति की प्रतीक्षा नहीं होती होगी, जितनी तड़प के साथ वन्दना विकास की प्रतीक्षा कर रही थी। उसे शबनम बनकर ही विकास से मिलना था, फिर भी उसे बहुत खुशी थी कि उसका विकास आ रहा है।

रात में देर से सोने के बावजूद वंदना सुबह जल्दी उठ गई। फिर नहाते-धोते, नाश्ता करते तथा नाश्ते के बाद अंजू के साथ उसके क्लीनिक का चक्कर लगाते हुए जितना भी समय बीता, उसमें वन्दना के दिल की बेकरारी बढ़ती ही गई। समय मानो अपने स्थान पर स्थिर हो गया था। बेचैनी के साथ शाम की प्रतीक्षा में वह कभी लॉन में टहलने लगती तो कभी किसी किताब को पढ़ने लगती, परन्तु किसी भी चीज में उसका मन नहीं लग रहा था और ऐसा लग रहा था, शाम होते-होते वह विकास के लिए दीवानी हो जाएगी और विकास के आते ही उससे लिपट जाएगी। विकास के आने पर क्या वास्तव में तो ऐसा नहीं हो जाएगा? वन्दना ने जब विकास से मिलने के लिए अपनी अधीरता परखी तो उसे यह लगा कि विकास को देखकर उसके लिए स्वयं पर काबू पाना वास्तव में कठिन हो जाएगा।

किसी प्रकार शाम हुई तो वन्दना बाजार गई। बाजार से उसने सुन्दर फूलों का गुच्छा खरीदा। फिर विकास के घर जाकर उसने गुलदान में पानी डालने के बाद फूल सजा दिए। उसने लैंप जलाया तो घर की रौनक बढ़ गई। उसने घड़ी देखी। पांच बजकर चालीस मिनट हुए थे। वन्दना के दिल की धड़कन तेज हो गई। विकास की गाड़ी देहरादून स्टेशन पर पहुंच गई होगी। वह अब प्लेटफार्म पर उतरा होगा, कुली द्वारा अपना सामान बाहर ले जा रहा होगा। शायद उसने बस के बजाए टैक्सी से मसूरी पहुंचना पसन्द किया होगा, जैसे-जैसे समय बीतता जा रहा था, वन्दना घड़ी देखती हुई विकास की क्रियाओं का अनुमान लगाती जा रही थी। वन्दना देहरादून जाकर स्टेशन पर ही विकास का स्वागत करना चाहती थी; परन्तु इसलिए नहीं जा सकी, क्योंकि अंजू को डॉक्टरों की एक सभा में शामिल होना था। इस समय अंजू सभा में ही गई हुई थी। अंजू के बिना वन्दना इतने दिनों बाद विकास से अकेले मिलने को कदापि तैयार

नहीं थी। इतने दिनों बाद विकास को देखकर उसका दिल काबू से बाहर हो जाता तो कुछ भी हो सकता था। उसका भेद खुल जाता तो फिर सारा बना-बनाया खेल बिगड़ जाता। वन्दना को इस बात का पूरा विश्वास था कि यदि विकास ने अपनी शबनम को प्यार किया होगा, उसका दिल गौरी की ओर नहीं झुका होगा, तो तीन मास की दूरी ने उसके दिल को शबनम के लिए निश्चय ही दीवाना बना दिया होगा। उसे इतने दिनों बाद देखकर वह स्वयं भी तो उसे अपनी छाती में समा लेने को तड़प उठेगा। वन्दना विकास के अन्दर ऐसी ही तड़प देखना चाहती थी, ताकि जब विकास को उसका भेद मालूम हो तो वह उसे ठुकराने के बजाए अपनी छाती से लगा ले और यह तभी हो सकता था, जब वन्दना अपने आप पर काबू रख पाती और अपने आप पर वह तभी काबू रख सकती थी, जब अंजू उसके साथ सहारा बनी रहे। यही कारण था कि वह देहरादून नहीं गई थी।

विकास के घर में लैंप का प्रकाश मद्धिम करके उसने द्वार पर बाहर से ताला लगाया और फिर अंजू के बंगले पर पहुंच गई। साढ़े छः बजे अंजू की सभा समाप्त हुई तो वह भी आ गई।

विकास के स्वागत के लिए दोनों बन-संवरकर तैयार हुईं। फिर वन्दना ने बुर्का लिया। अंजू के साथ वह फिर विकास के घर की ओर बढ़ गई, ताकि उधर से ही उस अड्डे पर चली जाए, जहां देहरादून से बसें तथा टैक्सियां आकर सवारियां उतारती हैं।

विकास के घर पहुंचकर वन्दना ने लैंप तेज किया तो प्रकाश में अंजू कमरे की शोभा देखती ही रह गई। वन्दना ने डिब्बे से घी निकालकर दीपक में डाला। फिर भगवान की मूर्ति के सामने दीपक रखा। दीपक तथा अगरबत्तियां जलाईं। फिर भगवान को प्रणाम करते हुए विकास की उन्नति, सुख-शांति तथा प्रसन्नताओं की प्रार्थना की। अपने प्यार की सफलता की कामना भी की। बुर्का पहना। लैंप का प्रकाश मद्धिम किया। फिर दोनों घर के द्वार पर ताला लगाकर कुलरी बाजार की ओर बढ़ गईं।

कुलरी बाजार में यात्रियों की भीड़ प्रतिदिन जैसी ही थी, परन्तु भीड़-भाड़ से विमुख वन्दना बार-बार घड़ी देख रही थी, कहीं विकास आकर निकल न जाए। अंजू उसे समझा रही थी, विकास आठ बजे से पहले तो किसी भी स्थिति में मसूरी नहीं पहुंच सकता। वंदना का दिन तब भी नहीं मान रहा था। दिल धड़कता ही जा रहा था। दिल की ये धड़कनें कैसी थीं? दिल विकास के आने की प्रसन्नता में धड़क रहा था या कोई और बात होने वाली थी? बिल्कुल इसी प्रकार उसका दिल उस समय भी धड़का था, जब विकास दिल्ली जा रहा था और जब वह विकास का प्रोग्राम सुनने के लिए दिल्ली पहुंची थी तो गौरी को देखकर उसे अपने दिल की धड़कनों का कारण ज्ञात हो गया था, परन्तु इस बार उसका दिल ऐसे क्यों धड़क रहा है? अंजू वंदना की बेचैनी देखकर उसे आठ बजे से पहले ही बस अड्डे पर ले आई। वंदना को तब भी चैन नहीं मिला। जैसे-जैसे वह विकास के आने की घड़ी समीप महसूस कर रही थी, वैसे-वैसे उसके दिल की धड़कन और तेज होती जा रही थी। हर आने

वाली टैक्सी तथा बस पर उसकी दृष्टि चौंककर उठ जाती थी। फिर हर यात्री को वह घूर-घूरकर देखती, इस बात का विश्वास होते हुए भी कि विकास स्वयं ही उसे यहां ढूंढ़ने का प्रयत्न करेगा।

अचानक कुछ दूरी पर एक टैक्सी आकर रुकी। टैक्सी के अंदर, अगली सीट पर, ड्राइवर के बगल में एक जानी-पहचानी सूरत थी। वंदना की सांस जहां की तहां अटक गई। दुर्गाप्रसाद और यहां? एक ही दृष्टि में वंदना दुर्गाप्रसाद को पहचान गई। पहचानती भी क्यों नहीं? आखिर वह उसकी सौत के ही तो पिता थे। सौत? वंदना ने प्यार की दीवानगी में कुछ ऐसा ही सोचा। फिर उसने पिछली सीट पर बैठे यात्रियों को देखना चाहा। तभी टैक्सी का पिछला द्वार खोलकर विकास बाहर निकला। दूसरी ओर से गौरी भी निकली। वंदना का गला सूखने लगा। उसे तुरंत ज्ञात हो गया कि उसका दिल किसी अज्ञात भय से क्यों धड़क रहा था? विकास ने गौरी को यहां लाकर उसके अरमानों का खून ही नहीं किया था, उसके प्यार उसके विश्वास का अपमान कर दिया था। वंदना का मन किया कि वह वहां से भाग जाए, वरना दिल की धड़कन अपनी चरम सीमा पर पहुंचकर सदा के लिए रुक जाएगी। शायद वह भाग भी जाती, परंतु तभी अंजू ने उसका हाथ पकड़कर कहा, 'ले, वह आ गया, परंतु धीरज से काम लेना। गले मत लिपट जाना।' अंजू दुर्गाप्रसाद तथा गौरी को नहीं पहचानती थी। उसने सोचा, 'टैक्सी लेते हुए इन यात्रियों का साथ विकास से हो गया होगा।'

अंजू की बात सुनकर वंदना की आंखें छलक आईं। उसकी भोली-भाली सहेली क्या जाने कि यही तो है वह नर्तकी, जिसने उसका सुख-चैन छीन रखा है। उसकी प्रसन्नताओं पर भय बनकर छाई हुई है। उसने उसका हाथ छुड़ाकर वहां से चले जाना चाहा। अब उसका यहां क्या काम? कितनी बेचैनी, कितनी बेसब्री, कितनी तड़प के साथ वह इस क्षण की प्रतीक्षा कर रही थी और जब वह क्षण आ गया तो...तो...वंदना के होंठों पर सिसकी कांप गई, तभी विकास की दृष्टि अंजू पर पड़ गई। वह लपककर वंदना के सामने चला आया। अंजू को देखते ही वह समझ गया था कि बुर्के में उसके साथ शबनम ही है। विकास के सामने आते ही वन्दना के कदम मानो धरती में धंस गए।

'शबनमजी...शबनमजी!' प्रसन्नता की अधिकता से विकास की समझ में नहीं आया कि वह क्या कहे। फिर भी उसने कहा, 'मुझे विश्वास था, आप मुझे अवश्य यहां मिलेंगी। कैसी हैं आप?'

'यह शबनम नहीं, मेरी दूसरी सहेली है।' अंजू ने मजाक किया।

'नहीं-नहीं, ऐसा मत कहिए। ऐसा कैसे हो सकता है?' विकास ने तुरंत कहा, 'मैं तो इनके हाथ, इनकी उंगलियां देखकर ही बता सकता हूं कि यह कोई और नहीं, शबनमजी ही हैं।'

वन्दना के दिल की जलन पर विकास ने मानो मरहम लगा दिया।

तभी वहां गौरी भी आ गई। दुर्गाप्रसाद टैक्सी से सामान उतरवा रहे थे। गौरी ने वन्दना पर ध्यान नहीं दिया, परन्तु अंजू को अवश्य सन्देह की दृष्टि से देखने लगी। अंजू ने भी उसे सन्देह की दृष्टि से देखा। विकास ने तुरंत तीनों को आपस में परिचय कराया। वन्दना तथा अंजू की ओर संकेत करते हुए उसने गौरी से कहा, 'यह शबनमजी हैं जिनकी कृपा के कारण मुझे एक नया जीवन मिला है। और यह अंजू बहन हैं, शबनमजी की सहेली।'

अंजू बहन? शब्द पर गौरी ने ध्यान दिया तो उसका संदेह दूर हो गया। उसने वन्दना की ओर देखा। शबनम? उसने यह नाम मन ही मन दोहराया। शबनम उसकी दृष्टि में मुस्लिम लड़की थी। उससे उसे कोई भय नहीं लगा; परन्तु वह सोचे बिना न रह सकी कि विकास ने शबनम को शबनम बहन क्यों नहीं कहा।

'और यह -' विकास ने गौरी की ओर संकेत करते हुए वन्दना तथा अंजू से कहा, 'भारत की विख्यात नर्तकी गौरी हैं।'

गौरी? अंजू ने नाम सुना तो चौंक गई। वन्दना उसे गौरी के विषय में पत्र द्वारा और फिर जबानी भी सब कुछ बता चुकी थी। अंजू को गौरी से मिलकर जरा भी प्रसन्नता नहीं हुई; परन्तु जब गौरी ने हाथ जोड़कर उन दोनों को नमस्ते की तो उन दोनों ने भी नमस्ते के लिए हाथ उठा दिए।

'मैं आप लोगों का आभारी हूं, जो आप यहां आईं। विकास ने वन्दना तथा अंजू से कहा 'परन्तु आप दोनों को जरा कष्ट होगा, क्योंकि पहले मुझे इनके लिए किसी होटल में कमरा बुक कराना है। उसके बाद ही मैं खाली हो सकूंगा।' विकास ने गौरी की ओर संकेत किया।

'मैं फिर कह रही हूं कि हमें होटल की कोई जरूरत नहीं है।' गौरी ने कहा, 'हम जैसे-तैसे आज की रात तुम्हारे घर में बसर कर लेंगे। फिर कल दो चारपाइयां और खरीद लेंगे। तुम्हें चिन्ता करने की जरूरत नहीं।' गौरी ने अपना अधिकार जताया।

'और मैं भी फिर कह रहा हूं कि मेरा घर एक पुरानी कुटिया से कम नहीं है, जहां मेरी एक टूटी-फूटी खटिया है। जहां बिजली नहीं है और जहां कभी-कभी समय से नल में पानी तक नहीं आता।' विकास ने कुछ खिसियाकर कहा। वन्दना तथा अंजू के सामने उसे गौरी की वह बात अच्छी नहीं लगी थी।

'आओ, चलो अंजू!' वन्दना ने कांपते स्वर में कहा। वह अधिक वहां नहीं रुक सकी। पलटी। फिर जब अपने रास्ते की ओर बढ़ी तो अंजू भी उसके साथ चल पड़ी।

विकास वन्दना तथा अंजू को पुकारता-पुकारता रह गया। वन्दना की मनःस्थिति का उसे अनुमान हो चुका था। निश्चय ही शबनम उसे प्यार करती है, तभी तो उसके साथ दूसरी लड़की देखकर वह अपने दिल पर काबू नहीं रख सकी और कांपते स्वर का दर्द लिए बेरुखी दिखाकर चली गई। यह उसने क्या कर दिया? क्यों अपनी शबनम का दिल तोड़ दिया? जिस देवी ने उस पर इतनी कृपाएं कीं, उसके लिए असंभव को संभव बना दिया, उसी के दिल को उसने ठेस

पहुंचा दी? उसका मन हुआ, शबनम के पीछे दौड़ जाए। उससे क्षमा मांग ले और उसे इसी समय बता दे कि वह उसे प्यार करता है। उसने अपने जीवन में जो भी सफलता पाई है, अपने से अधिक उसी के लिए पाई है। विकास शायद वन्दना के पीछे दौड़ भी पड़ता, परन्तु तभी दुर्गाप्रसाद का स्वर सुनकर वह चौंक गया।

'चलना नहीं है क्या?' दुर्गाप्रसाद उसके समीप ही अपना सितार थामे कह रहे थे।

विकास ने देखा, कुली सारा सामान उठा चुके थे। वह उन लोगों से बातें करने लगा, जो होटलों का कार्ड लिए ग्राहकों को अपने होटल में ठहराने का काम किया करते हैं। गौरी बिल्कुल गम्भीर थी। उसे शबनम का व्यवहार बड़ा विचित्र लगा था। यदि विकास ने अंजू को 'अंजू बहन' नहीं कहा होता तो वह उसके तथा विकास के सम्बन्ध पर सन्देह कर सकती थी, परन्तु अब वह शबनम पर सन्देह कर रही थी। क्या हुआ यदि शबनम मुसलमान लड़की है! प्यार करने वाले धर्म की चिन्ता नहीं करते। वंदना ने जिस ढंग से रुष्टता प्रकट की थी, वह गौरी को सन्देह में डालने के लिए बहुत थी।

बम्बई में विकास को गौरी तथा दुर्गाप्रसाद के मसूरी चलने का प्रोग्राम तब मालूम हुआ था, जब वह वर्दना को पत्र लिख चुका था। वह उसके मसूरी आने पर जरा भी आपत्ति नहीं कर सकता था। तीन मास का दौरा करने के बाद वे भी शांति के साथ कुछ दिन आराम कर लेना चाहते थे।

विकास ने दुर्गाप्रसाद तथा गौरी को एक होटल में ठहराया जो गौरी को पसन्द नहीं आया। उसका वश चलता तो अपने पिता को होटल में छोड़कर वह विकास के साथ उसके घर में ठहरने चली जाती। विकास को अब वह एक क्षण भी अकेले छोड़ना खतरे से खाली नहीं समझती थी। उसे विश्वास होने लगा था कि विकास आज रात ही शबनम से मिलने अवश्य जाएगा। शबनम ने विकास के साथ जैसा व्यवहार किया था पूरे अधिकार के साथ किया था। विकास के साथ शबनम का क्या सम्बन्ध है, यह वह जल्द से जल्द जान लेना चाहती थी।

विकास कुली के साथ अपने घर पहुंचा। खिड़की द्वारा बहुत हल्का प्रकाश बाहर झलक रहा था। उसने सोचा, शायद अंजू और शबनम उसकी प्रतीक्षा उसके घर में बैठी कर रही हों। खिड़की पर परदा कुछ सरका हुआ था जिस पर विकास ने ध्यान नहीं दिया। वह दरवाजों पर आया। दरवाजे पर वही ताला लगा था जो वह यहां से जाते समय लगाकर गया था तथा जिसकी एक चाभी शबनम के पास थी। उसे निराशा हुई। उसने कुली को पैसे देकर विदा किया और सूटकेस से चाभी निकालकर ताला खोला। अन्दर प्रविष्ट हुआ तो झालरदार परदों से टकराया। साथ ही अन्दर दृष्टि पड़ी तो चौंक गया। किसी और के घर में तो वह नहीं आ गया है? परन्तु इस सुनसान पहाड़ी पर केवल एक ही मकान था - उसी का। उसने एक परदे को हाथ में लेकर देखा। फिर आगे बढ़ गया। कमरे में अगरबत्ती की सुगन्ध बसी हुई थी। एक ओर भगवान की मूर्ति के सामने दीपक जल रहा था। भगवान की मूर्ति? इस घर में? विकास को

कुछ समझ में नहीं आया। उसने जलते हुए लैंप को देखा। लपककर वह लैंप के पास चला आया। उसने बत्ती ऊंची की। लैम्प के प्रकाश में कमरे की हर वस्तु चमक उठी। उसने कमरे की दीवारें, छत, फर्नीचर तथा अन्य वस्तुएं देखीं। कोई भी वस्तु उसकी अपनी नहीं थी। अचानक उसका दिल बहुत जोर से धड़का। उसे याद आया कि इस घर की एक चाभी उसने शबनम को भी दे रखी है। तो क्या... तो क्या...दिल में प्रश्न उठने से पहले ही विकास को ज्ञात हो गया कि उसके घर का यह परिवर्तन उसकी शबनम ने ही किया है। प्रसन्नता से विभोर होकर उसका दिल उछल पड़ा और पुनः वह भगवान की मूर्ति के पास जाकर खड़ा हो गया। उसने जलते दीपक को भी देखा, अगरबत्तियों पर भी दृष्टि डाली। उसने सोचा, शबनम एक मुसलमान लड़की है, फिर उसने एक मूर्ति को हाथ कैसे लगाया? विकास के अन्तःकरण ने उसे बता दिया कि ये अगरबत्तियां, यह दीपक शबनम के हाथों ने ही जलाया है। उसने तुरन्त श्रद्धा अर्पित करने के लिए भगवान के सामने हाथ जोड़ते हुए आंखें बन्द कर लीं। सिर झुकाकर उसने कहा, 'भगवान, मेरा तो तुझ पर से विश्वास ही हट गया था, परन्तु आज एक मुसलमान लड़की ने मेरे दिल में तेरी ज्योति फिर जला दी है। भगवान, तू तो जानता ही है मैं शबनम को कितना अधिक प्यार करता हूं। उसके दिल में मेरे लिए, मेरे जैसा ही प्यार भर देना। उसकी मानी हुई मन्नत जल्द ही पूरी कर दे, ताकि मैं उसे देख सकूं। आज वह मुझसे नाराज होकर चली गई। कैसे उससे क्षमा मांगूं भगवान? कैसे उसे बुलाऊं?'

अचानक विकास को मानो उसकी प्रार्थना का उत्तर मिल गया। दिल में एक विचार उभर आया। क्यों न वह पहले दिनों की तरह अपना वायलिन बजाए! शबनम अवश्य ही उससे नाराज होकर गई है, परंतु यदि उसके संगीत में जादू होगा तो शबनम अवश्य यहां तक खिंचती चली आएगी और वह भगवान की मूर्ति के आगे हाथ जोड़कर प्रार्थना करने लगा कि शबनम उसकी धुन सुनकर अवश्य ही वहां चली आए।

* * *

चारों ओर रात का सन्नाटा छाया हुआ था। चांदनी छिटकी हुई थी। वंदना बंगले के लॉन में रेलिंग के सहारे गुमसुम खड़ी देहरादून की बत्तियों को देख रही थी। उसका दिल रो रहा था। विकास गौरी को यहां क्यों लाया? क्या सम्बन्ध है उसका उस नर्तकी के साथ? क्यों वह नर्तकी विकास के घर में ही ठहरना चाहती थी? क्यों वह विकास पर अपना पूरा अधिकार दिखा रही थी? ये बातें सोच-सोचकर उसके दिल में टीसें उठ रही थीं। उसे ज्ञात होता कि उसके साथ वह नर्तकी भी आएगी तो विकास का स्वागत करने वह कभी अड्डे पर न जाती। कितने अरमानों के साथ वह उसकी प्रतीक्षा कर रही थी! क्या यही उसके प्यार, उसके प्रायश्चित्त का परिणाम है? वह अपने प्रायश्चित्त से सन्तुष्ट होने को तैयार थी, परन्तु प्यार, अपने प्यार से कैसे सन्तुष्ट होगी, वह स्वयं नहीं जानती थी।

106

सहसा रात के सन्नाटे में वायलिन की धुन गूंजी। बर्फ पर मानो कोई गर्म छुरी रखकर दबा रहा था। धुन वंदना के दिल में धंसती चली गई। वह वही धुन थी, जो वन्दना को बहुत प्यारी थी। उस धुन के सहारे मानो विकास उसी को पुकार रहा था शबनम...शबनम...शबनम! वंदना के होंठ कांप गए - विकास! धुन ने वंदना के दिल की डोर थाम ली। उसे अपनी ओर खींचने लगी तो वंदना स्वयं पर काबू न रख सकी। उसके पैर धुन की ओर अपने आप ही उठ गए।

तभी कुछ दूर खड़ी अंजू ने लपककर उसका हाथ पकड़ लिया। 'ठहर, मैं भी चल रही हूं।'

वंदना रुक गई। अंजू बंगले के अन्दर गई। बुर्का लिया। वापस आई। वंदना को बुर्का थमाती हुई बोली, 'चल, परन्तु वहां पहुंचकर धीरज से काम लेना। अभी उस पर अपना भेद प्रकट करने का समय नहीं आया।'

वंदना ने कुछ नहीं कहा। चलते-चलते उसने इधर-उधर देखा, फिर बुर्का पहन लिया। जब दोनो विकास के घर पहुंचीं तो वह उसी प्रकार संगीत के संसार में खोया हुआ था। उन्हें देखते ही उसने अपना संगीत रोक दिया। हल्के कदमों से चलता हुआ वह वंदना के समीप आया। बोला, 'आज वर्षों बाद भगवान से कुछ मांगा था और वह मिल गया। आप नहीं आतीं तो सारी रात मुझे नींद नहीं आती। आप मुझसे नाराज हैं क्या?'

'क्यों नहीं नाराज होंगी?' वंदना के बजाए अंजू ने कहा, कृत्रिम क्रोध प्रकट करते हुए, 'आपको उस नर्तकी को यहां लाने की क्या आवश्यकता थी?'

'मसूरी मेरी निजी सम्पत्ति होती तो मेरा विश्वास कीजिए उसे उस क्षेत्र में पैर भी नहीं रखने देता।' विकास ने सच्चे मन से कहा! फिर उसने अपने अतीत का विषय लेकर गौरी की कहानी सुना दी। अन्त में उसने कहा, 'शबनम जी यदि मुझमें आपके संगीतमय सपने पूरे करने की दीवानगी नहीं होती तो मेरा विश्वास कीजिए, मैं दुर्गाप्रसाद के साथ कभी इस दौरे पर नहीं जाता।'

'मेरे सपने?' वन्दना ने आश्चर्य से पूछा।

'जी हां। मेरे सपने ही तो आपके सपने हैं। क्या आप नहीं चाहतीं कि मैं संगीत के संसार में उन्नति करूं?'

'ओह!' वंदना मुस्करा दी। विकास ने ठीक ही कहा था। उसके सपने विकास के हैं, विकास के सपने उसके अपने हैं। इन सपनों को पूरा करने के लिए ही तो विकास ने संगीत का यह दौरा स्वीकार किया था, जिससे वह आज ही वापस लौटा है। वंदना को मानो सब कुछ मिल गया।

अंजू ने पूछा, 'नर्तकी कब तक मसूरी में ठहरेगी?'

'कुछ पता नहीं।' विकास ने कहा, 'परन्तु मेरा विश्वास कीजिए, उसे अब अधिक दिन यहां रहने की आवश्यकता नहीं पड़ेगी। मैं कल ही उसे स्पष्ट शब्दों में बता दूंगा कि वह मुझसे कोई आशा न रखे। मैं उसे कभी प्यार नहीं कर सकता। प्यार करने का प्रश्न ही नहीं उठता,

क्योंकि मैं शबनम...शबनमजी को...मेरा मतलब...' प्यार के वेग में विकास के दिल का भेद लावा बनकर बाहर आ जाना चाहता था कि तभी अपनी बात पर ध्यान देकर वह चौंक गया।

'शबनमजी को?' अंजू ने विकास के मन की बात जानते हुए पूछा।

'प्यार करता हूं।' विकास भी अब बात नहीं छिपा सका तो दिल का भेद प्रकट कर दिया। उसने वंदना की ओर देखा, लेकिन वंदना के मुखड़े पर बुर्के के अन्दर क्या प्रतिक्रिया हुई, वह नहीं जान सका।

वंदना ने विकास की बात सुनी तो मानो आकाश में झूल गई। आखिर विकास ने अपने दिल की बात उससे कह ही दी। इस बात का उसे पहले से ही अहसास था, परन्तु जब उसने विकास के होंठों से ऐसी बात सुनी तो बुर्के के अन्दर उसका मुखड़ा लाज के मारे गुलाबी हो गया। आंखों की चमक चांदनी बन गई। होंठ मुस्कराए। उसकी समझ में नहीं आया कि वह विकास से क्या कहे। उसने अंजू की ओर देखा। वह होंठों को दबाए मुस्करा रही थी। वंदना की प्रसन्नता उसकी प्रसन्नता बन गई थी।

'शबनमजी...' विकास ने वंदना को खामोश देखा तो कुछ समझ नहीं सका कि उसने अपने दिल का भेद प्रकट करके ठीक किया या गलत। वह वंदना के और समीप आया। उसने वंदना की आंखों में झांकने का प्रयत्न करते हुए कहा, 'शबनमजी, यदि आपके दिल को मेरी बात सुनकर ठेस पहुंची हो तो मुझे क्षमा कर दीजिएगा परन्तु मुझसे प्यार करने का अधिकार मत छीनिएगा, क्योंकि मैं अपने दिल में किसी को भी वह स्थान नहीं दे सकता, जो आपको दे चुका हूं।' विकास का स्वर बहुत गम्भीर था।

वंदना के कानों में शहद टपक गया था। उसका मन चाहता था कि विकास इसी प्रकार प्यार-भरी बातें करता रहे और वह सुनती रहे, यह रात कभी खत्म न हो, समय अपने स्थान पर रुक जाए; परन्तु इतनी सारी प्रसन्नता वह संभाल नहीं सकी और तुरन्त ही चौकड़ियां भारती वहां से भाग गई।

विकास कुछ समझा नहीं। उसने अंजू की ओर देखा, मानो पूछना चाहता हो कि उसकी बात सुनकर वंदना ने बुरा तो नहीं मान लिया?

'घबराइए नहीं।' अंजू ने मुस्कराते हुए उसकी चिंता दूर की, 'वह तो आपको बहुत समय से प्यार करती आ रही है।'

'जी?' विकास बौखला गया।

'जी।' अंजू ने शब्द पर जोर देकर कहा और वंदना के पीछे जाने के लिए उसने कदम उठाए। फिर बोली, 'गुड नाइट!'

विकास अब तक बौखलाया हुआ था। वह अंजू को 'गुड नाइट' भी नहीं कह सका। अंजू वंदना के पीछे लपक गई।

* * *

अगली सुबह विकास गौरी के पास होटल पहुंचा। गौरी बन संवरकर उसी की प्रतीक्षा कर रही थी। विकास ने तय कर रखा था कि वह अपने दिल की बात गौरी को बता देगा। वह बात कहने के लिए उसने उसे किसी रेस्तरां में ले जाना चाहा, परन्तु गौरी उसके लिए तैयार नहीं हुई। वह सीधे उसके घर चलने की जिद करने लगी। पिछली रात विकास के जाने के बाद वह बहुत देर तक शबनम के विषय में सोचती रही थी। नारी के मन में सन्देह का बीज पड़ जाए तो वह फूटकर ही रहता है। उसने तय कर लिया था कि विकास के गले में अपनी बांहों की माला अब वह इस प्रकार पहनाएगी कि वह उसे अलग ही नहीं कर सकेगा।

विकास को गौरी की जिद पर उसे अपने घर ले ही जाना पड़ा। उसने सोचा, वह अपने घर में गौरी से खुलकर बातें कर लेगा। अपने घर में बातें करना उसने अधिक सुरक्षित भी समझा। जाने गौरी पर उसकी बातों की क्या प्रतिक्रिया हो? उसके दिल की बात जानकर गौरी तड़पकर रो सकती थी, क्रोध में घायल नागिन बनकर फुंकार सकती थी। प्यार में ठुकराई स्त्री का क्या भरोसा? रेस्तरां में ऐसा होता तो अच्छा खासा तमाशा बन जाता।

गौरी विकास के घर में प्रविष्ट हुई तो उसकी आंखें फटी की फटी रह गईं। घर की सजावट में निश्चय ही किसी स्त्री का हाथ था। फिर विकास तो पिछली रात ही अपने घर पहुंचा था और वह भी तीन मास बाद। घर की सफाई आज एकदम से इस प्रकार कैसे हो सकती थी? उसने कहा, 'तुम तो कह रहे थे कि तुम्हारा घर किसी कुटिया से कम नहीं है, परन्तु यह तो...'

'यह सारी कृपा शबनमजी की है।' विकास को अपना विषय छेड़ने का अवसर मिल गया, 'मेरे जाने के बाद उन्होंने मुझे बिना बताए ही इस घर का नक्शा बदल दिया।'

शबनम? गौरी ने सोचा, फिर वही शबनम? उसने पूछा, 'बिना बताए ही?'

'हां।' विकास ने कहा, 'उन्हें मुझ पर वह अधिकार है, जो किसी और को नहीं। जो कुछ भी मैं आज हूं, केवल उन्हीं के कारण हूं।'

'क्या?' गौरी चौंक गई। दिल को बहुत जोर का धक्का लगा।

'हां।' विकास ने कहा, 'वह मुझसे प्यार करती हैं और मैं उन्हें। इसीलिए मैंने अपने जीवन पर उन्हें पूरा अधिकार दे रखा है।'

गौरी को विकास की बात बरछी के समान लगी थी। वह भी एक नारी थी। कभी उसने भी विकास के साथ जीवन बिताने का स्वप्न देखा था। यदि विकास पर हत्या का दोष नहीं लगा होता तो आज वह विकास की पत्नी होती। तब विकास अपने-आप पर किसी पराई लड़की को अधिकार देने वाली बात सोच भी नहीं सकता था। विकास के साथ तीन मास का दौरा करने के बाद उन्हीं सपनों को उसने एक बार फिर देख लिया था। विकास की बात सुनकर उसका दिल टूट गया। होंठ कांप गए। फिर भी उसने कांपते स्वर में कहा, 'नहीं-नहीं विकास, ऐसा मत कहो। मैं यह मानती हूं कि जब तुम पर हत्या का दोष लगा था तो हमारे-तुम्हारे बीच तनाव उत्पन्न हो गया था, परन्तु हमारा तुम्हारा सम्बन्ध इतना कच्चा नहीं था कि टूट जाए। मैं

भी तुम्हें प्यार करती हूं। इसके अतिरिक्त तुम प्यार के जिस रास्ते पर जा रहे हो, वह गलत है। इस राह पर तुम्हारी कोई मंजिल नहीं। क्या कभी तुमने सोचा कि तुम हिन्दू हो और वह मुसलमान? क्या तुम उसके लिए या वह तुम्हारे लिए अपना धर्म बदलने को तैयार हो सकती है?'

'मैंने ऐसे न जाने कितने जोड़े देखे हैं, जो अलग-अलग अपने धर्म की रक्षा करते हुए भी प्यार के संसार में सफल हैं।' विकास अपने प्यार पर अटल था।

'विकास, ओह विकास...' गौरी ने कहना चाहा, परन्तु दिल पर ऐसी चोट लगी थी कि दर्द के कारण होंठ सिसकियां लेकर फड़फड़ा उठे। फूट-फूटकर वह रो पड़ी। अपने नृत्य के जादू द्वारा उसने लोगों के दिल में बस जाना ही सीखा था, दूसरों को स्वयं पर मोहित कर लेना ही सीखा था; परन्तु आज जिसे उसने चाहा, जिसे प्यार किया, वही उसकी कद्र करने से इनकार कर रहा है। गौरी वहीं एक सोफे पर घायल-सी गिरकर बैठ गई। सोफे की बांह पर वह अपना सिर रखकर आंसू बहाने लगी।

विकास वहीं खड़ा चुपचाप गौरी को देखता रहा। गौरी के आंसू उससे देखे नहीं जा रहे थे। यदि उसने शबनम को प्यार नहीं किया होता तो इस समय वह दुर्गाप्रसाद का पिछला दुर्व्यवहार भूलकर गौरी को तुरन्त अपनी बांहों में समा लेता, परन्तु ऐसी स्थिति में वह क्या कर सकता था?' उसने गौरी को अंधकार में न रखने के लिए जो कुछ भी किया था, उचित ही किया था।

कुछ देर बाद गौरी ने अपनी सिसकियों पर काबू किया। अपनी साड़ी के आंचल से उसने अपने आंसू पोंछे। उसने अब यहां ठहरना उचित नहीं समझा। वह उठ खड़ी हुई। एक गहरी सांस ली। फिर बाहर जाने के लिए द्वार की ओर बढ़ गई।

विकास को गौरी पर दया आई। वह कितनी खुशी-खुशी यहां आई थी, फूल-समान मुस्कराती हुई और यहां से जाते समय अब उसे अपनी ही लाश संभालना कठिन हो रहा था। उसने वहीं से खड़े-खड़े पूछा, 'मैं तुम्हें होटल तक छोड़ दूं?'

गौरी के पैर फर्श से चिपक गए। जिसने जीवन के पथ पर उसका साथ छोड़ दिया, उसके साथ वह चार कदम चलकर क्या करेगी? उसने पलटकर भी विकास को नहीं देखा।'

विकास चुपचाप उसी प्रकार खड़ा रह गया। उसने आशा की कि गौरी अपने दिल पर काबू पाने में शीघ्र ही सफलता प्राप्त कर लेगी। एक बार पहले भी वह उससे बिछड़ने के बाद अपने नृत्य में रुचि लेती हुई प्रसन्न थी, इसलिए दोबारा बिछड़कर अपने नृत्य में रुचि लेना उसके लिए कठिन नहीं होगा।

गौरी बेहाल-सी चली जा रही थी। ऊंची-नीची, ऊबड़-खाबड़ पथरीली पगडण्डियों पर चलते-चलते उसके पैर लड़खड़ा जाते थे। उसे मानो कोई होश नहीं था कि वह कहां जा रही है।

वह चलते-चलते भटककर जाने कहां पहुंच गई। आबादी से दूर यह एक सुनसान क्षेत्र था। गौरी मसूरी पहली बार आई थी, इसलिए पहाड़ी रास्तों से अनभिज्ञ थी। वह थक गई तो रुककर उसने अपने चारों ओर का निरीक्षण किया, कुछ ही दूर, सामने की पहाड़ी पर एक अकेला बंगला था। गौरी सोचने लगी, आबादी से दूर इस बंगले में रहने वाले निवासियों का जीवन कितना शांत और सुखी होगा! इन पहाड़ी क्षेत्रों में लोग दूर-दूर से मन की शांति प्राप्त करने आते हैं और एक वह है, जो यहां आकर अपने मन की शांति लुटा बैठी। अचानक बंगले के अन्दर से लॉन में बढ़ती दो छायाओं को देखकर वह ठिठक गई। सुबह की चमकती धूप में उसने छायाओं को ध्यान से देखा तो आंखों पर विश्वास ही नहीं हुआ। बंगले के अन्दर से अंजू तथा वंदना निकली थीं। दोनों मुख्य द्वार की ओर बढ़ रही थीं। गौरी ने दोनों को पहचाना तो कुछ समझ में नहीं आया, 'यह लड़की यहां...और अंजू के साथ...?' गौरी को उन दोनों का साथ भेदभरा लगा। वंदना तथा अंजू मुख्य द्वार से निकलकर चढ़ाई चढ़ती हुई गौरी की ओर ही बढ़ रही थीं। गौरी को उन्होंने नहीं देखा था। गौरी रास्ता छोड़कर एक चट्टान की आड़ में हो गई।

वंदना ने बंगले से कुछ दूर पहुंचकर बुर्का पहन लिया था। दोनों जब गौरी की छिपी दृष्टि के सामने से बातें करती हुई गुजरीं तो वंदना को बुर्का पहने देखकर गौरी सोच में पड़ गई। उसने सोचना चाहा कि रास्ते में वंदना ने अंजू का साथ छोड़ दिया है और शबनम ने साथ पकड़ लिया है; परन्तु ऐसी बात पर उसका दिल विश्वास नहीं कर सका। उसे विकास का प्यार ही भेदभरा जान पड़ा। इस भेद को जान लेने की उसकी उत्सुकता बढ़ी। जिसे वह प्यार करती है, उसके साथ किसी प्रकार का धोखा तो नहीं किया जा रहा? वंदना तथा अंजू दूर निकल गईं तो गौरी उनकी दृष्टि से बचती हुई उनके पीछे-पीछे उसी रास्ते पर चल पड़ी।

वंदना तथा अंजू विकास के घर में प्रविष्ट हुईं। विकास अब तक गौरी के विचारों में तल्लीन था, उसने शबनम को देखा तो सब कुछ भूलकर मुस्करा दिया। बोला, 'कल तो आप दोनों ने मुझे इस असीम कृपा पर धन्यवाद भी देने का अवसर नहीं दिया और चली गईं।' विकास ने हाथ फैलाकर कमरे की सजावट की ओर संकेत किया।

'धन्यवाद मुझे नहीं, इन्हें कहिए।' अंजू ने वंदना की ओर संकेत किया, 'यह सब इन्होंने किया है।'

'शबनमजी...।' विकास ने कृतज्ञ होकर कुछ कहना चाहा।

'शबनमजी नहीं, केवल शबनम!' वंदना ने विकास की बात काटकर कहा। वह जानती थी, विकास क्या कहेगा -वह उसके अहसान से दबने वाली पुरानी बातें। उसने पूछा, 'घर का यह नया रूप पसन्द आया तुम्हें?'

'बहुत अधिक!' विकास ने उत्तर दिया, 'जिस रूप में आपका प्यार समाया हो, उसके पसन्द न आने का प्रश्न ही नहीं उठता।'

वंदना मुस्करा दी। अब विकास को उससे प्यार-भरी बातें करने का पूरा अधिकार था। उसने वायलिन की ओर देखा, जो सोफों के बीच वाली मेज पर रखा था। उसे कुछ याद आ गया। वह पलंग के पास पहुंची। साइड टेबल की दराज खोलकर उसने दो फूलों का स्टिकर निकाला। विकास ने अब तक दराज नहीं खोली थी। उसने स्टिकर को बहुत ध्यान से देखा। वंदना स्टिकर लिए लम्बे सोफे पर आकर बैठ गई। अंजू भी आकर उसके सामने वाले सोफे पर बैठ गई। विकास वहां आकर खड़ा हो गया। वंदना ने सामने मेज पर रखे वायलिन की पेटी खोली। वायलिन निकालकर उसने अपनी गोद में रखा, वायलिन पर चिपके कलियों वाले स्टिकर पर उसने अंगुलियां फेरीं। फिर विकास की ओर देखते हुए पूछा, 'इस स्टिकर को निकालकर यह स्टिकर लगा दूं?' उसने फूल वाले स्टिकर को चिपकाने का संकेत किया।

विकास के कानों में जेल सुपरिटेन्डेंट साहब के शब्द गूंज गए, 'तुम वायलिन पर यह जो स्टिकर देख रहे हो, इसे तुम उस समय वायलिन पर से हटा देना, जब तुम संगीत संसार में वायलिनवादक बनकर एक अच्छा स्थान प्राप्त कर लो।' विकास अब वह स्थान प्राप्त कर चुका था। उसने मुस्कराते हुए कहा, 'बड़ी खुशी से।' विकास के लिए इससे बड़ी और क्या बात हो सकती थी कि शबनम के हाथों लगाए फूल उसके होंठों के समीप रहें!

वंदना ने कलियों वाला स्टिकर निकालना आरम्भ किया; परन्तु स्टिकर के साथ एक छोटा-सा कागज का टुकड़ा भी निकलने लगा, जो स्टिकर की गोंद से चिपका नीचे छिपा हुआ था। कागज पर कुछ लिखा हुआ था। वंदना का दिल बहुत जोर से धड़का। उंगलियां कांप गईं, कुछ इस प्रकार कि स्टिकर वायलिन पर से एक झटके के साथ निकल गया।

कागज पर विकास की दृष्टि भी पड़ चुकी थी तथा अंजू की भी। वंदना ने कागज के लेख को पढ़ने के लिए सीधा किया तो विकास ने भी कागज पर झुकते हुए पढ़ा, 'विकास बेटा, यह वायलिन तुम्हें मेरी ओर से नहीं, वंदना...वंदना...' विकास चौंक गया। वंदना के नाम से ही उसके माथे पर बल पड़ गए। उसने एक झटके से वंदन के हाथ से कागज सहित स्टिकर ले लिया। उसने पढ़ा, 'वंदना की ओर से भेंट है। उसे क्षमा कर देना। जेल सुपरिटेन्डेंट!' विकास ने दांत पीसे, 'धोखा! इतना बड़ा धोखा!' विकास क्रोध से चीखा, 'वह कमीनी सोचती है कि एक वायलिन दान करके अपने पाप से मुक्त हो जाएगी? नहीं, मैं कभी ऐसा नहीं होने दूंगा। मैं उस नागिन का यह वायलिन तोड़कर अभी टुकड़े-टुकड़े किए देता हूं।' और विकास ने वंदना के हाथों से वायलिन छीन लेना चाहा।

परन्तु वंदना ने वायलिन पूरी ताकत से पकड़ लिया। विकास की घृणापूर्ण बातें सुनकर उसका दिल छलनी हो गया था। आंखों में आंसू उमड़ आए थे। फिर भी उसने वायलिन को विकास के हाथों में जाने से बचाते हुए तड़पकर कहा, 'नहीं विकास, नहीं, ऐसा मत करो। इस वायलिन ने तुम्हें बहुत कुछ दिया है। वंदना को क्षमा कर दो, क्षमा कर दो उसे। मैं तुम्हारे हाथ जोड़ती हूं।'

'शबनम!' विकास ने आश्चर्य से कहा, 'यह तुम कह रही हो, मेरे अतीत से परिचित होते हुए भी?'

'हां, यह मैं कह रही हूं विकास, क्योंकि मैं एक नारी हूं और वंदना भी एक नारी है।' वंदना रो पड़ी। आंसुओं से उसके चेहरे पर पड़ा परदा तर हो गया।

'नहीं शबनम नहीं।' विकास ने खड़े होते हुए कहा, 'मैं इस संसार में बड़े से बड़े पापी को क्षमा कर सकता हूं, परन्तु उसे कभी क्षमा नहीं करूंगा। मेरी बहन तथा मां की मृत्यु की जिम्मेदार वही हत्यारिन है। उसका वश चलता तो वह मुझे फांसी के तख्ते पर लटकवाने से भी नहीं चूकती। भगवान उस पापिन को ऐसी संजा दे कि जब उसकी मौत हो तो...'

'विकास भाई!' अंजू अब तक खामोश बैठी थी। उससे अपनी सहेली के विरुद्ध विकास की बात सहन नहीं हो सकी तो वह तड़पकर खड़ी हो गई।

'विकास...ओह विकास...!' वन्दना निरन्तर रोए जा रही थी। विकास की बातें उसके खून की एक-एक बूंद को जहरीला कर गईं। उसे विश्वास हो गया कि अब वह वन्दना के रूप में विकास को कभी नहीं जीत सकेगी। वह उठ खड़ी हुई। उसने यहां से भाग जाना चाहा, ताकि वह घर, यह शहर सदा के लिए छोड़कर चली जाए - विकास से कभी न मिलने के लिए उसका प्यार सफल नहीं हुआ था, परन्तु प्रायश्चित्त पूरा हो चुका था। बाहर जाने के लिए वह मुड़ी ही थी कि तभी द्वार में प्रवेश करती गौरी को देखकर उसके कदम रुक गए। गौरी उसी की ओर देख रही थी। उसके होंठों पर एक कटु मुस्कान थी - व्यंग्यात्मक भेदभरी।

गौरी बाहर खिड़की के पास खड़ी होकर उन तीनों की बातें सुन चुकी थी। वंदना ने जब विकास के पास पहुंचने के बाद भी बुर्का नहीं उतारा था तो उसके संदेह की पुष्टि हो गई थी कि शबनम के रूप में वंदना का पक्ष लेने वाली स्वयं वंदना है। वह आकर वन्दना के समीप ही खड़ी हो गई। उसने विकास की ओर देखा। मुस्कराई।

विकास गौरी की ओर बड़े आश्चर्य से देख रहा था। अभी-अभी यह लड़की तड़पकर आंसू बहाती हुई यहां से गई थी और अब वापस आकर मुस्करा रही थी।

'तुम।' विकास ने आश्चर्य से पूछा।

'बहुत भोले हो तुम।' गौरी ने विकास की बात पर ध्यान न देते हुए उसके प्रति सहानुभूति प्रकट की, 'तुम रईसों के ढकोसले कभी नहीं समझ सकते। रईस जब पाप करता है तो दान-पुण्य करके अपने पाप का प्रायश्चित्त भी कर लेना चाहता है। इस रईसजादी ने भी तुम्हें मूर्ख बनाते हुए कुछ ऐसा ही किया है। लो और पहचानो इसे।' गौरी ने हाथ बढ़ाकर एक ही झटके में वंदना के चेहरे का नकाब पलट दिया। फिर बोली, 'यह धोखेबाज और मक्कार प्रायश्चित्त ही नहीं करती रही, तुम्हारे दिल से भी खिलौने की तरह खेलती रही।'

विकास ने वन्दना की ओर देखा तो आंखों पर विश्वास नहीं हुआ। फिर एकाएक बोल उठा, 'तुम?'

'जिस दिन यह रईसजादी समझ लेगी कि अपने प्रायश्चित्त द्वारा इसने अपने पाप से मुक्ति प्राप्त कर ली है, उस दिन तुम्हारे प्यार के खिलौने को ताक पर रखकर यह चुपचाप यहां से चल देगी और तुम हाथ मलते रह जाओगे। मुझे अभी-अभी ही इसकी वास्तविकता ज्ञात हुई है और इसलिए मैंने तुम्हें सब कुछ बताकर सचेत करना अपना कर्त्तव्य समझ लिया।'

'धोखेबाज, मक्कार, नीच...' विकास क्रोध में दांत पीसता हुआ ऐसे वन्दना की ओर बढ़ा, जैसे वन्दना का गला घोंट देगा।

वन्दना को ऐसा लगा, मानो कमरे में भूचाल आ गया हो। उसने दिल की गहराई से इच्छा की कि यह धरती फट जाए और वह उसमें समा जाए। हे भगवान! उसके प्रायश्चित्त का यह परिणाम, उसके प्यार की यह दुर्दशा! उसका शरीर ऊपर से नीचे तक कांपने लगा। उसने पीछे हटते हुए कांपते स्वर में कहा, 'नहीं...नहीं...नहीं!' उसने बुर्का उतारकर फेंक दिया। वह पलटी। फिर तेजी से भागती हुई घर से बाहर निकल गई। वह भागती ही गई - बहुत तेज - मानो इस संसार से पीछा छुड़ाते हुए बहुत दूर निकल जाना चाहती हो। पहाड़ी रास्ते, पहाड़ी पगडण्डियां, पथरीली, आड़ी-तिरछी ऊंची-नीची जिनके अगल-बगल गहरी भयानक खाइयां अपने जबड़े खोले मानो उसे निगलने को अधीर थीं, परन्तु उसे अब किसी बात की भी परवाह नहीं थी।

अंजू अब और अधिक वन्दना पर अत्याचार होते नहीं देख सकी। वन्दना का भेद खुल चुका था, इसलिए अब उसे किसी बात की चिन्ता नहीं थी। उसने घूरकर विकास की ओर देखा और बरस पड़ी, 'नीच वन्दना नहीं, तुम हो! पापी तुम हो! क्या कभी तुमने ठंडे दिल से सोचने का प्रयत्न किया कि उस लड़की ने तुम्हें जेल से बचाने के लिए कितना कष्ट उठाया होगा? यदि उसने तुम्हारा मुकद्दमा दोबारा नहीं खुलवाया होता तो क्या बिगड़ जाता उसका? उसके स्थान पर कोई दूसरी लड़की होती मैं ही होती तो क्या तुम्हारा मुकद्दमा नए सिरे से खुलवाकर बदनामी का भय मोल ले सकती थी?' फिर उसने गौरी की ओर संकेत करते हुए कहा, 'यह नर्तकी, इसका खानदान तुम्हारा अपना था, परन्तु आड़े समय में जब इन लोगों ने तुम्हारा साथ छोड़ दिया तो वन्दना को क्या पड़ी थी कि तुम्हें बचाए? यह उसी की कृपा है, उसी की भूल का सुधार है, जो आज तुम स्वतन्त्र हो, वरना अब भी तुम जेल की दीवारों में बन्द होते। भूल किससे नहीं होती? भूल तो शायद भगवान से भी हो जाती है। क्या कभी तुमने सोचा कि अपनी भूल का सुधार कोई इस प्रकार भी कर सकता है, जैसे वन्दना ने किया है? तुमने तो केवल जेल में अपने दिल बिताए हैं, परन्तु वह बेचारी स्वतन्त्र होते हुए भी प्रायश्चित्त की जिस आग में जलती रही है, उसका तुमने कभी अनुमान लगाया? वन्दना का प्रायश्चित्त तो कभी का पूरा हो चुका है। अपना प्रायश्चित्त पूरा करने के बाद तो वह जब चाहती, चुपचाप तुम्हारे संसार से निकल सकती थी। वह तो तुमसे अपना प्यार निभा रही थी - सच्चा तथा निःस्वार्थ प्यार, ताकि तुम्हारे जीवन को प्रसन्नताओं से भर दे, परन्तु तुम इस योग्य नहीं हो।

तुम शुरू से ही इस योग्य नहीं थे। धिक्कार है तुम पर। तुम वास्तव में उस देवी की कृपाओं के पात्र नहीं थे। हुंह!’ अंजू ने घृणा से मुंह बनाया और गर्दन झटककर बाहर निकल गई।

कमरे में खामोशी छा गई। सन्न! अंजू की बातें सुनकर विकास की छाती पर मानो बम फट पड़ा था। वंदना की वास्तविकता जानकर उसका दिल टुकड़े-टुकड़े हो गया। अंजू की कही एक-एक बात कसौटी पर खरी सिद्ध हो रही थी। उसकी आंखों के सामने वह दृश्य चला आया, जब वन्दना उसकी निर्दोषता जानने के बाद उससे जेल में क्षमा मांगने आई थी। तब वह उसके धिक्कारने पर कैसे फूट-फूटकर रोई थी! क्यों नहीं उसने उस समय वन्दना के आंसुओं का सही मूल्य आंका? विकास की आंखों के सामने अदालत का वह दृश्य भी चला आया, जब उसका मुकद्मा दुबारा खुला था। तब वन्दना का जो वकील उसे पहले फांसी दिलाना चाहता था, उस समय उसे बचाने का प्रयत्न कर रहा था। विकास के कानों में वकील के वे शब्द गूंज गए, जो उसके पूछने पर वकील ने कहे थे, ‘तुम्हें तो वन्दना का आभारी होना चाहिए, जिसके कारण...परंतु तभी उसने वकील की बात अपनी घृणापूर्ण हठ द्वारा काट दी थी। विकास मन ही मन पछताया। क्यों नहीं उस समय उसने वंदना की उदारता को समझने का प्रयत्न किया?’ वंदना उसमें रुचि नहीं लेती तो क्या इस समय सचमुच वह जेल में बंद नहीं होता?

विकास की आंखों के सामने वह दृश्य भी आया, जब वह दिल्ली के संगीत-भवन में अपना प्रोग्राम देने के बाद वन्दना को देखते ही उस पर बरस पड़ा था। उफ! यह उसने क्या कर दिया? वह सदा वंदना के मुंह पर ही उसे कोसता रहा, धिक्कारता रहा और वंदना सब कुछ सुनने के बाद भी उसे प्यार देती रही! विकास का गला सूखने लगा। आंखें छलक आईं। उसने गौरी की ओर देखा।

गौरी भी अंजू की बातें सुनकर गुमसुम रह गई थी। वह तो सपने में भी नहीं सोच सकती थी कि वंदना अपनी भूल का प्रायश्चित्त कर रही है। निःसंदेह वंदना का प्यार महान था, निःस्वार्थ था। बलिदान, त्याग तथा तपस्या से परिपूर्ण था। वंदना के प्रति उसका मन करुणा से भर गया। उसने वन्दना को इतना गलत क्यों समझ लिया कि उसकी अवहेलना कर बैठी? उसने भर्राए स्वर में कहा, ‘जाओ विकास, जाओ और वंदना को मना लो। उससे क्षमा मांग लो। ऐसी स्त्री का साथ सात जन्म पुण्य कमाने के बाद भी नहीं मिलता।

विकास हां के संकेत पर सिर हिलाते हुए गौरी की बात से सहमत हुआ। उसने अपने होंठों को दांतों द्वारा काटा। फिर एक झटके के साथ द्वार से बाहर निकल गया। अभी वह तेज-तेज कदमों से कुछ ही दूर गया था कि उसे एक ढलवान पर जाती हुई अंजू दिखाई पड़ गई, परंतु वंदना उसे कहीं दिखाई नहीं दी।

वंदना अंजू से बहुत आगे थी। अंजू उसे स्पष्ट ढलवान पर जाते हुए देख रही थी। वह उसके पास पहुंचकर उसका सहारा बनना चाहती थी, परन्तु वन्दना के कदम बहुत तेज गति के

साथ बढ़ रहे थे। वह अपने होश में नहीं थी। विकास ने मानो उसकी छाती चीरकर, दिल टुकड़े-टुकड़े करके अपने पैरों तले रौंद डाला।

सहसा वंदना के निढाल शरीर को एक बहुत सख्त ठोकर लगी। वह सम्भल नहीं सकी। वह लड़खड़ाई और फिर एक कलाबाजी खाकर ढलवान पर लुढ़कने लगी।

वन्दना को ढलवान पर लुढ़कता देखकर अंजू बहुत जोर से चीखी, 'वन्दना....' और वह पूरी शक्ति से वन्दना की ओर दौड़ी।

अंजू के पीछे लपकते विकास ने चीख की आवाज सुनी तो एक अज्ञात भय से उसका दिल तड़प उठा। अंजू को उसने भागते देखा तो वह भी उसके पीछे दौड़ा। वन्दना उसे दिखाई नहीं पड़ रही थी, फिर भी वह चीख पड़ा, 'वन्दना...वन्दना, मैं आ रहा हूं वन्दना!' विकास ने सोचा, वन्दना जहां कहीं भी होगी, उसकी पुकार सुनकर उसकी स्थिति में थोड़ा-बहुत अन्तर आ जाएगा। वह अपने आप पर काबू पाने का प्रयत्न करेगी।

परंतु वंदना विकास का स्वर सुनने से पहले ही एक गहरे खड्ड में पहुंच चुकी थी, जहां एक चट्टान से उसका सिर इस प्रकार टकराया था कि वह तुरंत ही बेहोश हो गई थी। सिर फट गया था। रक्त की धार बह निकली थी। शरीर के कई अंगों की चमड़ी छिल गई थी। वहां से भी रक्त निकल आया था। वन्दना के गिरते ही कई पहाड़वासी वन्दना की ओर दौड़ पड़े।

विकास की पुकार गौरी के कानों में पड़ी तो वह चौंक गई। वह बाहर निकली और विकास को एक ओर दीवानों की तरह भागते देखा तो एक अज्ञात भय से उसका दिल भी कांप गया। वह भी विकास की ओर लपक गई।

अंजू हांफती-कांपती किसी प्रकार वंदना के पास पहुंची। पहाड़वासियों की भीड़ को उसने अलग किया और जब वन्दना की स्थिति देखी तो तड़पकर उसके समीप बैठती हुई रो पड़ी, 'वन्दना...मेरी बहन...वन्दना...यह तुझे क्या हो गया? उसने तुरन्त अपनी साड़ी का आंचल फाड़कर सबसे पहले वन्दना के सिर के घाव पर पट्टी बांधी। ऐसा न हो कि रक्त अधिक निकल जाए। फिर वह टटोल-टटोलकर वन्दना के अन्य अंगों को देखने लगी।

तभी वहां विकास पहुंच गया। वन्दना की यह स्थिति देखकर वह तड़प उठा। वन्दना के समीप बैठते हुए उसने वन्दना का घायल सिर अपने हाथों में लिया। वन्दना की लटें रक्त में नहाई देखकर उसका कलेजा मुंह को आ गया। फफककर बोला, 'वन्दना, मुझे क्षमा कर दो... मुझे क्षमा कर दो वंदना! अगर, अगर तुम्हें कुछ हो गया तो में अपने-आपको कभी क्षमा नहीं कर सकूंगा। वंदना...' और वह फूट-फूटकर रो पड़ा।

तभी वहां गौरी भी पहुंच गई। वंदना की ऐसी दर्दनाक स्थिति देखकर वह स्वयं को इसकी जिम्मेदार समझने लगी। अंजू के कहने पर विकास ने वन्दना को अपनी बांहों में उठा लिया। फिर वह अंजू के पीछे उसके क्लीनिक की ओर बढ़ गया। अंजू उसके आगे-आगे दौड़ पड़ी, ताकि वंदना के लिए पहले से पलंग तथा दवाइयों का प्रबन्ध कर सके। मन ही मन वह भगवान

से प्रार्थना करती जा रही थी कि उसकी प्रिय सहेली को कुछ न हो। वह शीघ्र ही होश में आ जाए तो सब ठीक हो जाएगा।

* * *

शाम डूब चुकी थी, परन्तु चन्द्रमा निकलने में अभी देर थी। वातावरण शबनम के आंसू रो रहा था। हवाओं के होंठों पर सिसकियां थीं, आहें थीं। अंजू के बंगले पर ही नहीं, दूर-दूर तक सन्नाटा छाया हुआ था। न कोई आवाज थी न आहट। क्लीनिक में पलंग पर पड़ी वंदना अब तक बेहोश थी। उसे आवश्यक इंजेक्शन दिए जा चुके थे। यहां लाते ही मरहम-पट्टी भी कर दी गई थी, परन्तु उसकी स्थिति अब भी खतरे से खाली नहीं थी। यह खतरा सिर की चोट का उतना नहीं था, जितना दिल के गहरे शॉक के कारण बन गया था। अंजू स्वयं एक अच्छी डॉक्टर थी, पर किसी प्रकार का खतरा मोल न लेते हुए उसने अपनी सहेली के लिए क्षेत्र के सबसे अच्छे तथा अनुभवी डॉक्टर को बुला लिया था। डॉक्टर का कहना था कि जरा देर के लिए भी होश में आ जाने पर यदि वंदना पर विकास की स्थिति खुल जाए तो उसके शॉक का प्रभाव जाता रहेगा। वह बिल्कुल स्वस्थ हो जाएगी। परन्तु वंदना अब तक उसी तरह बेहोश थी। सभी उसके लिए चिंतित थे। अंजू ने वंदना के घरवालों को तार द्वारा दुर्घटना की सूचना दे दी थी। वह सोच रही थी कि यदि वन्दना को कुछ हो गया तो वह वन्दना के माता-पिता को क्या मुंह दिखाएगी? एक जवान बेटी हत्या का शिकार हो गई। दूसरी जवान बेटी दुर्घटना का शिकार होकर चल बसी तो वन्दना के माता-पिता सचमुच पागल हो जाएंगे।

विकास वन्दना के पास ही कुर्सी पर बेहाल बैठा था। वंदना की इस गंभीर स्थिति का जिम्मेदार स्वयं को समझते हुए वह अन्दर-ही-अन्दर तड़प रहा था, स्वयं को धिक्कार रहा था। कुछ समझ में नहीं आ रहा था कि वह क्या करे? कैसे वंदना के कानों में अपने पश्चातापी शब्द पहुंचाए। यदि वंदना को कुछ हो गया तो वह जी नहीं सकेगा, जिएगा तो पागल हो जाएगा। वन्दना ने अपनी भूल का प्रायश्चित्त कर लिया था, परन्तु यदि वन्दना को कुछ हो गया तो वह अपनी भूल का प्रायश्चित्त कैसे करेगा? विकास मन-ही-मन भगवान से वन्दना के जीवन की भीख मांग रहा था। उसकी दृष्टि वंदना के फूलते नथुनों, होंठों तथा बन्द पलकों पर जमी हुई थी। वन्दना को किसी समय भी होश आ सकता था, क्षण-भर के लिए ही सही। तब वन्दना को विकास के प्यार-भरे शब्द सुनने की आवश्यकता पड़ सकती थी।

गौरी भी वहीं थी। बहुत चिंतित थी वह। इस बीच वह एक बार अपने होटल आई थी। उसने आज की सारी घटना दुर्गाप्रसाद को बता दी थी। दुर्गाप्रसाद को वन्दना के विषय में वह सब जानकर दुःख ही हुआ था। यदि वह अपने स्वार्थ के लिए विकास पर किसी प्रकार का दबाव डालते तो यह विकास पर ज्यादती होती। साथ ही कोई परिणाम भी नहीं निकलता। गौरी अब स्वयं वंदना के पक्ष में थी।

117

सहसा विकास को कुछ याद आया। कुछ सोचता हुआ वह उठ खड़ा हुआ। वह क्लीनिक से बाहर निकला तो सबने उसे आश्चर्य से देखा। वन्दना की ऐसी गम्भीर स्थिति के समय वह कहां जा रहा है? परंतु विकास इस समय अपनी ही धुन में चला जा रहा था। वह अपने घर पहुंचा। खुला घर गम के अंधकार में डूबा हुआ था। अन्दाज से वह भगवान की मूर्ति के पास पहुंचा। ताक पर से टटोलकर उसने माचिस उठाई। लैम्प जलाया। फिर दीपक में घी डाला। दीपक तथा अगरबत्तियां जलाने के बाद उसने हाथ जोड़ते हुए भगवान से वन्दना के जीवन की भीख मांगी। भगवान ने उसे पिछले दिन निराश नहीं किया था, इसलिए आज उसका विश्वास और भी दृढ़ था। उसने अपना वायलिन उठाया। फिर शीघ्र ही तार मिलाने के बाद धुन छेड़ दी। धुन कमरे में गूंजकर द्वार से बाहर निकली तो स्वर और दिनों से कुछ तेज होकर वातावरण में बिखर गए। धुन वातावरण में तैरती हुई मद्धिम होकर क्लीनिक के बंद द्वार में प्रविष्ट हुई तो गौरी चौंक गई। कुछ समझ नहीं सकी कि वन्दना की ऐसी गम्भीर स्थिति के समय विकास क्या करना चाहता है, परंतु अंजू धुन सुनते ही सब कुछ समझ गई। उसने तुरंत क्लीनिक की सारी खिड़कियां तथा दरवाजे खोल दिए। स्वर तेज हो गया। हवा का एक हल्का-सा झोंका वार्ड में प्रविष्ट हुआ और वन्दना की कनपटी पर उलझी एक पतली-सी लट को कंपा गया। शायद हवा का यह झोंका वायलिन की धुन को वंदना के कानों तक ले आया था। विकास मानो अपनी धुन द्वारा वन्दना को बांधकर मृत्यु की घाटी से बाहर खींच रहा था। धुन विकास के दिल की गहराई से निकल रही थी। वन्दना को पुकार रही थी।

विकास धुन बजा रहा था - बजाता रहा। कमरे के अन्दर हवा का एक झोंका प्रविष्ट हुआ तो दीपक की लौ कांप गई - वन्दना के जीवन की तरह। जाने कब वह बुझ जाता, परन्तु शायद विकास की धुन पर लहराकर जलता रहा। विकास भी मानो अपने वायलिन की धुन द्वारा दीपक की लौ सुरक्षित किए हुए था।

सहसा विकास धुन को दर्द की उस सीमा पर ले गया, जहां पहुंचकर उंगलियों में बिजली जैसी थिरकन आ जाती है तथा जिसे सुनकर दिल के तार हिल जाते हैं। धुन के साथ दीपक की लौ भी हवा का दामन पाकर लहराती हुई तेज हो गई। भगवान की मूर्ति दीपक के प्रकाश में चमक उठी; परन्तु तभी अचानक विकास के वायलिन का एक तार टूट गया। इसके साथ ही एक भभक के साथ दीपक की लौ भी बुझ गई। विकास की सांस जहां की तहां अटक गई। दिल की धड़कन मानो रुक गई। यह क्या हो गया? उसने दीपक की ओर देखा। बत्ती में चिंगारी तक नहीं बची थी। एक लकीर में धुआं निकलकर उसके अरमानों की तरह वातावरण में बिखरता और गुम होता जा रहा था। विकास फटी-फटी आंखों से धुएं को देखने लगा। बुझे दीपक को देखकर उसे भयानक विचार आया तो वह कांप उठा। उसने मानो स्वयं से कहा, 'नहीं...नहीं, ऐसा नहीं हो सकता....नही!' विकास बहुत जोर से चीखा। उसकी चीख दूर तक

गूंज गई। विकास ने चाहा कि अपना सिर दीवार पर दे मारे, परन्तु तभी एक स्वर सुनकर चौंकते हुए वह रुक गया।

'विकास!' स्वर गौरी का था।

विकास ने पलटकर देखा।

गौरी बहुत तेजी के साथ कमरे में प्रविष्ट हुई। वह ऐसे हांफ रही थी, जैसे सारा रास्ता उसने दौड़कर तय किया हो। उसी प्रकार हांफते हुए उसने कहा, 'विकास....विकास, बधाई हो! वन्दना होश में आ चुकी है। उसका जीवन अब सुरक्षित है।'

'क्या?' विकास को अपने कानों पर विश्वास नहीं हुआ।

'हां विकास!' गौरी ने उसे विश्वास दिलाया, यह सब तुम्हारे संगीत का ही असर है। अंजू ने तुम्हें बुलाया है।'

विकास के लिए यह धरती, आकाश, सारा ब्रह्माण्ड थिरक उठा। गौरी को वहीं छोड़कर वह तुरंत दौड़ते हुए घर से बाहर निकला। चन्द्रमा पहाड़ियों के ऊपर मुस्करा रहा था। विकास का संसार भी मुस्करा पड़ा। उसने अपने होंठों पर दो उंगलियां रखीं। आज इतने दिनों बाद उसे जीवन की सारी प्रसन्नताएं मानो आकाश से टूटकर मिली थीं। चन्द्रमा को देखते हुए उसने उंगलियों के एक झटके से हवाई चुम्बन उछाल दिया। उसकी प्रसन्नता में सम्मिलित होकर माना तारे भी खिलखिला पड़े। फिर विकास ने अंजू के क्लीनिक पहुंचने के लिए अपने कदमों की गति और तेज कर दी।

***